岭南文化读本

傅华 主编

岭南文学艺术

LINGNAN WENXUE YISHU

◎董上德 著

SPM 南方出版传媒 广东人民出版社
·广州·

图书在版编目（CIP）数据

岭南文学艺术 / 董上德著. —广州：广东人民出版社，2019.3
（岭南文化读本）
ISBN 978-7-218-13425-3

Ⅰ.①岭… Ⅱ.①董… Ⅲ.①地方文学史—广东—干部教育—学习参考资料 ②艺术史—广东—干部教育—学习参考资料 Ⅳ.①I209.965 ②J120.9

中国版本图书馆CIP数据核字（2019）第047744号

LINGNAN WENXUE YISHU
岭南文学艺术
董上德 著

版权所有 翻印必究

出 版 人：肖风华

责任编辑：李永新
装帧设计：书窗设计
责任技编：周 杰 吴彦斌

出版发行：广东人民出版社
地　　址：广州市大沙头四马路10号（邮政编码：510102）
电　　话：（020）83798714（总编室）
传　　真：（020）83780199
网　　址：http://www.gdpph.com
印　　刷：广州市人杰彩印厂
开　　本：787毫米×1092毫米　1/16
印　　张：18.5　　字　　数：300千
版　　次：2019年3月第1版　2019年3月第1次印刷
定　　价：66.00元

如发现印装质量问题，影响阅读，请与出版社（020-83795749）联系调换。
售书热线：（020）83780517

岭南文化读本

主　编：傅　华
副主编：王桂科

目录 CONTENTS

前言 / 001

第一章 岭南诗歌（上）：唐宋元明时期

一、唐代"粤诗之祖"张九龄 / 006
二、参与"庆历新政"的北宋诗人余靖 / 009
三、宋代"粤词之祖"崔与之 / 012
四、南宋后期著名政治家和诗人李昴英 / 015
五、"岭南明诗之首"孙蕡 / 017
六、"逃离"官场的明朝状元林大钦 / 020
七、名载《明史·文苑传》的欧大任 / 024
小 结 / 027

第二章 岭南诗歌（下）：清朝及近代

一、"岭南三大家"之首屈大均 / 031
二、"患难失学"的诗人陈恭尹 / 039
三、讽咏"天地之真声"的梁佩兰 / 043
四、诗歌多"苦味"的黎简 / 046
五、主张"我诗我自作"的宋湘 / 049
六、诗界革命倡导者黄遵宪 / 051
小 结 / 055

第三章 岭南散文

一、"粤中大儒"朱次琦 / 063
二、"学海堂学长"陈澧 / 066
三、"太平天国"政论家洪仁玕 / 070

四、《盛世危言》作者郑观应　　　　　　　　　　　/ 073

　　五、"百日维新"风云人物康有为　　　　　　　　　/ 080

　　六、开创新文体的梁启超　　　　　　　　　　　　/ 088

　　小　结　　　　　　　　　　　　　　　　　　　　/ 093

第四章　岭南小说

　　一、描述粤地民族融合的《岭南逸史》　　　　　　/ 100

　　二、展现清朝粤海关内幕的《蜃楼志》　　　　　　/ 106

　　三、近代谴责小说名著《二十年目睹之怪现状》　　/ 110

　　四、苏曼殊代表作《断鸿零雁记》　　　　　　　　/ 116

　　五、融入"口述历史"的《洪秀全演义》　　　　　　/ 126

　　六、"多文体融合"的《新中国未来记》　　　　　　/ 132

　　小　结　　　　　　　　　　　　　　　　　　　　/ 138

第五章　岭南戏曲

　　一、作为"人类非物质文化遗产"的粤剧　　　　　/ 143

　　二、源于宋元"南戏"的潮剧　　　　　　　　　　/ 156

　　三、具有客家文化特色的广东汉剧　　　　　　　　/ 162

　　四、"珍稀剧种"西秦戏　　　　　　　　　　　　/ 166

　　五、古朴优雅的白字戏　　　　　　　　　　　　　/ 169

　　六、南戏的"变体"正字戏　　　　　　　　　　　/ 173

　　小　结　　　　　　　　　　　　　　　　　　　　/ 177

第六章　岭南音乐舞蹈

　　一、流行广府地区的广东音乐　　　　　　　　　　/ 183

　　二、流行潮汕地区的潮州音乐　　　　　　　　　　/ 191

　　三、流行客家地区的广东汉乐　　　　　　　　　　/ 197

　　四、活泼敏捷的龙舞　　　　　　　　　　　　　　/ 202

五、威武刚健的狮舞　　　　　　　　　　　　　　　/ 216

　　六、"再现"梁山好汉的英歌舞　　　　　　　　　　/ 227

　　小　结　　　　　　　　　　　　　　　　　　　　/ 234

第七章　岭南书画

　　一、岭南存世画作最早的画家颜宗　　　　　　　　/ 242

　　二、擅长"翎毛花草"的林良　　　　　　　　　　/ 244

　　三、独创"茅龙书法"的陈献章　　　　　　　　　/ 247

　　四、"尤善画马"的张穆　　　　　　　　　　　　/ 249

　　五、"构图浑厚"的山水画家黄璧　　　　　　　　/ 252

　　六、"雄峻有奇气"的书画家谢兰生　　　　　　　/ 253

　　七、"寄傲天地间"的人物画家苏六朋　　　　　　/ 255

　　八、世称"二居"的居巢、居廉　　　　　　　　　/ 258

　　九、"岭南画派"开山人物高剑父、高奇峰　　　　/ 262

　　小　结　　　　　　　　　　　　　　　　　　　　/ 264

后　记　　　　　　　　　　　　　　　　　　　　　　/ 266

前言

一

　　岭南文学艺术，是中国传统文化内的一个独特存在，而不是"孤悬"于"岭外"的一种狭隘的地域文化。

　　"岭南"只是一个地域概念，"岭南文学艺术"一方面是岭南人的杰出创造，一方面又是中国古代以来主流文化"南传"之后与岭南原生文化"灵活结合"的产物。这里强调"灵活结合"，是因为"岭南人"的构成异常复杂，为数不少的岭南人原是北方的移民及其后代，而他们的"北方老家"绝非单一，而是来自"北方"的长江流域和黄河流域等不同地域，由于历史上的种种原因，他们的先辈们离乡别井、南下寻找定居点，于是散落在粤北地区、珠三角地区、梅汕地区和粤西地区等，他们将中原文化、江南文化等带了过来，而中原文化、江南文化等都是以儒家文化为主体的中国主流文化，换言之，岭南并不缺乏"主流文化"。甚至是，由中原文化、西北文化、江南文化等"衍生"而来的一些文化遗存至今仍然呈现于岭南地区，成为"非物质文化遗产"的组成部分，如流行于珠三角的"周大将军"（即关羽部将周仓）崇拜，这是来自北方的关羽崇拜的衍生物；还有"北帝"崇拜，有不少大大小小的"北帝庙"，北帝是北方水神，却在岭南香火鼎盛，其中，佛山的祖庙可为代表，且被尊称为"祖庙"，耐人寻味。以上这些，均能说明"岭南"与"北方"的"血缘关系"。

可另一方面，岭南又是"百越之地"的重要部分，具有本土特色的"原生文化"和得地利之便的海洋文化是岭南文化的不可忽视的重要元素。不同来源的族群因地制宜，先后进入属于自己的"在地化"过程；外来族群与本土族群通婚、融合，"南来北往"的种种文化元素相互交融，"煮成"了文学艺术的"及第粥"或"艇仔粥"，灵活"搭配"，大胆创新，不拘一格，这一粤菜的特点也可以借来比喻岭南文学艺术的精魂所在。

还有很重要的一点，岭南人走出大庾岭，北上谋生，开阔眼界，受到北方山水的滋养，接受北方政治、经济和人文精神的熏陶，他们创作的文学作品颇有"南人北相"的气度和风神，显得厚重、深沉，又不失灵动和清醇。

本书的一个基本观点是：岭南文学艺术不宜简单理解为"岭南的文学艺术"，而是由历代岭南人创造出来的，以中国主流文化为"核心"，灵活结合着岭南原生文化元素的各类文学作品和各类艺术样式。屈大均曾在《广东新语·自序》里解释广东本土文化的"中国价值"，这是一个很好的视角，也是我们进入"岭南文学艺术"的一个颇佳的切入点，屈大均写道："《国语》为《春秋》外传，《世说》为《晋书》外史，是书则广东之外志也。不出乎广东之内，而有以见乎广东之外；虽广东之外志，而广大精微，可以范围天下而不过。知言之君子，必不徒以为可补《交广春秋》与《南裔异物志》之阙也。"在这里，屈大均较为辩证地看待"广东之内"与"广东之外"的关系，二者密不可分，在一个中国的大前提下，"广东之外"每每为"广东之内"提供源源不断的文化资源，即"不出乎广东之内，而有以见乎广东之外"；而"广东之内"的种种新的收获又可以为"广东之外"添补珍贵的"岭南经验"和创新动能，即"虽广东之外志，而广大精微，可以范围天下而不过"，相辅相成，相得益彰。

我们应该对岭南文学艺术的"中国价值"有充分的认知。

二

岭南文学艺术具有"中国价值"，它是属于中国的。可它毕竟在"地域归属"上带着"岭南"标签，好像"齐鲁文化""中原文化""江南文化""西北文化"等也有各自的标签一样。既然有其标签，固然就会形成自身的特色，是与"广东之外"有所不同的特质。

我们在认识岭南文学艺术的特质时，也要以辩证的观点来看，即所赖以表述"特质"的语词或许可以"通用"于"广东之内"和"广东之外"，岭南文学艺术的文化资源毕竟很多是来自"广东之外"，属于同一套"文化系统";可是,一定要联系到具体的历史和个案,要回到当时具有"特定"意味的"现场",就会感受到"原来这才是岭南人所创造出来的文学艺术"!

岭南人在内敛与张扬之间、在血性与温情之间、在勤快与闲适之间,均有自己的分寸,进退有度,而在大是大非面前,又勇于担当,明于决断,敢为天下先。所谓岭南文学艺术,与此密不可分;所谓某些特质,更是以此为其"逻辑起点"。

约而言之,有以下几点认知:

一、浓烈的家国情怀

俗话说,岭南之地,"山高皇帝远",按说,生长于斯的人可能习惯于低头看地,顾及眼前利益,目光不够远大。可是,恰好相反,岭南人,包括兼有文学艺术家身份的爱国人士,其家国情怀异常浓烈,胸襟开阔,壮怀激烈,其刚烈之气不亚于燕赵悲歌之士。且看特定历史背景下的"个案":

一个是著有《陈岩野先生全集》(文集二卷、诗集二卷)的陈邦彦(1603—1647),顺德人,是明末清初的教育家、政论家和诗人。《粤东诗海》对作为诗人的陈邦彦有很高评价:"吾粤诗笔老健,无逾陈岩野先生。先生身著大节,诗亦力企大家。感时之作,气啮长虹,骨凌秋隼。直摩少陵之垒而拔其帜。"这样颇有成就的诗人,同时也是一位可歌可泣的烈士。据屈大均《皇明四朝成仁录》记载,陈邦彦当"国变"

之际，一度离粤北上，赶赴南京，向当时的南明皇朝上《中兴政要》三十二策。在这道奏疏中，陈邦彦表白自己"感愤国难，痛哭流涕"的心迹，而"暌弃家室，跋履霜露"，艰难北上，为的是向明朝江山竭尽忠诚。他说：目下正是"朝廷卧薪尝胆之时，非臣子戏豫驰驱之日也"。而偏安南京的南明朝廷，权奸当道，弘光皇帝也是昏庸透顶，秦淮选艳，风花雪月，只会享乐，不问社稷安危。陈邦彦劝告当政者要拿出"卧薪尝胆"的勇气来，不要终日"戏豫驰驱"；他郑重强调："今日之势，必也联络人心，激发忠义"，增强兵力，准备充足的粮饷，做到"兵饷皆有定划，战守不属空谈"。通观全篇《中兴政要》，每每有恳切的陈述，中肯的见解，表现出纵横捭阖的气概，并非一般的书生之见。所谓学以致用，陈邦彦是做得到的。难能可贵的是，陈邦彦不是"纸上谈兵"之辈，而有彪悍的行动能力。他懂得军事谋划，能够指挥作战，并具有相当的号召力。比如，清顺治四年（1647），"抗清"形势十分严峻，陈邦彦临危不惧，在珠江三角洲一带招募义军，尤其是把顺德甘竹滩一带的绿林豪强招致麾下，成为当时一支抗击清兵的新生力量。据汪宗衍先生《屈大均年谱》记载，顺治四年春，陈邦彦起兵于广东高明山中，从水路攻取顺德；是年7月，与另一义军首领陈子壮相约，密谋兵分两路进攻广州，不料机密泄漏，陈邦彦不得不领军撤退至清远。清军围攻清远，陈邦彦固守清远一个多月；在多日的激战中，其次子陈馨尹不幸牺牲；陈邦彦本人肩中三刀，负伤被执。他有绝命诗云："平生报国怀深，日望西方好音。已共苌弘化碧，还同屈子俱沉。"陈邦彦继承屈原爱国献身的精神，以"报国"为己任，在狱中誓死不屈，绝食五日后，被磔杀于广州。

一个是著有《千山诗集》的函可和尚（1611—1659），字祖心，号剩人，原籍广东博罗。俗姓韩，名宗騋，礼部尚书韩日缵之子。少时为诸生，才高气傲，"有康济天下之志"；明朝灭亡前剃度为僧，时年26岁。顺治二年（1645，亦即南明弘光元年）至南京，居留期间，亲眼目睹南京城破，士大夫纷纷殉国和南明皇朝的破灭，写成《再变记》，不料被清兵查获，以携挟私史之罪，惨遭严刑拷掠，后被流放到沈阳千山。函可是清代第一个以文字获罪的人，在清代文字狱史上，是一个富有象征意义的人物。

一个是大诗人屈大均（1630—1696），番禺人。他一度参与其老师陈邦彦的"抗清"活动，后来北上去寻访因持"反清"立场而遭遇困厄的函可和尚。他曾经过了黄河，踏上燕赵之地，穿行于河北的多个名胜古迹，心中想起了千百年来多少忠君爱国志士血洒沙场的悲壮情景；他悼念着为国死难的先烈，他感叹着"岁月添黄土，英雄聚白杨"（《寒食》）的悲凉。他又行走在邯郸道上，廉颇、豫让、蔺相如、荆轲……那一个个响当当的人物，好像走马灯似的在他的脑海中浮现。尤其是豫让，一再被他在诗中提到，那种"国事感知己，能将七尺轻"（《豫让桥》）的精神，时时激励着怀抱恢复大志的屈大均。他一生跋涉山川，联络志士，冀求恢复中华，故发而为诗，大多真气弥满，感激豪宕。如《塞上曲》《过大梁作》《塞上感怀》《望云州》《旧京感怀》《早发大同作》《咏怀》《鲁连台》等，无不是他爱国激情的表露。

再举近代诗人苏曼殊为例，他在民族危机关头的表现也具有代表性。早在1900年，沙俄武装侵占中国东三省后，制造了一系列骇人听闻的血腥事件，位于黑龙江右岸的瑷珲被俄军强行占领，俄军纵火烧城，"火光烛天，数日不息"，数千中国居民活活烧死。沙俄意图将中国东三省变为"黄俄罗斯"，气焰嚣张，令人发指。直至1903年，沙俄大批军队仍然盘踞在东三省，无视于1902年4月订立的《中俄交收东三省条约》，不仅不愿撤军，还于1903年4月撤出期限前提出七项无理要求，意图在东三省长久享有特殊权益。此时，帝国列强入侵祖国，尤其是东三省备受沙俄欺凌，局势严峻。国难当前，时在日本的苏曼殊积极参与了由华侨与留学生组成的"拒俄义勇队"。据记载，1903年4月29日，陈去病等人在东京发起成立"拒俄义勇队"，义勇队最终由121名成员组成，全部签名编队，其"会则"是"勇于前进，不存退避"，显示出年轻学子的勇气与决心。当时，他们决定"刻日出发"，开赴东北前线，与沙俄军队决一死战。苏曼殊就是121名成员之一，被编入甲区队四分队。其实，苏曼殊是不听其表兄的劝阻而毅然加入的，可以说，"入队"的行动在苏曼殊的生命史上具有不可忽略的意义：他是一个有"行动力"的人，一个拒绝"平庸"的人，也是一个不怕冒险的人。

在此聚焦于几位岭南诗人，意在说明，土生土长的岭南人如陈邦彦等，非土生土长的岭南人如苏曼殊（出生于日本）等，其浓烈的家国情怀是一样的，不会因"山高皇帝远"的地缘关系而改变，他们义无反顾地以报效国家为己任，出生入死而不辞，并自觉坚守古代社会的主流文化价值，而且要强调的是，这绝不是个别现象。回顾岭南上下两千年的历史，我们可以看到，汉初的番禺人张买勇于在汉惠帝身边以"越讴"劝讽时政，唐朝的张九龄上书朝廷建议开凿大庾岭路以造福百姓，北宋的余靖敢于为蒙冤的范仲淹鸣不平，南宋的崔与之与李昴英师徒勤于政事、关心民瘼，等等，乃至于明清、近代亦代有其人，洪仁玕、郑观应、黄遵宪、康有为、梁启超、孙中山等叱咤风云的人物相继涌现，可以说，一代又一代的岭南人以不同的方式表达了浓烈的家国情怀，形成了一个"岭南传统"。梁启超有一篇著名的文章，题为《吾今后所以报国者》，此文可以视为千百年来凝聚着岭南人爱国激情的"岭南传统"的代表性宣言："吾思之，吾重思之，吾犹有一莫大之天职焉。吾虽不敏，窃有志于是。若以言论之力，能有所贡献于万一，则吾所以报国家之恩我者或于是乎在矣！"精诚之心，拳拳之意，与日月同光。中国的历史尤其是近代史的进程，此"岭南传统"有如一股强劲的"南风"，吹向长江，越过黄河，一路北上，吹遍了神州大地，开花结果，有目共睹。

岭南文学艺术就是这一"岭南传统"的重要载体。

二、敏锐的先锋意识

岭南人远离"中原"，可能是一种不可忽视的"局限"，但是不会构成他们在地缘关系上的"劣势"，相反，岭南人背靠五岭而面向海洋，向北可以越过大庾岭路而通往广阔的内地，向南可以借助香港、澳门的"地利"而不断接触到来自大洋以外的最新的各种资讯，相对于北方人士而言，这可是很大的"优势"。

资讯的丰富、南北的交流，以及地灵而人杰，这诸多因素在此交汇，往往使得岭南人得以率先了解到时代的潮流、世界的大势。在"挑战"与"应对"的文明展开模式中，岭南人头脑清醒，反映迅捷，又深知中国社会的问题所在，每每能独占先机，形成敏锐的先锋意识。

且以著有《盛世危言》的郑观应为例。他识外文，懂商业，踏访过东南亚等地，还熟悉上海洋行的运作与晚清官场的现状，更为重要的是，他十分关切时务和时政，勤于思考，敏于识断，有独特的视野，有独到的眼光，从自己的社会实践和观察思考中知道什么是时代趋势，什么是国家最需要的，什么是国民最应了解的，故而下笔为文，必是有"见"而发，如高手下棋，几无废子。如《西学》一文，他大声疾呼，不能再封闭视野，不能再无视世界大潮，不能再轻视科学的力量；《女教》一文，他站在女性的立场为女性说话，为女性争取读书受教育的权利；他看到了中国女性千百年来难以破解的"困境"是"女范虽肃，女学多疏"，即规管女性的条文很多且很严厉。但是，这些条文只是具有"前现代"的愚昧而带有压迫性的"律例"，而不具备"现代意义的教育"的功能，女性实质上被剥夺了接受正常教育的权利。因此他提出了"增设女塾"的主张，希望男女平权，都有机会读书。同时，他还认为当今的女性教育不仅是读"中国诸经列传训诫女子之书"，还要"参仿西法，译以华文"，在女性教育中引入西方的成功经验和成熟内容，并且"因材施教"，学习一些实际的技能。针对女性的身心健康和学识培养，郑观应深深思考，愤然撰文，出于良知，出于解救女性的紧迫感，也出于国家人口结构的"男女同步优化"的考虑，在晚清能提出这样的思想，从历史逻辑而言，实在是"五四新文化运动"的先声。郑观应为文，笔调明快，笔墨简洁，笔法多变；每做一文，题旨明确而思路活跃，时而盘旋而下，时而宕开一笔又收放自如。他曾在《盛世危言初刊自序》里说："应虽不敏，长业贸迁，愤彼族之要求，惜中朝之失策。于是学西文，涉重洋，日与彼都人士交接，察其习尚，访其政教，考其风俗利病、得失盛衰之由。乃知其治乱之源、富强之本，不尽在船坚炮利，而在议院上下同心，教养得法。"这番话，可以视为整部《盛世危言》的立意所在。毛泽东曾在1936年对美国记者斯诺说过："我读了一本叫做《盛世危言》的书,这本书我非常喜欢。《盛世危言》激起了我想要恢复学业的愿望。"(斯诺著《西行漫记》)于此可见其影响之巨,也可见其"先锋意识"之深入人心。

又如黄遵宪,他写于1868年的《杂感》一诗提出"我手写我口"的著名主张,千百年来首次明确表述"言文合一",其意义非同凡响;他声援和配合梁启超提出的"诗界革命",反复强调"诗之外有事,诗之中有人"的论诗纲领,对于诗风的变革具有重大意义。这样的诗学见解对日后白话诗的出现不无启迪作用。

敏锐,还催生出独到的眼光和胆识,如生活于晚清的李文田,他曾经对传世的《定武兰亭序》提出质疑,表达了颇有学术条理的否定性意见;此意见日后得到郭沫若的重视,郭氏于1965年发表《由王谢墓志的出土论到〈兰亭序〉的真伪》一文,接受李文田的看法,并进一步发挥,认为传世《兰亭序》不是晋代遗留下来的作品的临摹,由此还引发了学术界关于《兰亭序》真伪的多次论辩;而这一近代书法史上关于"天下第一行书"的著名"公案"与李文田有不可忽视的关系,李文田的艺术感觉与学术勇气于此可见一斑。

再如高剑父、高奇峰,他们是近代中国美术界具有开创精神的重要画家。早在1912年,他们在上海创办《真理画报》,第一期刊出陈树人编译的《新画法》,随后一直连载,长达16期之久,比较全面、系统地向中国读者尤其是美术界介绍西方和日本美术的新技法;而高剑父、高奇峰还在《真理画报》上首次提出"折衷"的艺术主张，所谓"折衷"是汲取众长而得其"中正"之意，他们的见解令人耳目一新，引领着当时的艺术风气。与此同时，作为同盟会会员的"二高"在《真理画报》上还积极传播孙中山先生的民主革命思想，宣传他们关于美术革命的主张，其"先锋意识"已经载入史册。

岭南文学艺术就是这一"先锋意识"的重要载体。

三、平民化的情感表达

远离"中原"的岭南人，客观上的确生活于远离"政治中心"的地域，生于斯长于斯，习惯于跟纵横交错的"水网"打交道，或者习惯于在海边和山上劳作，对官场文化的淡薄，对柴米油盐的亲近，还有先辈们当年自北往南迁徙的种种艰辛故事，使得岭南人长年养成务实、低调、沉稳甚至内敛的族群性格，他们乐于过着"平民化"的生活，在文学艺术上也善于做出平民化的情感表达。

所谓平民化的情感表达，往往表现为平民的立场、日常生活的画面以及紧接"地气"的种种社会感受的"艺术化"呈现。以粤剧为例，马师曾的演出剧目，如《审死官》《搜书院》《关汉卿》等，表现的是普通民众的喜怒哀乐，尤其是那种嫉恶如仇、关怀弱小的铮铮风骨和人道主义情怀，是马师曾剧目反复出现的"题旨"，像《审死官》里的讼师宋世杰，为蒙冤受辱的弱女子杨秀珍仗义写状，不畏强权，不屈不挠，凭着自己的机智和胆识斗倒了贪官，伸张了正义，使得冤情得以昭雪；像《搜书院》里琼台书院的谢宝老师，为了使深受迫害的镇台府婢女翠莲脱离险境，挺身相助，与官府斗智斗勇，终于赢得胜利，并成全了翠莲与情郎张逸民的一段美好情缘；像《关汉卿》里的关汉卿，同情一个含冤被斩的弱女子，挺身仗义执言，控诉官府的残暴与黑暗，触怒了权臣阿合马，无辜被关进监狱，可是，关汉卿无惧无畏，愤世嫉俗，激情奔放，表现出一个知识分子的侠骨柔情。

马师曾的表演在题材选择与舞台呈现上均较接地气，著名的"马腔"又称"乞儿腔"，是马师借鉴民间的说书说唱艺术以及市井里的"市声"的艺术结晶，别具韵味，深受喜爱，其平民化色彩在粤剧史上大放光芒。粤剧的唱腔流派，除马腔外，还有红腔（红线女）、虾腔（罗家宝）等，虽然不如昆曲之淳雅清高，却能收雅俗共赏之奇效；又如剧中桥段，往往寓庄于谐，非常讲究老百姓喜闻乐见的机趣，将人间世相与带有岭南特色的诙谐逗笑手法相结合，充分呈现出粤剧的"粤派风味"，著名丑生马师曾、文觉非等的表演风格即为显例；再如粤剧十分重视剧中的"招牌唱段"，兼备叙事功能及抒情功能，词曲俱佳，贴合剧情，可以唱到"街知巷闻"，如《搜书院》的"步月抒怀""柴房自叹"等，这与听惯了南音、龙舟、木鱼歌的观众的审美趣味是十分合衬的。

再以广东音乐为例，这一乐种拥有一批杰出的作曲家、演奏家，代表性曲目有《饿马摇铃》《雨打芭蕉》《旱天雷》《步步高》《平湖秋月》《娱乐升平》《赛龙夺锦》等，从标题到音乐旋律都富于日常生活的"画面感"。尤其是在上世纪的二三十年代，以何柳堂、何大傻、吕文成、尹自重、程岳威、易剑泉等为代表的一大批音乐家，开创了广东音乐的全盛时期。他们创作并演奏了大量曲目，不少作品抒发了对丑恶事物的不满，对新生活的期待和展望，对自然风光的赞美，如《双声恨》《赛龙夺锦》《平湖秋月》等。至三四十年代，由于受到西洋技法的影响，广东音乐又出现了《步步高》《惊涛》等具有轻音乐性质的乐曲；又因时势动荡，国恨家仇，便有《禅院钟声》《泣长城》《醒狮》等表现感伤或激奋的乐曲问世。此外，广东音乐"五架头"的演出配合，讲究"即兴性"的默契，犹如粤剧演员在演出时懂得"爆肚"（临场发挥）和"执生"（随机应变）一样，充满着"现场感"和即兴随性的艺术感觉。要之，广东音乐的平民化的情感表达颇显岭南特色。

至于岭南各地大量的、多样式的民间音乐和各色其色、花样繁多的民间舞蹈，同样是平民化的情感表达的丰富例证。

岭南文学艺术就是这一"平民化情感表达"的重要载体。

四、融汇包容的艺术趣味

岭南人的人口构成呈现为"杂多"状态，其生活文化因之也形成"杂多"风格，一碗"及第粥"或"艇仔粥"可以作为其具有"象征意味"的"代表性作品"；他们善于利用自己的"地利"以及可以接触到的各种外来事物，因地制宜，巧于搭配，灵活运用，其文学艺术也随之形成融汇包容的艺术趣味。

以岭南小说为例。

写出《二十年目睹之怪现状》的吴趼人，曾在上海的报业界相当活跃，先后担任过《字林沪报》《采风报》《奇新报》《寓言报》的主笔。光绪二十八年（1902），吴趼人开始为梁启超在日本横滨创办的《新小说》写稿，《二十年目睹之怪现状》即连载于该杂志。该书第一回末尾交代："想来想去，忽然想着横滨《新小说》，销行极广，何不将这册子寄到《新小说》社？"最后一回的末尾写道："这部笔记交付了横滨《新小说》社，后来《新小说》停版，又转托了上海广智书局，陆续印了出来。到此便是全书告终了。"明白这一出版经过，对于理解这部小说的新颖结构和独特写法颇有帮助。该小说共108回（《新小说》停刊后又续写了63回），篇幅不可谓不长，可是它并不像传统小说那样以某个"大事件"（如《三国演义》之"三分天下"、《水浒传》之"梁山聚义"、《西游记》之"西天取经"等）来结撰全书，也不像一般的历史演义那样以某朝某代的兴衰故事为叙述的线索（如《隋唐演义》《洪秀全演义》等）。它写得很散，一个一个的"怪现象"接连出现，它们却互不联属，这有点像《儒林外史》，但又不太像《儒林外史》，后者连贯穿始终的人物也没有。相反，《二十年目睹之怪现状》有贯穿始终的人物，那就是"我"，以及"我"的同乡、同窗兼有着长兄般情谊的吴继之等。正是"我"本人的二十年见闻与吴继之等人平常闲聊时讲述给"我"听的这二十年来的各色人等的或是丑闻、或是笑话的故事构成了全书的主要内容。全书的一个最大特点是：很多单个的故事，篇幅长短不一，但其叙述方式常常是一个人在讲，一个人在听并记录，而后一个人就是"我"，所以，全书每一回的末尾的套语不再是"且听下回分解"，而是"且待下回再记"。不要小看这个"再记"的词，它的出现是中国小说史上的一种新变，它改变了传统小说由说书艺术衍生出来的讲故事的方式，离开了"说书"的特定语境，而进入了另一种新的语境，即"期刊"语境。因为吴趼人写作《二十年目睹之怪现状》是对应着期刊的出版周期的，"我"已经不再是"说书人"的身份，而是充当起向读者做"现场报道"的类似"记者"的角色，这是全书的结构和写法与传统小说极为不同之处。

又如《洪秀全演义》，这是一部别具手眼的长篇小说。它跟明清以来为数众多的历史演义小说相比，自有鲜明的特色。其作者不像过往的人依据二十四史里的某段历史加以敷衍成篇，或据如《通鉴纲目》一类的书进而扩展而成。以洪秀全为中心的"太平天国史"上距作者黄小配生活的时代并不遥远，甚至可以说是近如

"昨天"。而对于洪秀全等人物的评价可谓众说纷纭，作者心目中所欲仿效的是《史记》里的《陈涉世家》和《项羽本纪》，他佩服司马迁不以成败论英雄的历史眼光和卓越见识，故而着眼于特定历史中的人物，以历史事件为背景，以刻画不同层次、不同性格、不同作为的人物为旨趣。就其文体而言，颇像是一部"洪秀全本纪""李秀成世家"与"石达开列传"的混合型作品，而且，还"混入"了作者听来的"口述历史"的成分。

再如《新中国未来记》，它是梁启超对小说文体的一次"革命性"的实验，是一个十分独特的文本。这部书的创意来自梁启超的"新小说观"。这可以分为两个层面来看：其一，光绪二十八年（1902），梁启超创办一份杂志，名为《新小说》，杂志创刊急需稿子，他便亲力亲为，而且为了保证符合自己的办刊宗旨，决定以《新中国未来记》来打头炮，这也是他涉足小说创作领域的机缘所在；其二，既然标榜"新小说"，当然力求不同于过往的小说写法，用梁启超的话来说就是要进行一次"小说界革命"。他在《新小说》创刊号的发刊词里写道："今日欲改良群治，必自小说界革命始；欲新民，必自新小说始。"换言之，梁启超认为小说这一文体与群众相亲近，容易为群众所接受，群众也乐于阅读，故而"革新"小说文体，让它担负起"新民"的历史使命。梁启超具有远见地将群众喜闻乐见的小说改造成一种前所未有的"新媒体"，使之承载着种种新的

"政治信息",让这些"政治信息"借由小说而广为传播,以求奠定某种政治理念的"群众基础"。用今天的眼光看,梁启超相当超前地将政论体、新闻体和小说体"融合"起来,这是近代史上的一次"多文体融合"的新尝试。这是作为一位政治活动家的梁启超在摆弄"融媒体",作品里的很多内容也就显示出其在中国传统小说之中从未有过的"新元素"。

至于其他艺术方面,如粤剧表演艺术在既有的表演程式基础上吸收、运用了京剧的武打和做派,也借鉴了话剧、电影讲究真实和接近生活的表演方式,增强和丰富了粤剧艺术的表演手段;舞台艺术则借鉴京剧、电影的化妆,学习京剧的脸谱;其布景从传统的"一桌二椅"发展为软景、硬景兼备,舞台设计、背景布局都大为改观。戏服也变得五花八门、花样繁多(有过于花巧之弊,后来得到一定程度的改正)。在此多种艺术元素的融合的过程中,有些广东音乐的演奏家起到独特的作用,如尹自重,他擅长拉小提琴,曾是粤剧大师薛觉先领衔的"觉先声剧团"的首席音乐员,他领导的乐队引进了西洋乐器如小提琴、萨克斯管、吉他等,丰富了粤剧的"棚面"(伴奏乐队),在粤剧发展史上具有不可忽视的意义。

至于岭南绘画如"岭南画派"的画作,在高剑父等开山人物的引领之下,灵活化用居廉的"撞水法""撞粉法"与日本技法、西洋画法,形成"折衷中西,融汇古今"的大格局,也常常为人所称道。

岭南文学艺术就是这一"融汇包容的艺术趣味"的重要载体。

三

本书以岭南诗歌（分"唐宋元明时期"和"清朝及近代时期"两个部分）、岭南散文、岭南小说、岭南戏曲、岭南音乐舞蹈、岭南书画的名目设章，再分节介绍，以期纲目清晰、要言不烦。

本书的总体构想是：突出重点，避免浮泛，以点带面，点面结合，一些面上的知识拟在各章的导语或小结里介绍；历史叙述与艺术鉴赏兼顾；选取"重点"的思路是以唐宋以后为主，尤其重视明清及近代，皆因明清及近代时期的资料较为翔实可用。

开始一番对岭南文学艺术的巡礼，可以有助于深入了解"岭南"的丰富意涵，更有助于较为"立体"地理解中国历史尤其是近代史的发展趋势与重大变迁。

岭南文学艺术具有"中国价值"，它应该是属于中国的。

第一章

岭南诗歌(上):唐宋元明时期

岭南诗歌，现知最早的是先秦时期留传下来的《南海仙人祝辞》残句："愿此阛阓，永无荒饥。"所谓"阛阓"，指城内道路，这两句的意思是祝愿南海居民衣食自足，安居乐业，路上没有无家可归的饥民，永远免受饥荒之苦。而发出这个美好愿望的是"南海五仙人"，据说，他们生活于周夷王时代，"衣各一色，所骑羊亦各一色"，可以想象这是一个色彩绚丽的情景，更加重要的是，他们"各以谷穗一茎六出，留与州人"，造福南海居民，并且深情地献上祝辞，然后才腾空而去，不知所踪，其所骑"五羊"随即化为"五羊石"。这是"羊城"的由来，充满着诗意。岭南诗歌就以此美丽的传说发端。

秦汉、魏晋时期，岭南诗歌的创作也日渐丰富，但据传世文献记载，以铭文和民谣、民谚居多。而有名可查的岭南诗人，最早者是汉初番禺人张买。据欧大任《百越先贤志》的记载，张买在汉惠帝时（公元前194—188）"侍游苑池，鼓棹能为越讴，时切规讽"。记载虽然简略，但信息颇不简单，可以看出，身为岭南人的张买身份不低，可以进入宫禁之地，陪伴皇帝游玩皇家园林；他是一位有头脑、有批判意识的人，对于时弊不隐瞒自己的看法，以"越讴"的形式在皇帝身边加以"规讽"，足见其胆识和勇气。而"越讴"这种诗歌形式在汉初就已经流行，并由张买传播到了当时的京师。可惜，张买的作品没有流传下来。

最早有个人作品流传的是汉代的杨孚（官至临海太

守），他的《南裔异物志》里有赞语，均为四言韵语，描述的是岭南的独特风物即"异物"；所谓"南裔"，据屈大均《广东新语》卷一〇的说法，指的就是广东："广东居天下之南，故曰南中，亦曰南裔。"杨孚的赞语可视为诗歌的一种形式，屈大均《广东文选》卷二三收录了几则，这也是今天我们所能见到的最早的岭南诗歌作品。

汉魏以后，岭南诗歌作品的内容愈益多样，文学性明显提高，如南北朝时期番禺人刘删的《赋得苏武》："奉使穷沙漠，扶泪上河梁。食雪天山近，思归海路长。系书秋待雁，握节暮看羊。因思李都尉，还汉不相忘。"（《艺文类聚》卷五五）这是一首咏史诗，作者对苏武的命运表达深切的同情，对苏武的民族气节也深表景仰；诗句贴合苏武的生平故事，语言既有概括力又形象饱满，全诗写得意味深长，朗朗上口。此外，在晋朝，尤其是西晋末年（永嘉年间），因"八王之乱"而导致北方社会极大的动荡，相对而言，当时的"南裔"之地却较为安定，出现了一首三言民歌："永嘉世，天下灾；但江南，皆康平。永嘉世，九州空；余吴之，盛且丰。永嘉世，九州荒；余广州，平且康。"前面数句是铺垫，重点是后面四句，通过南北对比，描述了"永嘉之乱"对北方的破坏程度，抒发了南方人（尤其是"广州人"）享有安定生活的自豪感和满足感。这首作品是刻在广州出土的晋代墓砖之上的，可以视为广东现存最早的民歌。

隋唐以后，岭南诗歌的风貌越发多姿多彩，传世作品也越来越多，其中还不乏传诵千古的名篇。如盛唐时期的张九龄，是岭南诗人中成就最高、影响最大的，其诗作脍炙人口，流传久远。晚唐时期的广东诗人有邵谒（韶州翁源人）和陈陶（具体籍贯不详，只知是岭南人）。邵谒的作品对晚唐的社会生活多有涉及，对民间疾苦多表同情，现存诗作32首，收录于《全唐诗》中；陈陶擅长乐府诗创作，《全唐诗》辑有其作品二卷。

宋元时期，岭南诗人辈出，其中，北宋的余靖是继唐代张九龄之后的又一位重要人物，他的作品给当时的诗歌创作带来了一股"清劲"之气，对"绮丽浮靡"的诗坛弊端起到补偏救弊的作用，故温汝能《粤东诗海》誉之为"吾粤宋诗无出其右"。此外，南宋的崔与之、李昴英也在诗坛广有影响，他们二位的诗品与人品深得宋末爱国诗人文天祥的高度评价和尊崇。其他诗人如宋代的葛长庚（又名白玉蟾，出生于海南，后生活于雷州）、陈焕（博罗人）、曾跃麟（南恩州人，今属阳江）、刘镇（南海人）、区仕衡（顺德人）等，元代的罗蒙正（新会人）、黎伯元（东莞人）、王景贤（海康人）等，其诗作或讥讽弊政，或表达高洁情怀，等等，均取得一定的成就。至元代，诗名较著者有罗蒙正（新会人）、黎伯元（东莞人）等人，但这一时期的整体成就不高。

明代初年，岭南诗人孙蕡、王佐（祖籍山西，随父亲南下，后因战乱，寄居岭南）、黄哲（番禺人）、李德（番禺人）、赵介（番禺人）并称"南园五子"，他们在广州南园结社唱和，推崇盛唐诗风，反对宋元时期流行的"以学问为诗"的江西诗派习气。他们的诗作，明嘉靖年间由陈暹合刻为《南园五先生集》。其中，孙蕡为"南园五子"之首。而在明嘉靖年间，欧大任、梁有誉（顺德人）、黎民表（从化人）、吴旦（南海人）、李时行（番禺人）五位诗人再次结社于南园，史称"南园后五子"。清陈文藻等编有《南园后五子诗集》。明末崇祯年间，黎遂球、陈子壮、陈子升、欧主遇、欧必元、区怀瑞、区怀年、黎邦瑊、黄圣年、黄季恒、徐棻、僧通岸十二人第三次结社于南园，史称"南园十二子"。

而"南园后五子"之中，欧大任、梁有誉、黎民表均师从黄佐（香山人）。黄佐是活跃于明正德、嘉靖年间的著名经学家和方志学者，撰有《广东通志》七十卷、《广州人物传》二十四卷，以及《香山县志》《罗浮山志》等。他又是一位颇具个人风格的诗人，《粤东诗海》评其诗风是"体貌雄阔，思意深醇"。他还被誉为"粤中昌黎"，即视之为广东的"韩愈"，地位崇高。

明万历年间活跃于诗坛的区大相（？—1612，高明人），其名声也颇大，清著名诗人朱彝尊《静志居诗话》卷一六有其小传，称区大相"持律甚严，铸词必炼"，又说："岭南山川之秀，钟此国琛，非特白金、水银、丹砂、石英已也。"对他的五言律诗评价尤高。

明代末年的岭南诗人邝露（南海人）、陈邦彦（顺德人）、张家玉（东莞人）等，均为热血男儿，他们的作品感慨深沉，颇有忠烈之气，富于感染力。

此外，明代岭南诗人有的虽然取得了功名，但深知仕途凶险、官场黑暗，出乎寻常地弃轩冕而不顾，返乡从事教育事业，余闲从事诗歌创作，传承了陶渊明"不为五斗米折腰"之风，品行高洁，潮汕地区的林大钦可为代表。而林大钦的《殿试策》一文，收录于屈大均纂辑的《广东文选》卷七，与张九龄的《应道侔伊吕科策》列于同一卷；《广东文选》卷八还收录了林大钦的《饶平县志序》，可见屈大均对林大钦的重视。

在时间跨度较大的唐宋元明时期，岭南的诗人们关注现实，胸怀家国，达则兼济天下，穷则独善其身，各自有着独特而高洁的人格魅力。

一、唐代"粤诗之祖"张九龄

张九龄（678—740），字子寿，曲江（今韶关）人，唐代杰出的政治家和诗人。他是岭南第一位在全国有重要影响的诗人，被后人尊为"粤诗之祖"。

张九龄于唐中宗景龙元年（707）中进士，授校书郎，后得到宰相张说赏识，升中书舍人。唐玄宗开元十四年（726），张说被罢官，张九龄改任太常少卿，本要出为冀州刺史，后请改洪州都督。他因文才出众，诏擢秘书少监、集贤院学士。后迁工部侍郎，知制诰，

第一章 岭南诗歌（上）：唐宋元明时期

张九龄

再迁中书令，知院事。他是唐朝开元时期重要的政治人物，参与过朝廷的重大决策，为人正直，秉公办事，不依附权贵，后为李林甫所嫉恨，受到无情排挤，于开元二十五年（737）四月贬为荆州长史。谪居荆州是他晚年的一段重要经历，在此期间的诗歌创作得到后世诗评家的高度评价。三年后病逝（一说卒于荆州，一说卒于故里），享年63岁。

张九龄的诗歌作品流传颇广，宋代编的《文苑英华》、清代编的《全唐诗》均收录其作品。他是唐代创作五言诗的高手，在扭转初唐崇尚绮靡的形式主义诗风方面贡献良多；他又与陈子昂齐名，是陈子昂之后继承汉魏风骨的重要人物，引导诗歌创作回归现实体验，对于促进唐诗的健康发展起到不可忽视的作用，在唐诗史上具有崇高的地位。

张九龄的不少作品脍炙人口，最为人所熟知的是位列《唐诗三百首》第一篇的《感遇》诗，"兰叶春葳蕤，桂华秋皎洁"（其一），"岂伊地气暖，自有岁寒心"（其二），这些诗句，感动着一代又一代的读者。同样收录于《唐诗三百首》的《望月怀远》，也是家喻户晓之作，尤其是每到中秋，人们口中念诵着"海上生明月，天涯共此时"，心里思念着远方的亲友，沐浴在充满诗意的清辉之中。张九龄这个名字和他的诗作已经成为一般人诗歌修养的"必备元素"。

张九龄传世作品有200多首，内容广泛，除应制诗、唱和诗外，还有纪行诗、送别诗、游览诗、咏物诗、咏怀诗等,其中以五言古诗和五言律诗居多,也有少量的七言诗和四言诗。他的诗歌风格以"淡远微至"著称,被后人尊为"张曲江体",可见其个性之鲜明、影响之深远。

张九龄虽为积极入世的政治人物,但是,其思想也糅合了一些道家的成分,所谓"淡远""怡适""清醇"等后人的评语,都折射出张九龄诗歌创作的超迈意识,以及不为俗世所累的襟怀,且看他的《晨出郡舍林下》:

晨兴步北林,萧散一开襟。
复见林上月,娟娟犹未沉。
片云自孤远,丛筱亦清深。
无事由来贵,方知物外心。

许是公务之余,难得一天的萧散时间,作者在郡舍林下散步观景,真是美好的享受。首联写晨起散步,颔联写月落未落之际的竹间徘徊,可见这一天实在过得潇洒。其身心或沐浴在晨曦之中,或浸润在清辉之下,无思无虑,独往独来,特别是在竹丛里穿行,真有"竹里坐消无事福"的意境。尾联显然来自道家的出世思想,即对"物外心"的追求;作者虽非以道家自居,却可以在烦杂的政务之余进行自我心理调适。张九龄的这类诗作,对王维、孟浩然、储光羲、常建、韦应物等诗人深有影响。

第一章 岭南诗歌（上）：唐宋元明时期

二、参与"庆历新政"的北宋诗人余靖

余靖（1000—1064），原名希古，字安道，曲江（今韶关）人，是北宋政治家、史学家和诗人。

余 靖

余靖是继张九龄之后出生于岭南的著名政治家，是宋仁宗时期具有全国影响的政治人物。他与欧阳修等人活跃于当时的政坛，参与"庆历新政"。石介《庆历圣德颂》有"惟修惟靖""忠诚特达""刚气不折""屡进直言"等语，将余靖和欧阳修相提并论（二人私交甚好，余靖母亲去世，欧阳修致函返乡守制的余靖，表达思念之情），可见余靖在庆历年间政坛的分量。

余靖是宋仁宗天圣二年（1024）进士，当过地方官，做过秘书丞。他因发现班固《汉书》多有"舛谬"，于是上书朝廷，奉命与王洙（北宋著名藏书家和文献学家）校勘《汉书》以及《史记》《后汉书》，其校勘成果得到朝廷嘉许，可见其史学和文献学的造诣之深。景祐三年（1036），他上疏论及范仲淹被贬饶州一事，认为处置不公，替范氏鸣不平，称："倘其言未合圣虑，在陛下听与不听耳，安可以为罪乎？"（《宋史·余靖传》）其为人之鲠直可见一斑，但他因此遭到贬斥，谪监筠州（今江西高安）酒税。庆历年间，迁右正言，多次上呈安定边疆的奏折，并先后三次出使辽国，均不辱使命。嘉祐六年（1061）知广州，时已年过六旬。官至工部尚书。卒于治平元年（1064），享年65岁。

作为政治家，余靖的诗作每每顾及"公堂"与"养正"，这是他高尚的政治操守和君子人格的表现，如《寄题广州田谏议颐堂》：

> 退食公堂暇，应无俗虑侵。
> 帘开双燕外，吏散百花阴。
> 海域逍遥境，荣途淡泊心。
> 政成先养正，惠爱及民深。

首联和颔联描述的是公务之余的情状。颈联写得散淡：虽然身在官场，却无意谋私，不以"荣途"为念，适当放飞心灵，想象一下"海域逍遥境"，以作休息，等待下一批公务。尾联言志：在休息之余，驱除俗虑，不为功利得失费心。这是"养正"的功夫，只有清廉公正，才能为老百姓做实事，惠及四方。其实，颈联与尾联的意思是相辅相成的。这首诗表面上是赞许田姓朋友的官场表现，实际上也是夫子自道，读者可以从中领略余靖的内心修养和为官之道。又如《送容州杜秘丞》有句云："官满一舟归，高怀俗背驰。家藏唯翰墨，民政在声诗。"这是勉励和褒奖朋友的话，称赞杜秘丞离任时依然是两袖清风，一尘不染，高怀脱俗，而政声显著，有口皆碑。又如《题憩贤亭》有句云："区区荣利途，扁舟暂时憩。"诸如此类的诗作，在余靖的诗集里并不少见。

余靖值得注意的诗作还有他出使塞外时的作品，如

第一章 岭南诗歌（上）：唐宋元明时期

《塞上》：

> 汉使重颁朔，胡臣旧乞盟。
> 烽烟虚昼望，刁斗绝宵惊。
> 虎落云空锁，龙堆月自明。
> 祁连山更北，新筑受降城。

在表现上国使者之自信的同时，也表露出对边疆安宁、民族和睦的期盼和祝愿。

余靖在诗里又常常显露个性，在自嘲中坚持自己刚正清廉的操守，如《和王子元同归曲江有感》：

> 年少登科今白头，不才多病分归休。
> 深恩未报云天谊，弱质易惊蒲柳秋。
> 进退无机常蹭蹬，穷通知命自夷犹。
> 相逢莫问市朝事，绿水青山是胜游。

这首诗写于晚年回乡之时，他回顾自己的一生，几十年里经历无数的宦海波澜，饱受挫折，说没有官场经验是说不过去的，可为何还是如此倒霉？原因无他，就是"进退无机"四个字，没有城府机心，不计得失利钝，守住"养正"的初心，如此而已。步入晚年的他，"穷通知命"，心安自是"夷犹"，一切等闲视之，置身于市朝之外，觉得还是家乡的山水最好。他说自己"不才多病"，应分退休，虽是一种老人心态，可也说明他始终如一，素心不改；为官一世，清廉而退，安然自得。

清温汝能纂辑《粤东诗海》认为余靖的诗歌"骨格清苍，吾粤宋诗无出其右"，综观余靖的诗歌风貌，这是恰当的评价。

三、宋代"粤词之祖"崔与之

崔与之（1158—1239），字正子，号菊坡，增城人，是南宋时期政治家、军事家和诗人。

崔与之于宋淳熙十六年（1189）参与"补试"，绍熙元年（1190）"补太学生"，获得入读太学的资格，由此发愤图强，于宋绍熙四年（1193）考中进士，开岭南士子入读太学而登进士的先例。先授浔州（今广西桂平）司法参军，后转授广西提点刑狱。他在官场历练多年，熟悉司法事务与地方行政，先后在宋光宗、宋宁宗、宋理宗三朝为官。宋理宗先后授予他参知政事和右丞相兼枢密使的高位，并称赞他"允文允武，善断善谋"，又担心他不答允，特派崔氏学生李昂英前去劝说，但崔与之以年事渐高、病势日深为由，一一力辞。嘉熙三年（1239），以观文阁大学士致仕。卒赠太师，谥清宪。

《宋史》卷四〇六有崔与之的传记，说崔与之的父亲崔世明以"不为宰相，则为良医"自励，而崔与之自小立志远大，"卓荦有奇节，不远数千里游太学"。

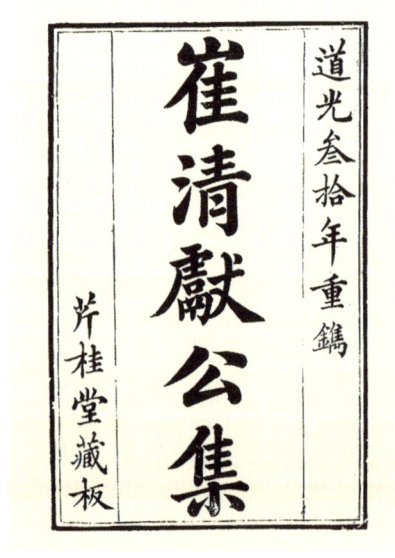

《崔清献公集》书影

为官之后,每每在奏折里表达远见卓识,对于朝廷的用人、边疆的军事等均有建言,获得皇帝的赏识和重视,"帝览奏嘉叹,趣召愈力",屡蒙召见,送达皇帝的奏疏多达13份,足见崔与之的政治才华。

崔与之诗词兼擅,其词作在岭南词史上占有崇高地位,被誉为"粤词之祖"。虽然他留下来的作品较少,但从现存的词作来看,走的是"豪放派"路数,且看他的《水调歌头》:

> 万里云间戍,立马剑门关。乱山极目无际,直北是长安。人苦百年涂炭,鬼哭三边锋镝,天道久应还。手写留屯奏,炯炯寸心丹。　对青灯,搔白发,漏声残。老来勋业未就,妨却一身闲。梅岭绿阴青子,蒲涧清泉白石,怪我旧盟寒。烽火平安夜,归梦绕家山。

崔与之身处四川剑阁,此处山峦叠起,极目远眺,山外还是山,地势极高,关口极险,自古以来为兵家要地。他回顾北宋末年以来的历史,一件件史事在脑海闪现。外敌入侵、百姓流离失所,朝廷权力中心被迫南迁,边地屡屡告急,烽火接连不断,这一切怎不叫人焦虑万分,怎不令人急于谋划对策,故而"手写留屯奏,炯炯寸心丹"。上片描写军情紧急,下片则抒发"勋业未就"的忧虑。年纪已老、年光有限更加增添内心的矛盾:身为朝廷大臣,理想的人生当然是建功立业,告老还乡,回归林泉,可是此志尚未完成,又怎能抽身而返回故乡呢?心中煎熬,夜不能寐,粤北梅岭千树万树的梅子,还有蒲涧的清泉白石,时时入梦,让人难以忘怀。下片不免感伤,却并不消沉,流露出在功业与乡愁之间的一种矛盾情感。

崔与之的诗作,与其词作有相通之处,即将"安社稷"与"物外心"相提并论,如题为《谢山神》的一首:

> 来到庐山日日阴,斜风细雨乱云深。
> 移舟夜壑人间世,荷锸春郊物外心。
> 要把封疆安社稷,谁教轩冕换山林?
> 殷勤招隐知深意,五老朝来露玉簪。

《谢山神》原题是很长,其文曰:"嘉定甲戌正月,以金部郎分阃东淮,正当金虏弃巢南奔之时,人不愿往,以君命不敢辞。首尾五年而不得代。戊寅腊月,以少蓬召,而病且衰矣。良知不堪世用,决意南归。舟次豫章,三疏丐闲而不得请。幡然东下,舣棹南康重湖阁,夜梦人告之曰:'死于庐山之下。'觉而识其事,并以小诗谢山神。"崔与之写这首诗时,实际上以老迈之躯为国家奔劳,"三疏丐闲而不得请",只能勉力为之;嘉定戊寅,即宋宁宗嘉定十一年(1218),崔与之已经60岁,他既有以"安社稷"为己任的情怀,又有以"轩冕"换"山林"的志向,并非不想继续为国分忧,而是实在力不从心。"五老"指庐山五老峰。崔与之到过庐山之后,买舟继续南下,到了豫章(今南昌),本意是由此返回广东老家,而"三疏乞闲而不得请";船到南康(今属江西赣州),夜有不吉之梦,梦里有人告之"死于庐山之下",语虽不吉利,但毕竟"山神"有灵,所以他写诗拜谢。

崔与之的其他诗作,每每出语老练、清刚严正,这与他的学养和抱负均有密切关系。

四、南宋后期著名政治家和诗人李昴英

李昴英(1201—1257),字俊明,号文溪,番禺人,是南宋后期著名政治家和诗人。

李昴英

李昴英是宋宝庆二年(1226)进士,初授汀州(位于福建西部)推官,继而转职于广东经抚司,主管机宜文字。端平三年(1236)召为太学博士。嘉熙二年(1238)迁秘书郎兼沂王府教授,出为福建建宁宪仓提举。嘉熙四年(1240)年底,其父病故,遂于淳祐元年(1241)归里守制。淳祐五年(1245)经人推荐再次入朝,初为监司,后擢升为右正言。他身为言官,尽职尽责,刚正不阿,一度深得宋理宗的信任和嘉许,但因触犯龙颜,被罢免,不得不离朝返粤。此后,虽有再度起用的机会,也曾重获宋理宗的信任,但朝中奸臣当道,政敌不少,李昴英心灰意冷,辞官而去。宝祐五年(1257),身心疲惫的李昴英病逝,享年57岁。

李昂英的诗作以五律、七律居多。他虽在官场，但作品中每每流露出远离尘嚣的倾向，以此来寻求心灵的安慰。或者参谒佛寺，或者游玩名山，或者踏访胜迹，翛然有出尘之想，而无恋栈之心，如《北山证果寺》：

久闻北寺最清幽，因看花田遂一游。
近郭好山半烟雨，参天乔木几春秋？
香凝永昼添谈柄，风啸长松爽茗瓯。
此境今才逢我辈，不留诗去鹤猿羞。

清幽的山寺，适宜久留闲谈，不知不觉过了很长的时间，却谈兴不减。松林风起，令人更觉惬意，边谈话，边喝茶，举头所见，室外参天古木，森森然更觉幽清，一洗心中烦恼。作者认为，来游之人例应对景题诗，方不负此佳胜。

李昂英从政，本着报国之心，与那些争名逐利、攀附权贵者不同，他以不结党而闻名朝野，以清廉正直、敢言敢干著称。从他的诗里可以看到，就算是平常的游玩，他也要提醒自己不要向世间有所求取。他对仙家颇为向往，如《罗浮飞云顶》写道：

山行颇觉思悠然，游遍仙家几洞天。
登见日亭风刮面，立飞云顶月齐肩。
稚川翁有烧丹灶，景泰师留卓锡泉。
我得真人金石诀，无求自可享长年。

他对广东的罗浮山情有独钟，有多首诗作写到这座名山，而道家的稚川翁（葛洪）与佛家的景泰师（梁朝时禅师，曾在罗浮山驻锡，留有"卓锡泉"遗迹）都是他所仰慕的，他在烧丹灶、卓锡泉处徘徊，回味罗浮山的历史与传说，以"无求"作为自己的素心，这也是很难得的。他在《白云登阁》里有句云："几重山隔几重海，一日身闲一日仙。真乐无如会心处，林花野鸟亦欣然。"这是可以与上诗互参的。

李昂英在后人心目中的形象是很高大的，如明代著名哲学家陈献章说："自予为儿时，已闻文溪名而喜；少长，益向慕，而独恨未识其心胸气象为何如。……今幸寄目于先生之文，而知富贵果不足慕，贫贱果不足羞，功利得丧，屈伸予夺，一切果不足为累。"（陈献章《李文溪公文集序》）如果大家认真来读读李昂英的诗歌，相信也会得出相同的看法。

五、"岭南明诗之首"孙蕡

孙蕡（1337—1393），字仲衍，号西庵，时人称西庵先生，广东顺德人。他由元入明，是明代初年岭南首屈一指的诗人。

孙蕡于明洪武三年（1370）中举，旋登进士，授工部织染局使。不久，出任虹县（今安徽泗县）主簿。此地经历兵火，民不聊生。孙蕡善于安抚百姓，鼓励恢复生产，颇有政声。一年之后，被召回内廷，为翰林典籍，参与编修《洪武正韵》。他还与明初文人领袖宋濂多有交往，宋濂为孙蕡的《西庵集》作序，孙蕡有《送翰林宋先生致仕归金华二十五首》。宋濂（1310—1381）比孙蕡大近30岁，谊兼师友。洪武十年（1377），孙蕡出为平原县（今属山东省德州市）主簿，不幸遭遇宦海风波，被捕入狱，备尝苦楚，有《幽居杂咏七十四首》纪其事。洪武十一年（1378），罢官返粤。洪武十五年（1382）再次被召回朝，授任苏州府经历，任职七年，多做实事，政绩颇著。洪武二十二年（1389），又遭到困厄，被流放到辽东。洪武二十六年（1393），罹党祸而被杀。

孙蕡一生跌宕起伏，而以不幸为多。他因见多识广博，饱经忧患，故见识迥异恒流，能发人所不能发，且

《西庵集》书影

看其《昭君》一诗：

> 莫怨婵娟堕房尘，汉宫胡地一般春。
> 皇家若起凌烟阁，功是安边第一人。

自《西京杂记》记载王昭君的不幸故事以来，历代的文人为昭君洒下同情之泪者甚多，元马致远杂剧《汉宫秋》里的王昭君也是一个悲剧人物。可是，在孙蕡眼中，昭君不但不是悲剧角色，而且还是让"胡地"与"汉宫"和平相处、共同繁荣的历史功臣；而且不是一般的功臣，还是安定边疆的"第一人"。这在王昭君故事流传史上可是不同凡响的见地。

孙蕡的一些诗作颇有晚唐风韵，蕴藉典丽，耐人寻味，如《江上》：

> 江上青枫初着花，客帆和月宿蒹葭。
> 透云疏雨数千点，临水小村三五家。
> 风起渔船依钓石，潮回归雁认平沙。
> 秋怀已向南天尽，又是沧洲阅岁华。

初秋刚过，江上片片枫叶，青中带红，远观犹如红花；明月初上，客船停泊在蒹葭丛中。忽然飘过几片云彩，下了一阵疏疏落落的秋雨，夜更深了，江枫渔火，若明若暗，近处小村，人烟稀少。风更大了，寒意逼人，怪不得北雁南飞。此时此刻，更是怀念家里的亲人，心也如大雁一般早就飞向遥远的岭南，不知不觉，在外又是一年了。这首诗写的是游子的乡愁，秋天的落寞、天气的寒冷、人生旅途上的人情冷暖，一一袭上心头，浓得化不开，可谓心结难解，但十分唯美，耐读耐吟。

孙蕡的诗，富于深情，自然流露，有一股感发人心的力量。如《别弟》写手足之情："离离原上草，岁晚霜霰滋。与子为兄弟，生世逢乱离。漂荡各分散，生死安得知。乐土叹无食，南州叹无衣。……远道去茫茫，会合未有期。吞声念同气，泪落不敢挥。他乡倘言归，庶慰遥相思。"他还有几首诗，全是写别情，如《别乡》《别友》《别内》，均感情深挚，以平常语入诗，颇有乐府遗风。

前人对孙蕡的诗歌极为重视，尊之为"岭南明诗之首"，这说法并非过誉。

六、"逃离"官场的明朝状元林大钦

林大钦（1511—1545），字敬夫，号东莆，又号毅斋，海阳（今潮州）人，是明代岭南别具一格的诗人。

林大钦于明嘉靖十年（1531）应乡试中举，十一年（1532）状元及第，授翰林院编修。可是，他目睹了权臣跋扈后，遂无意仕进，以母老乞归。归里后，他专心讲学，沉潜书卷，怡情山水，赋诗言志，翛然自得。

在恶浊的政治环境里，林大钦逃离官场，乞归故

第一章 岭南诗歌（上）：唐宋元明时期

里，其人生选择与常人颇异；他一生的"仕途之旅"永远处于"未完成"状态，而他却自觉、执着地去"完成"其内心的精神探寻之旅。面对内心的孤独，他超越世俗，以自己的诗化性格体悟澄明的人生境界，并努力将自己的人格涵养成一首诗，故其传世的诗歌呈现出充满哲思的意趣。

生于浊世，有才华而不愿同流合污，内心的无奈与痛苦可想而知。林大钦在科场不可谓不顺利，二十出头，已经状元及第，可谓羡煞旁人，春风得意。可是，进入官场后，耳闻目睹，无非骄横跋扈之人，勾心斗角之事，敏感而自尊的林大钦深感无所适从，遂萌生退意，全身而返。林大钦清醒地意识到："人事多舛错，百年会多忧。"（《田园杂咏八首》之二）这是他面对现实的一种人生体认。这一人生体认是林大钦在诗歌创作上的心路历程的逻辑起点。他对世间的污浊有着本能的反感："行行聊自由，苟营非所歆。"（《田园闲居四首》之三）这正好可以解释他乞归的原因。及早抽身隐退，是林大钦的自觉选择。

林大钦诗中常常表现隐士的高洁形象："登高思振衣，临流思洗耳"（《田园杂咏八首》之五）；"予本烟萝客，投足净悠襟"（《晨楼》）。他并非自命清高，而是污浊的人世激发出他对高洁人格的向往，使他产生一种"出逃"的心理："振翼凌云汉，罗者安所寻？冲静得自然，荣华何足歆？"（《咏史六首》之二）这说的是古人，也是在说着他自己。他的乞归，未

林大钦

尝不是"出逃"，逃离官场，远离是非，"罗者安可寻"？摆脱"罗者"布下的陷阱，回归天然的自我，在自我的天地里寻求人生的意义。

林大钦在诗歌里若隐若现地流露出情绪的波动，有的时候，一场平常的风雨也能惹起他面对孤独时的愁绪，如《雨》：

> 高堂风雨过，五月疑清秋。
> 独坐清尘垢，冥心散远愁。
> 利名今寂寞，出处若虚舟。
> 杳然迷所虑，天地一云浮。

人在世上，"尘垢""远愁"是时时会出现的，并非一次过就能够清除干净。五月的一场风雨突如其来，入夏后的气温忽然下降，令人感到有如清秋般的凉意。世态炎凉，冷暖自知，正好借着这阵风雨将内心的烦闷驱遣，在独坐的状态中冥思，在冥思中寻求解脱，体认到"出处若虚舟""天地一云浮"，从而化解内心的不安和郁结。林大钦意识到，"达人"不一定是时时豁达的，关键在于要适时地调整心态，以虚空的心怀去应对困境。他在《达人吟》中写道："达人能解俗，处世贵藏晖。而我屏心想，颓然任冥微。新沐莫弹冠，新浴莫振衣。污泥出红莲，斯道可同归。"现实的人世，污浊随处可见，就如红莲出于污泥之中，只要内心有一份坚守，有一份"出污泥而不染"的信念，以和光同尘的姿态处世，在"处世贵藏晖"的前提下，做到"达人能解俗"也就不是一件很难的事情了。

就诗风而论，林大钦的作品恬淡而不寡味，内敛而不隐晦。他擅长五律、七律，诗体短小灵便，意绪清幽闲雅，造语平易而洁净，运思委婉而深沉。其诗歌体式变化不多，传世作品中并没有排律、歌行体这一类大开大合的创作，才气不算充盈，气魄不算宏大。可是，短处往往也可以转化为特色和长处。他的五律、七律，意境澄明，富含哲思，具有耐人玩味的意趣。林大钦一面感受着"平常"的乐趣，一面思索着生存哲学："自厌尘嚣杂，悠然坐碧林。谈玄归造化，守黑慰初襟。""冥搜穷物极，达识探天根。慷慨高歌里，谁能测至言？"（《冬斋遣兴四首》之三、之四）他生活在一个自足的精神世界里，此处才是他安身立命的所在："抚几千山暮，凉轩独夜情。净心澄物役，了性到无生。寂寂林云满，悠悠花露清。平生用幽意，非爱百年名。"（《暮》）"穷物极""探天根"，这是他的一种"我思故我在"的存在方式，到底他悟到了什么，何为"物极"，何为"天根"，他没有明说。不过，或许他的感悟就在一些具象化的诗里，比如他在《出门》中写道："秋色无远近，出门见寒山。却羡双飞鸟，天空任往还。"或如："秋空无片云，万里照清澈。河汉自依依，诸星向明灭。"（《对月》）可谓心地澄明，思绪幽眇，活得明白，坦荡自如。

林大钦刻意学陶，对陶渊明崇敬有加。而且，极为重要的一点是,他不仅仅在诗歌风格上学习陶渊明,在为人处世上也以陶氏为榜样。他和陶渊明一样,性情恬淡,蔑视世俗;躬耕田亩,教书育人;不假外求,自食其力;持守谨严,克己慎独;不慕名利,翛然度日。在其身上,有着陶渊明的人格投影。这一点,在岭南诗人中是不多见的。

七、名载《明史·文苑传》的欧大任

欧大任(1516—1595),字桢伯,顺德人,是明代中期岭南的著名诗人。

欧大任出身书香门第,其父欧世元好藏书,于词章之学颇有造诣。欧大任自幼得到其父的教导与指点,加以聪明颖悟,从小打下了扎实的文学基础。14岁为县学生员,后师从学问渊博的黄佐(香山人,是陈白沙之后岭南儒学的权威,曾经与王阳明一起论学),并得到黄佐的器重,学业由此大进。嘉靖四十二年(1563)以岁贡生资格赴京参加廷试,考官展卷阅览,惊叹为一代之才,特荐御览,列为第一。隆庆四年(1570)授任江都训导。万历三年(1575)擢升国子监助教,万历七年(1579)迁大理寺评事,万历九年(1581)迁南京工部屯田司主事,次年转任虞衡司郎中,万历十二年(1584),以虞衡司郎中上书乞老还乡。《明史》卷二八七《文苑传》,欧大任与其师黄佐均名列其中。欧大任致仕居乡期间,不废吟咏,其一生诗作甚多。其诗

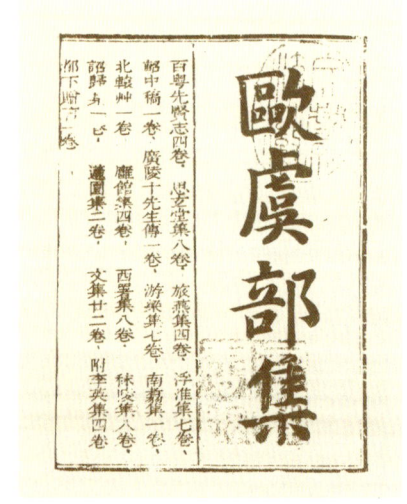

《欧虞部集》书影

收入《全粤诗》多达48卷,数量之大,在岭南诗人中是少有的。

欧大任的诗学见解颇为复杂,有些看法偏向于明代盛行的"复古派"理论,肯定"匠心师古"之说,他与当时的"复古派"重要人物如李攀龙、王世贞等多有交往,互相影响。有些看法如推崇"风骨",与唐代陈子昂的主张颇为相合;而提倡诗人要多读书,经史子集无所不览,要从中"参求精奥,肆骋心机",又与江西诗派"以学问为诗"之说相通。这说明欧大任博采各家见地,化为了自己的诗学理论。可以说,欧大任是一位"学者诗人"。

欧大任的诗,富有刚健之气,如《朱仙镇岳王庙》,此诗写于明隆庆四年(1570),那是宋代名将岳飞抗金之地,宋高宗绍兴十年(1140),岳飞打败金兵,乘胜北上,却在朱仙镇被朝廷的"十二道金牌"紧急召回,后因"莫须有"罪名冤死。欧大任追思往事,无限感慨,对英雄功业的戛然而止深感可惜,对英雄的报国精神深表崇敬,对英雄的英年冤死深怀悲愤:

> 百万长驱虏不支,金牌谁遣哭班师?
> 英雄未饮匈奴血,天地空摧马革尸!
> 二帝梦魂沉朔漠,两河父老望旌旗。
> 西风折尽沙城柳,犹似将军督战时。

诗作回顾岳飞一生中最惨痛的经历,歌颂岳飞

"百万长驱"的气势和勇武精神，对于朝廷的无理"班师"深致谴责，为岳飞"未饮匈奴血"而扼腕痛惜。英雄长逝，但英魂不灭，尾联以饱含深情的语言、富有画面感的描写，对"永生"的将军致以深深的敬意。

欧大任的诗集里有大量的即兴小诗，大多写得清雅含蓄，如《秋夜》：

江南江北露华深，黄叶丹枫寄远心。
一夜归人头欲白，故园犹隔万家砧。

又如《大树团阴》：

参天黛色忽千寻，掩映房栊十里阴。
桂崦不知淮曲远，花源将入武陵深。

欧大任有些诗作是记载时事的，同样颇有价值，如《三河水》，记载嘉靖四十二年（1563）鞑靼入侵京畿三河县事件。当时欧大任初次离粤上京，闻此事变，写诗记之，并谴责明朝守军无能：

三河水，万军泪。泪滴三河水不流，胡笳吹落蓟门秋。河水流不住，胡笳过何处？谁使十年来，移营两屯戍？君不见胡骑已驰墙子关，汉军尚哨熊儿峪！

诗中的"汉军"指的是明朝守军,他们对于鞑靼的入侵不能及时应对,当"胡骑"到达北京密云地区的墙子关(长城重要关口之一)时,明朝守军却在距离墙子关以南三十里地的熊儿峪驻守,失去及时拦截的时机。所谓"谁使十年来,移营两屯戍",是指守军布防失当,只是片面地重点把守大同、宣府两处,没有重视近畿要地蓟门的防守,导致狼狈不堪,损失惨重。此诗颇有古乐府的遗风,言辞质朴,选用杂言体的形式来表达诗人义愤填膺的激烈情绪。

欧大任还著有《百越先贤志》4卷,收录120位古代越地(中国南方沿海地区的旧称)先贤的事迹,是重要的乡邦文献。

小 结

以上介绍的几位诗人,风格各异,个性不同,人生道路更是千差万别,不过他们有一个共同点,作为岭南人,他们都自觉地追求君子人格,刚正不阿,注重"养正"。为官者,不趋炎附势,不同流合污,不谋取私利,敢于担当,勇于任事。虽历经坎坷,报效国家之心不变;虽身居高位,廉洁自律之志不改。而状元及第却归隐林下的林大钦,则是岭南诗人中的"异数",他洁身自好,因看不惯官场中的污浊,宁愿回乡教学,作育人才。他们的情操和诗作的意蕴高尚且统一。

第二章

岭南诗歌（下）：清朝及近代

清朝及近代的岭南诗歌，作品多，诗人也多。有些诗人是由明入清的，有些诗人是清朝建立以后才出生的；在这近三百年的历史中，世事多变，内忧继之以外患，诗人们在复杂的环境下艰难地生活，在动荡的岁月里感受着自己的或别人的悲苦和困厄，他们见证着风雨飘摇，也见证着人心浮动，他们的诗歌成了后人"进入历史"的一个别致的"窗口"。

清初最著名的岭南诗人是屈大均，他一生的经历富于传奇色彩：曾参与"抗清"活动，又出家做过和尚，游历过大江南北，还俗后一度从军，返乡后潜心著述。其创作诗作甚多，影响深远。与屈大均同时的陈恭尹、梁佩兰，三人年岁相仿，在诗歌创作方面均取得杰出的成就，并称为"岭南三大家"。

由明入清的函昰、函可、成鹫等遗民僧，经历了"天翻地覆"的历史变迁，保持民族气节，尽管是"方外人士"，但他们的诗歌作品无一般僧诗的习气，反而多有"入世人语"，慷慨悲歌，并未"忘情"于人间。他们的诗风与其他清初岭南遗民诗人颇相接近。

清代及近代的岭南诗人还有廖燕（曲江人）、张锦芳（顺德人）、冯敏昌（钦州人，旧属广东）、吕坚（番禺人）、黎简（顺德人）、宋湘（嘉应州人）、谭敬昭（阳春人）、黄培芳（香山人）、张维屏（番禺人）、黄遵宪（嘉应州人）、梁鼎芬（番禺人）、曾习经（揭阳人）、黄节（顺德人）、苏曼殊（香山人）、潘飞声（番禺人）、陈洵（新会人）、叶恭绰（番禺人）等，他们的诗作各有面貌，自成一家；其中，后三人于诗歌创作外，更擅长词学与词作，是岭南近世著名词家。

清朝及近代的岭南诗坛有一点值得关注，即对全国诗风的引领不可忽视，尤其是黄遵宪，他提出了"我手写我口"的著名主张，首次明确表述诗歌创作要"言文合一"，其意义非同凡响；并且声援和配合梁启超提倡的"诗界革命"，反复强调"诗之外有事，诗之中有人"的创作纲领，对于清末民初诗风的变革具有重大意义。这样的诗学见解对日后白话诗的出现不无启迪作用。梁启超《饮冰室诗话》称："近世诗人能镕铸新理想以入旧风格者，当推黄公度。"

此外，民国间诗僧苏曼殊是一位富有传奇色彩的人物，他存世的诗虽然并不多，且以七言绝句为主，但其独特的身世和浓烈的情感，造就了其诗苍凉凄婉、清丽通达的风格，曾在诗坛产生过很大的影响，其诗名之大是近代岭南诗人中少见的。

一、"岭南三大家"之首屈大均

屈大均（1630—1696），初名绍隆，字翁山，广东番禺沙亭乡（今番禺新造镇思贤村）人。

明崇祯三年（1630）九月五日，屈大均降生到这个世上。那一年，其父屈宜遇33岁，其母黄氏27岁。屈宜遇"幼遭家难"，寄养在南海的邵姓人家，改姓邵；故而一直到16岁，屈大均都叫"邵龙"。顺治二年（1645）春，"邵龙"补为"南海县学生员"后，返回沙亭认祖归宗，恢复"屈"姓，借其谐音改称"屈绍隆"，"绍隆"是其字，名为"大均"。他因梦见登上广东翁源的翁山，忽有所悟，又以"翁山"为字，世人亦习称"屈翁山"。

屈大均从小受到其父屈宜遇的严格管教，屈宜遇对他的期许较高，给他的功课也较多。屈大均在父亲去世之后，写了一篇《先考澹足公四松阡表》，回忆童年时的读书经历："澹足公（按："澹足"是屈宜遇的号）督课至严，日诵不问何书，必以数千言为率，亲为讲解。"屈宜遇没有给儿子请塾师，自己亲为训导，并为屈大均的成长营造出一个充满书香的家庭环境。年少的屈大均没有辜负父亲的期望，也没有浪费自己的聪明才智；他有过目成诵的本领，更有狠下苦功的毅力和意志。据《屈氏家谱》记载，他每天晚上趁着母亲黄氏织布时用的灯光，埋头苦读，"读新书三十篇，晨起在父前背诵，不遗一字"。

屈大均的一生可谓波澜跌宕，曲折多姿。清顺治二年（1645），屈大均16岁，师从顺德人陈邦彦（陈恭尹的父亲）刻苦读经，长达两年之久，打下了深厚的学问基础，并深受老师的民族气节和忠孝思想的感染，追随老师参与"抗清"活动。陈邦彦于顺治四年（1647）"抗清"失败，被俘后在狱中绝食，最后英勇就义，此事对屈大均的一生有着深刻的影响。顺治七年

屈大均

（1650），清兵攻陷广州，这一年是"庚寅年"，屈大均称之为"庚寅丧乱"，当时，屈大均还在为其父亲守孝，心绪复杂，遂有逃禅之举，在番禺的海云寺剃发出家，法名今种。他虽身为和尚，但"抗清"之志不变。在此后十余年间，他走出岭南，远游各地，到过南京、河南、河北、山东、沈阳、北京等多个地方，寻访具有"康济天下之志"的师叔函可和尚的下落（函可因为自撰私史而被流放到辽东沈阳），一路上饱览名山大川、历史遗迹，并结交不少立志"抗清"的遗民。可惜，屈大均终究没有见到函可和尚。康熙元年（1662），屈大均结束了漫游，回到故乡，并决定还俗。康熙四年（1665），屈大均再次北上。到了陕西、山西，在晋北的代州度过了数年时间，并在当地结婚生女，于康熙八年（1669）带着妻女返回番禺。康熙十二年（1673），吴三桂发动兵变，宣布"反清"。屈大均遂于康熙十三年（1674）春由粤入湘，上书吴三桂，在信中纵论兵事；同年冬天，屈大均受命到桂林监军；至康熙十五年（1676）春，屈大均目睹"反清"事业大势已去，便辞去军职，回到广东。此后，或家居，或出游，或坐馆教学，著书立说，以布衣终老。

屈大均从年轻时起就志存高远，胸怀家国，不甘于蛰居岭南一隅，追求着雄豪壮阔的人生。他追随业师陈邦彦，读经书，谈王霸，钻研兵法，于政治、军事多所用心；他冒风霜，历寒暑，穿行于大江南北，甚至渡黄河、入朔方，结交四方人物，为"反清"事业奔波劳瘁，乃至于投笔从戎，来往于湘、桂之间，置身于行伍之中。可以说，屈大均的诗歌创作尽得"江山之助"，诗歌正是他人生的写照，有什么样的人生，才会有什么样的诗歌格局。

作为诗人，屈大均是岭南独领风标的人物。清代诗歌史上有"岭南三大家"之说，所谓"三大家"，指的就是屈大均、梁佩兰、陈恭尹，屈大均的诗歌成就在"岭南三大家"中最为杰出。

屈大均的诗歌著作主要有《翁山诗外》《道援堂集》《骚屑》（词集）。屈大均的诗学追求是明确而一贯的，他非常自觉地继承"屈骚"的传统。对其先祖屈原，屈大均一直表现出无限的敬仰之情；对于屈原《离骚》《怀沙》等作品，屈大均一直奉为诗歌创作的圭臬。屈原的爱国精神和诗歌风格在一定程度上已经"内化"为屈大均的精神血脉。在《赠陈药长》诗里，他写道："谁道《离骚》乃变风，可怜忠原心无已。"他认为，《离骚》体现了屈原忠于国家、心中"无已"的博大胸怀和伟大的献身精神。他还说："每闻人诵《怀沙》篇，感念先臣泪沾臆。"他感佩于屈原的崇高人格，内心有一份作为屈姓后人的自豪感以及继承先祖"忠愤"精神的使命感。他曾说："夫吾家为三闾大宗子姓之秀，固宜以灵均为师，忠以致身，文以流藻，以求无负先大夫所以垂光来叶之意。"（《哭从弟孚士文》）与此同时，屈原诗歌作品中浪漫的想象、飞扬的气势、大开大阖的构思以及充分吸收民歌的表现手法，都对屈大均的诗歌创作有着深刻的影响。

我们且看屈大均作于顺治十二年（1655）的《罗浮放歌》：

罗浮山上梅花村，花开大者如玉盘。
我昔化为一蝴蝶，五彩绮衣花作餐。
忽遇仙人萼绿华，相携共访葛洪家。
凤凰楼倚扶桑树，琥珀杯流东海霞。
我心皎皎如秋月，光映寒潭无可说。
临风时弄一弦琴，猿鸟啾啾悲枫林。
巢由不为苍生起，坐使神州俱陆沉。

此时，屈大均26岁，尚未还俗，虽暂居罗浮山上，却心系天下安危。在这首诗里，诗人的思绪大起大落，在飞扬、绮丽的想象背后跳动着一颗"皎皎如秋月"般纯洁的爱国之心。

屈大均的诗歌常有一股豪迈不羁的气概。他在北游期间，到过很多名胜古迹，踏访了不少古代英豪的故地，如他在山东登上"鲁连台"遗址，缅怀战国时齐国英雄鲁仲连。鲁仲连以为人排难解纷、不受酬赏而著称于世，更为史家津津乐道的是他坚守气节，"义不帝秦"，面对强暴的秦国而无惧无畏，驳斥魏国使者劝赵国"尊秦为帝"的说辞，鼓励赵国自强自立，因此，司马迁说他"好持高节"（《史记·鲁仲连邹阳列传》）。他功在人间，却淡泊名利，晚年"逃隐海上",为的是躲避齐国将领田单(此人残暴,曾经"屠聊城")的封赏,并留下一句话:"吾与(其)富贵而诎于人,宁贫贱而轻世肆志焉。"才华出众,品格高洁,这样的人物深为屈大均所敬佩。于是,他写出了名作《鲁连台》,其诗曰:

> 一笑无秦帝,飘然向澥东。
> 谁能排大难,不屑计奇功?
> 古戍三秋雁,高台万木风。
> 从来天下士,只在布衣中!

首联以简练精准的语句概括了鲁仲连一生两个最大的闪光点,即"义不帝秦"与"逃隐海上",构成历史的"张力",也表达了诗人的无限崇敬之情。颔联随即发表评论:环顾千古人物,有谁能像鲁仲连那样挺身而出排难解纷、彪炳千秋却飘然远举呢?这是何等胸襟、何等豪迈、何等令人思慕不已!颈联写景极工、切合时地,的是名句。尾联以铿锵有力的语言道出:"从来天下士,只在布衣中!"写得激昂慷慨,其中不无自况之意。

屈大均饱读诗书,他除了关注时局之外,还非常密切地了解民间的声音;收集民谣,成为他诗歌创作过程中不可缺少的一个环节,如同战国时代的屈原充分吸收、借鉴楚国民歌一样。在他的诗集里,就有不少民谣,这是他在民间采风的成果。如《民谣》十首,大力地讥刺和谴责了官员贪污腐败、鱼肉百姓的罪恶行径：

> 白金乃人肉，黄金乃人膏。
> 使君非豺虎，为政何腥臊！

> 长官尽奸富，为恶未渠央。
> 各使金如粟，各使马如羊。

长官们手中的白银、黄金，都是老百姓的血汗乃至性命换来的。他们良心泯灭，横征暴敛，导致多少人妻离子散、走向绝路。他们禽兽不如，心狠手辣，一方面欲壑难填，能贪则贪；一方面挥金如土，花天酒地。字里行间，充满着对贪官的激愤和对百姓的同情。

屈大均将民歌晓畅、上口的表现手法加以运用，使其作品的书卷气糅合在质朴、明快的格调之中，既有韵味，又不失平和亲切。如他吟咏菊花的作品：

> 两月含苞久，三冬吐蕊长。
> 花干同白露，叶湿似清霜。
> 有日那能暖，非时不用香。
> 篱边自荣落，谁见此孤芳？

> 未敢违霜露，宜寒故晚开。
> 重阳嫌太早，白雁莫相催。
> 冉冉辞秋草，依依有早梅。

炎方无月令，嗟汝后时才。

不是花难发，炎洲故晚寒。
苦心嫌自见，佳色畏人看。
地暖非吾性，山深正所安。
微红有霜叶，采采作晨餐。

这是写于康熙二十三年（1684）前后的作品，其时屈大均已经回到岭南，诗里写的正是岭南的菊花。在屈大均的笔下，岭南的菊花自有其独特的个性：她低调谦卑，不事张扬，她既自信，又耐得住寂寞，不趋时，不争先恐后，不为了一时的利益或名声而出卖自己。这一朵岭南的菊花，无疑是诗人晚年内心境界的文学写照，蕴含着经过历练之后一种淡然、从容的人生态度。

屈大均的《翁山诗外》收录作品3000多首。从年轻时代直到临终，屈大均没有中断过诗歌创作，其诗歌记录了他壮阔跌宕的一生，记录了他忽动忽静、复杂多变的人生阶段，记录了他行走于大江南北的"行踪"与"身影"，记录了他对祖国大好河山的无限热爱和尽情赞美，记录了他的追求、痛苦、彷徨及烦恼，记录了他对亲人的关爱、眷恋与不舍，记录了他对朋友的信赖、欣赏和同志之情。上下几十年，纵横数千里，在这个广阔的时空之中，屈大均挥动他如椽的诗笔，表达着一个爱国者的赤诚与信念，一个志士的刚毅与渴望，一个丈夫的柔情与浪漫，一个孝子的内疚与体贴。在他的诗歌里，我们可以看到一个有血有肉、内心世界十分丰富、人生轨迹异常曲折的屈大均。

二、"患难失学"的诗人陈恭尹

陈恭尹（1631—1700），字元孝，号独漉子，顺德人，是明末清初著名诗人，"岭南三大家"之一。

陈恭尹也是一位"抗清"志士，这与他的父亲陈邦彦大有关系。陈邦彦于顺治四年（1647）壮烈殉国时，陈恭尹只有17岁，但因为父亲的关系，他受到清兵的追捕，幸得其父好友湛粹的藏匿，才躲过一劫。此后，陈恭尹秘密追随永历帝，从事"抗清"活动。对于陈恭尹而言，他的举动是出于"国仇家恨"，他自号"独漉子"，出自古乐府诗《独漉篇》，原诗有"独漉独漉，水深泥浊。……父冤不报，欲活何为"的句子。父亲的庭训，时局的艰危，国破家亡的惨痛，这一切都激发出陈恭尹的血性和斗争精神。未及弱冠之龄，惨遭巨变，陈恭尹的内心深处时时被两个关键词刺痛，一个是"患难"，一个是"失学"，以至于他在多年之后写作《独漉堂集序》时说："余自志学以往，皆为患难之日，东西南北，不能多挟书自随……掩卷太息，自伤失学而已。"在本应求学的年龄，惨遭"天崩地解"的国难，还失去了身兼老师的父亲，他孑然一身，东躲西藏，难以安身，其痛心疾首之概可想而知。顺治八年（1651），即广州被清兵攻陷之后，陈恭尹曾离开广东,游历福建、江西、浙江、江苏等地,暗中联络各省的"反清"力量,结交各方豪杰。顺治十六年(1659),南明朝廷覆灭,陈恭尹返回故乡,其足迹多在顺德、增城、广州之间流转,以"遗民"自居,布衣终老,享年70岁。

陈恭尹的诗歌创作,素材和灵感多来源于对时代沧桑的切身感受、漫游各地的见闻,以及阅读史书的心得和感悟。其诗风以豪迈雄奇、悲凉慷慨著称,如他的名作《厓门谒三忠祠》:

> 山木萧萧风又吹,两厓波浪至今悲。
> 一声望帝啼荒殿,十载愁人拜古祠。
> 海水有门分上下,江山无地限华夷。
> 停舟我亦艰难日,畏向苍苔读旧碑。

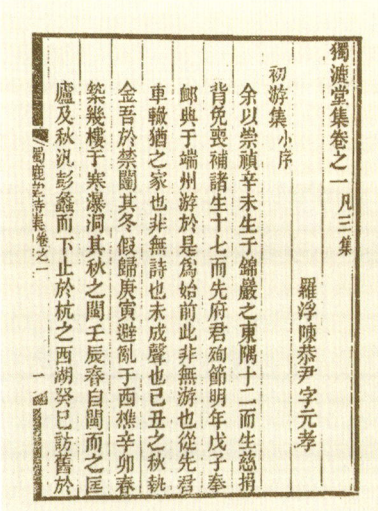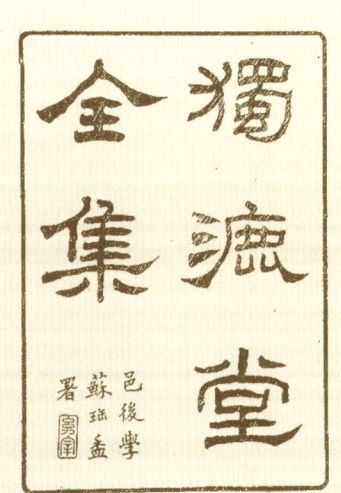

《独漉堂全集》书影

这是顺治十五年（1658）他从江浙一带返回广东之后所作。厓门，在新会县南，自南宋末年以来便是汉族民众的伤心地。南宋最后一个皇帝赵昺（时年8岁）与一众大臣被元兵追杀，一路南下，最终来到新会的厓门。后无退路，前有大海，左丞相陆秀夫背负小皇帝投海殉国，标志着南宋政权的最终覆灭。经历了三百数十年的历史沧桑，陈恭尹来到此处，他也是刚从"改朝换代"的悲痛中走过来的人，同样有所谓"华夷之辨"的困扰，而厓门又是历来"华夷之辨"的一个著名的"地标"，怎不令人生出无限的感慨、洒落痛彻心扉的眼泪呢？这就是"两厓波浪至今悲"的缘由。他的父亲就义于顺治四年（1647），距此已有"十载"之数，故云"十载愁人拜古祠"。这座古祠，名曰"三忠祠"，供奉的是为抗元而捐躯的南宋名臣文天祥、陆秀夫、张世杰三人。参拜古祠，泛舟海上，寻觅当年"三忠"的足迹，遥想他们在大敌当前的无畏举止和悲壮情怀，感慨万千。"三忠"的事迹早已铭记在心，悲壮之后是凄惨，怎可忍心再去读那些旧碑所记载的惨事呢？此诗尾联写得无比深沉，无限哀痛。而首联以"山木萧萧风又吹"起兴，已为全诗定下了萧索、肃穆的调子，读来深为诗人的身世之感、悲愤之情所感动；尤其是一个"又"字，将历史与现实勾连在一起。同样的"痛点"，重演的历史，全都概括在一首七律之中，陈恭尹的诗歌造诣于此可见一斑。

陈恭尹勇于任事的同时，也洞悉世态，如《尘》一诗写道：

> 似空如色未分明，脉脉冥冥类有情。
> 钻隙入来知态巧，步虚遥上极身轻。
> 稍经宿雨销沉尽，又倚西风淡荡行。
> 最是贵人车马路，一回过去一层生。

诗中表面上写的是"尘"，其实是写"尘世"中的人生百态。诗中所要讽刺的对象是那些口口声声说"看破红尘"的士人，他们极为虚伪，嘴上说得一套清高言论，实际上时刻伺机钻进官场和钱眼之中；一旦步上高位，即自鸣得意，不可一世。作品的首联和颔联写的即是这种嘴脸。在清初，清廷对民间"反清复明"运动一浪一浪地镇压，政治风向不时改变，那批"清高"人士最善于见风使舵，知所进退。颈联"稍经宿雨销沉尽，又倚西风淡荡行"活画出他们的投机丑态。尾联"最是贵人车马路，一回过去一层生"，是讥讽那些人在功名路上和权贵门前络绎不绝，没有穷期。这与明代散文家宗臣的名篇《报刘一丈书》里所描述的那批伺机投靠严嵩父子的人士何其相似！

陈恭尹的《独漉堂集》内有《初游集》《增江前集》《中游集》《增江后集》《江村集》《小禺初集》《小禺二集》《小禺三集》《小禺后集》《唱和集》《咏物集》等，可见陈恭尹的诗歌创作相当勤奋。陈恭尹的诗歌取得了较大的成就，晚清诗人张维屏说"独漉沉挚",道出了陈恭尹诗歌的个性特点。

三、讽咏"天地之真声"的梁佩兰

梁佩兰(1629—1705),字芝五,号药亭,南海人,世居广州。梁佩兰与屈大均、陈恭尹并称"岭南三大家",是清初广东诗坛的重要人物。他在清顺治十四年(1657)应乡试,名列第一。此后屡困场屋,甚不得志。转而专注于诗歌创作,与屈大均、陈恭尹等结交,成立诗社,一起出游唱和,诗名颇著。康熙二十七年(1688),他参加会试得中,选授翰林院庶吉士,却于次年告假南归;康熙四十二年(1703),朝廷召其上京,依然供职于翰林院,他又于次年离京,终老故乡,享年77岁。

综观梁佩兰一生,他生于明末(崇祯二年),身历"甲申之变",目睹故国沧桑、山河风雨,其心境和胸怀与屈大均、陈恭尹有相通之处。他也像屈大均一样,曾经走出岭南,北游各地,开阔了视野,接触了更多的社会现实,时刻触动着他的诗思。梁佩兰对于诗歌创作有着自己的见地,他重视个体性情的抒发,反对一味模仿古人,对明代的"复古"诗风十分不满,说:"返观明代前辈,优孟汉唐之衣冠,而性情不属。"(《中洲草堂遗集序》)即汉唐人有汉唐人那时的性情,怎么可以追摹他们的性情而忘却自己现时的体验呢?又说:"诗以自道其情而已矣。"强调诗歌要出于自己真切的体验和感受："情之不真,非诗也。"(《金茅山堂集序》)其诗学主张与明代的公安派相近,也与乾隆年间大诗人袁枚的诗歌理论基本相合。袁枚说:"诗如天生花卉,春兰秋菊,各有一时之秀;音律风趣,能动人心者,即为佳诗。"(《随园诗话》卷三)梁佩兰则说:"夫天地、日月、风雨、云雷、山川、草木、动植,鸟兽飞走,鱼龙变化,无一而非吾性情之物。……一一见于讽咏之间,而诗成焉。此天地之真声也。"(《金茅山堂集序》)我们未必要下断语、分出高下,可是,梁氏之说不输于袁说,则是可以肯定的。

梁佩兰的诗歌,其影响及于北方。清沈德潜《国朝诗别裁集》说:"岭南三家,翁山(屈大均)以五言律擅场,元孝(陈恭尹)以七言律擅场,而七言古体,独

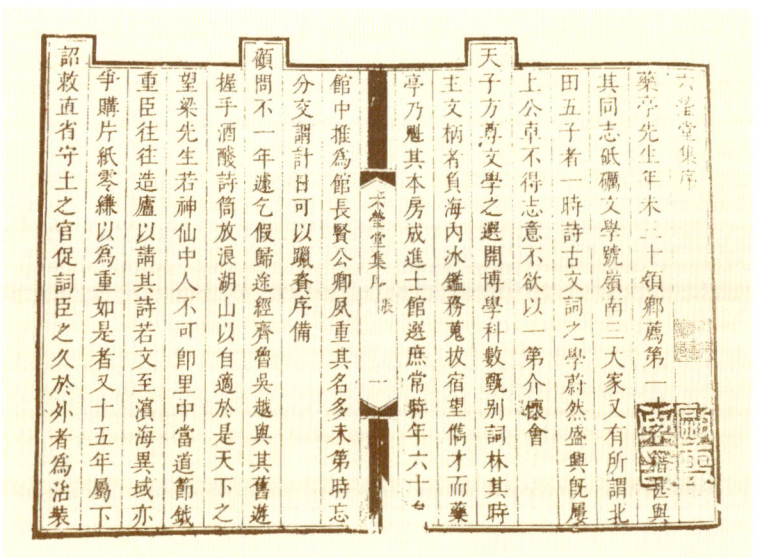

《六莹堂集》书影

推药亭(梁佩兰)。"我们且看梁佩兰的七言古体名作《养马行》,此诗写的是诗人在广州城之所见,时在清顺治七年(1650)。此年,明朝降将耿继茂与尚可喜奉清廷之命率兵入粤,围攻广州。十一月,攻入广州城,大肆杀戮,血流遍地,尸横遍野,而耿、尚军队的战马在城内横冲直撞,跋扈飞扬,这些惨痛景象,一一映入诗人的眼中,诗人悲愤难当,写出了名作《养马行》。作品以"马"切入,用讽刺的口吻写"马"的优厚待遇,在耿、尚这些民族败类的眼里是"人不如马":"马肥王喜王不嗔,马瘠王怒王扑人。东山教场地开阔,筑厩养马凡千群。北城马厩先鬼坟,马厩养马王官军。城南马厩近大海,马爱饮水海水清。西关马厩在城下,城下放马马散行。城下空地多草生,马头食草马尾横。"一时之间,整个广州城,不管是东西南北,几乎成了马的天下,几乎没有人可以立足之地。耿、尚分别有"靖南王"和"平南王"称号,诗中的"王"指的就是他们,诗人目睹好好的广州城被他们弄得乌烟瘴气,在诗里谴责耿、尚之流罔顾百姓死活,将马置于人之上,以致老百姓无法生活,发出"做人不如做马"的愤激言词。作品的末尾写道:"王日数马,点养马丁。一马不见,王心不宁。百姓乞为王马,王不应!"人们连"做马"的资格也没有了。此诗以七言体为主,杂以四言和三言,句式不刻意求其整饬,继承古乐府质朴的诗风和以人为本的人道主义情怀,嬉笑怒骂,尽情抒发内心的激愤和对耿、尚之流的极度鄙视。

梁佩兰的诗风不拘一格，他有些小诗写得清新蕴藉，可读可诵，如写广州风情的《粤曲》：

> 琵琶洲头洲水清，
> 琵琶洲尾洲水平。
> 一声欸乃一声桨，
> 共唱渔歌对月明。

诗中的"琵琶洲"，在如今人们熟知的广州琶洲一带。《羊城古钞》记载，琵琶洲得名于此洲突起江中，形似琵琶的特点；明万历年间营建了九级宝塔，是为琶洲塔。琵琶洲随着地形变化，如今已经与南岸连成一片。梁佩兰这首诗生动描绘了当时琶洲的江乡风情，确实是学习民歌风格的好例子。

四、诗歌多"苦味"的黎简

黎简（1747—1799），字简民，号二樵，广东顺德人，是清乾嘉时期广东著名的诗人、画家和书法家，其影响及于岭外。

黎简自青少年时代便随其父亲来往于粤、桂之间，饱览江山胜景，尤其熟悉桂林山水。及后，又与友朋一起到过云南、贵州、湖南等地游历。此后，他守在家乡，设帐授徒。他描述自己的生活景况是"频年计衣食，无地话农桑"，甚至是衣食无多，穷困难堪："残

第二章 岭南诗歌（下）：清朝及近代

芰骚人服，寒花饥客粮。"（《野堂》）可见，穷愁潦倒的滋味是黎简经常尝到的。

中年以后，其诗名、画名、书名逐渐流播人口，作品受到本地与岭外人士的喜爱，当时具有全国影响的名家如翁方纲、李调元、黄景仁等都对他青眼有加。清李元度《国朝先正事略》在点评岭南诗坛人物时称道："岭南自三家（按：指屈大均、陈恭尹、梁佩兰）后，风雅寥寥。继起者为张太史锦芳、冯户部敏昌、温侍郎汝适、赵大令希璜，而必以黎二樵先生为冠。"

黎简

黎简的诗歌主张有的与梁佩兰相近，如他说："（诗歌）字字皆本性情而出。"（《勺园诗钞题词》）此一说法和梁氏的"诗以自道其情而已矣"如出一辙。而在创作风格上则不同于梁佩兰，梁诗语言较为质朴、平易，而黎简则刻意求新，尤不喜欢唐代元稹、白居易的诗歌风格，认为他们写得过于浅易，说："尝自谓作元白诗，不愁作不及，只愁写不及。"（见《顺德县志·黎简传》）黎简是一位不轻易许可他人的诗家，曾对宋代大诗人苏轼、黄庭坚喜欢写"和韵诗"的做法表达不满，认为这只是文字游戏，这类诗往往是"无聊尾一字，始得意思入"，并没有对社会、人生真切的感发，只是困于一个韵脚来唱酬而已，并不是诗歌创作的正途。

黎简的诗歌每多"苦味"，这与其现实人生境况相吻合。他有时候是"闲居频计食，足岁叹无衣"（《闲居》）；有时候是"日月虚谋食，身心问著书"（《示其詹》);有时候喜欢与朋友出游,以排遣孤独:"更否邀狂简,苍茫厌独游。"(《落月,香山县后山亭作》)总之,他的诗歌均出自生活、出自困苦,含有"自传"成分。

黎简是一位有人道情怀的诗人,他关注的不仅是自己,还善于体察下层百姓的悲哀和苦况,如《田中歌》写孤儿寡妇的惨状:"出门时,儿已饥;入门时,儿拽衣。……天寒雨瘦菜不肥,篱疏畏逐强邻鸡。闭门抱儿劝儿睡,明日娘有饭,娘自有较计。北风入夜吹破屋,上有明月照人哭。人哭不闻声,但闻儿寒就娘声瑟缩。"诗里的寡妇,无依无靠,独力抚养幼儿;平时大概种菜为生,可是天旱失收,又被恶邻的鸡闯进菜园,把地里的菜吃得稀巴烂;寡妇平时备受欺凌,害怕生事,只好任由群鸡肆虐;幼儿饿着肚子睡觉,寡妇还要安慰着儿子"明天会有饭吃";等到儿子睡着后,寡妇暗自饮泣,不敢出声;天太冷了,被子不够,寡妇怀抱儿子,母子缩成一团,不知如何度过这漫漫寒夜。黎简此诗几乎纯用白描,其笔法似白居易的新乐府诗作,尽管他对白诗有所批评,但是善良的心总是相通的。读着《田中歌》,怎不令人对这母子俩生出无限同情和悲悯之心呢?

《清史列传·文苑传》有黎简的小传,其中说黎简的诗歌创作是"由(黄)山谷入杜(甫)",这固然不错,因为黎简的确对诗律和语言都很考究;可是,并不限于此,他的《田中歌》以及《寄黄药樵》《江乡怀人

第二章 岭南诗歌（下）：清朝及近代

歌》等，读来颇有乐府诗的风韵，故梁九图、吴炳南合编的《岭表诗传》卷五评点黎简《田中歌》曰："写愁惨处，不嫌太尽，居然古乐府遗音。"

五、主张"我诗我自作"的宋湘

宋湘（1757—1826），字焕襄，号芷湾，嘉应州（今梅县）人，是广东继黎简之后的重要诗人。《清史列传·文苑传》称："粤诗自黎简、冯敏昌（钦州人，旧属广东，今属广西）后，推（宋）湘为巨擘。"可见他在当时诗坛的地位相当显著。

宋湘的人生道路与黎简有所不同。他于乾隆五十七年（1792）中广东乡试解元；嘉庆四年（1799）中进士，选翰林院庶吉士，授编修。年逾不惑，终于由布衣人生转入仕宦生涯。后因母亲去世，回乡守制，曾先后出任惠州丰湖书院山长和广州粤秀书院院长。嘉庆九年（1804），返回京师，仍在翰林院供职。嘉庆十八年（1813），任云南曲靖知府，在云南生活了13年。道光五年（1825），升任湖北督粮道，次年卒于官。

宋湘对诗歌自有见地，他在《说诗八首》中表达了通达的诗学观："三百诗人岂有师？都成绝唱沁心脾。今人不讲源头水，只问支流派是谁。"他认为，诗歌的源头活水就是诗人对实际人生的真切体验，如果只是忙于在林林总总的"流派"里"认祖归宗"，那是找错了门径，对于诗歌创作极为不利。这类看法，于当时纷乱

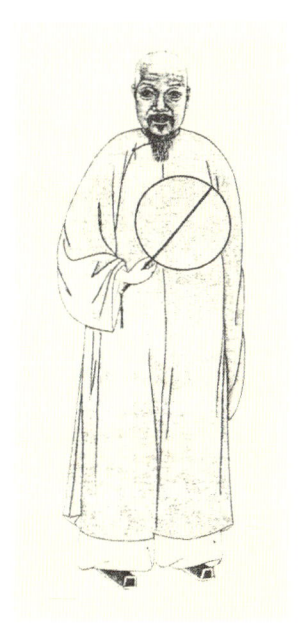

宋湘

的诗坛而言，有着拨乱反正的意义。

宋湘的作品，每每自出心源，不依傍门户，写得清新可爱，如《小西湖棹歌》其一，写于出任惠州丰湖书院山长期间：

> 东江水长西江落，南堤北堤有水关。
> 生小西湖撑艇子，不愁风浪只愁闲。

惠州的地理特征是广东三大水系之一的东江及其支流西枝江横贯境内，雨量充足，水网发达。南北的水闸可以调节惠州西湖的水位，本地人"撑艇"谋生者为数不少。宋湘寓居惠州，对此多有体察，深有感触。他看到底层民众在惠州的西湖上过着"靠湖吃湖"的生活，他们勤劳，不怕艰辛，不畏风浪，撑着小船，或运送货物，或渡人过岸，忙忙碌碌，早出晚归。他们什么都不怕，怕的就是闲着赚不到钱。此诗语句浅近，对他们的辛劳流露出同情和悲悯。

宋湘自觉地实践着自己的诗学主张，他时时到生活中寻找诗歌创作的"源头活水"，且看他的夫子自道：

> 中夜不能寐，起来读我诗。
> 我诗我自作，自读还赏之。
> 赏其写我心，非我毛与皮。
> 人或笑我狂，或又笑我痴。
> 狂痴亦何辞，意得还自为。

历历湖上山，又是夕阳时。

这首诗是《湖居后十首》的第八首，诗人道出了在长年的诗歌创作中积累的心得体会，以湖山为师，以劳动者为师，以社会生活为师，写诗的"活水"源源不断，不会枯竭；同时，不计工拙，只写"我心"；不论得失，只求"意得"。别人的议论、讥讽，可以付之一笑，关键是，"我"的诗歌"非我毛与皮"，全是个人真切的感受、深刻的体验，并非如某些人那样闭门在家摇头晃脑"苦吟"出来的。最后两句，暗示日复一日，"我"依然会在大自然和社会里寻找诗意。换言之，宋湘写诗，非常重视"接地气"。

当然，"接地气"还要讲究诗歌的语言的蕴藉有味，诗歌毕竟是语言的艺术。宋湘就相当注意字句的推敲，如《鹦鹉洲》："两日停桡鹦鹉洲，接天波浪打江楼。"又如《江夜闻楚声》："莫是宫中旧舞腰，声声余恨咽前朝。""打江楼"的"打"字，"咽前朝"的"咽"字，都用得精准有力、形象生动，富有美感。

前人评论宋湘诗作是"从真性情奔涌而出"，这是可以成为定论的。

六、诗界革命倡导者黄遵宪

黄遵宪（1848—1905），字公度，号人境庐主人，嘉应州（今梅县）人，是中国近代史上著名的外交家、史学家和诗人。

　　黄遵宪出身于衣食无忧的官僚家庭，中举后，于光绪三年（1877）被任命为驻日本公使馆参赞。期间接触到日本明治维新后的社会与政治生活，较为深入地研究日本文化与日本国情，后来写出了《日本国志》。此书共40卷，分为12志：国统志、邻交志、天文志、地理志、职官志、食货志、兵志、刑法志、学术志、礼俗志、物产志、工艺志，大致上可以说是一部"明治维新史"，皇皇50万字。这是中国人研究日本历史的早期重要成果。梁启超在《嘉应黄先生墓志铭》中高度评价了这部巨著，认为它对于中国的维新事业具有重要的借鉴意义。光绪八年（1882），调任驻美国旧金山总领事，在职期间，他尽力保护华侨和华工的正当权益。光绪十五年（1889），出任驻英国公使馆二等参赞，曾经为张之洞创办的汉阳铁厂订购机器设备。光绪十七年（1891），任驻新加坡总领事，对华侨、归侨的情况和事务多有了解，经过他的力争和建议，清廷颁布了保护归侨的条文。光绪二十年（1894），黄遵宪回国，任江宁洋务局总办。光绪二十二年（1896），他出资参与创办《时务报》，吸纳梁启超到报馆任主笔。光绪二十三年（1897），出任湖南长宝盐法道，代理湖南按察使，协助湖南巡抚陈宝箴推行新政，延请梁启超到长沙主持时务学堂。戊戌政变时，他因参与维新变法运动遭到弹劾，一度

黄遵宪

被拘留于上海洋务局,后来经过疏解,清廷允许他返乡闲居。居乡期间,他不忘时局和政治,还与流亡日本的梁启超暗中通信,交换意见。光绪三十一年(1905),病逝于家中。

黄遵宪是晚清诗坛的重要人物,他眼界开阔,思想敏锐,很有主见,在诗歌创作方面提出要表现出古人"未有之物,未辟之境",不依傍古人,不模仿他人,主张"我手写我口",直抒胸臆。这与此前宋湘的主张不谋而合。他还提出一个前无古人的见地,认为诗歌应该"镕铸新理想以入旧风格",表现出时代的新风尚、新面貌。可以说,黄遵宪既是一位具有诗人气质的政治家,又是一位具备政治家胸怀的诗人。

黄遵宪才气纵横,大开大合,其长篇叙事诗颇有吞吐日月之概。如在《番客篇》中,他以华侨(即"番客")的婚礼为背景,具体描述了南洋华侨的生活情境和风俗习惯,全诗以"山鸡爱舞镜,海燕贪栖梁。众鸟各自飞,无处无鸳鸯"四句起兴,然后以"赋体"的笔法洋洋洒洒写华侨的新婚场面、新房摆设、主客应酬、参拜礼仪、酒宴歌舞、饮食风俗、席间演戏,乃至于身在南洋的故国之思、生活在异国他乡的艰辛和思虑、作为华人传宗接代的民族意识,等等。篇幅多达2000余字,有层次,有条理,有转折,这在中国诗歌史上也是少见的大制作,令人叹为观止。其中写饮食风俗,很有广东人的"讲意头"的风俗特点和南洋的物产特色。写人在南洋有诸多不便,尤其是文化差异和语言障碍："此外回回经，等诸古浑噩。不如无目人，引手善扪摸。"不懂"回回经"（伊斯兰教经典），不识外国文字，只是做了"睁眼瞎"而已，困难重重，难以言表，真是连盲人都不如。若没有透彻的了解、长年的观察和深切的体验，这些诗是写不出来的。其他如《樱花歌》《朝鲜叹》《纪事》《罢美国留学生感赋》等，均为长篇，是黄遵宪独树一帜的作品，真是前人"未有之物，未辟之境"。

黄遵宪生长于擅长唱民歌的客家地区，他的一些短篇作品也颇有民歌风味，如《山歌》其三：

> 买梨莫买蜂咬梨，
> 心中有病没人知。
> 因为分梨故亲切，
> 谁知亲切转伤离。

使用民歌常用的谐音、双关手法，蕴含着人生历练、日常经验和情感创伤。语句浅而含意深，朗朗上口，令人过目难忘。

黄遵宪写过一组《日本杂事诗》，共154首，记录了东洋风情和海外见闻，别具一格，也是他的独特创造。

小 结

从屈大均到黄遵宪,岭南诗歌走过的历程颇有意味:在清初,明代遗民的民族意识和民族义愤在风云巨变中以诗歌的形式释放出来,折射出特定政治环境的民众情绪和社会变迁,"岭南三大家"的诗歌作品可为代表;至清中叶,社会渐趋稳定,知识分子或终老乡间,或出仕为官,他们人生的道路固然不同,但是,只要是有人道情怀的诗人,总会在其诗作里表现民间冷暖、人世悲欢,黎简、宋湘的诗歌作品可为代表;到了晚清,因遭遇千年未有之大变局,人们不得不"开眼看世界",有的诗人走出了国门,开阔了视野,不仅思想为之一变,就连诗歌创作也出现了前无古人的格局,诗歌随时代而变,新的诗风、新的手法应运而生,黄遵宪的诗歌作品可为代表。岭南诗歌的这段历史,既可以帮助我们认识中国近三百年的变化,从诗歌里感悟历史,同时也不失为一种"知人论世"的途径。

第三章 岭南散文

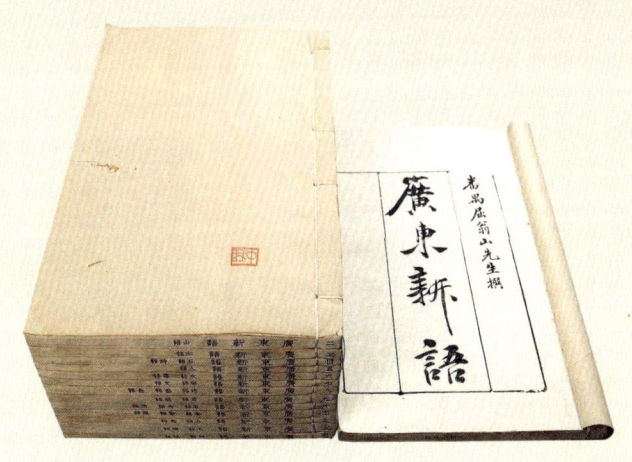

岭南散文，依传世文献来看，最早的是西汉初年南越王赵佗的《报文帝书》。汉文帝刘恒即位后，派遣陆贾南下，责备赵佗乘中原内乱僭越称帝，赵佗惶恐，呈书自辩，说"老臣妄窃帝号，聊以自娱"，表示愿意撤销帝号，"愿长为蕃臣"，事见《史记·南越列传》。

汉代以后，唐代的张九龄，宋代的余靖，明代的丘濬、陈献章，清代的屈大均、廖燕、张维屏、黄遵宪等，都是散文名家。

张九龄的《开凿大庾岭路序》是岭南散文史上的一篇名作，它记载了唐开元四年（716）十一月开始动工的开凿大庾岭路工程，先是说明开凿此路的缘由："初，岭东废路，人苦峻极。……故以载则曾不容轨，以运则负之以背。"当时的人来往大庾岭极为艰辛，道路不通，对货物的运输极为不利。而且，这样的日子已经很长了："越人绵力薄财，夫负妻戴，劳亦久矣。"有见及此，张九龄尽管自己遭遇官场上的打击，不得不"去官归养"，回到故乡，但他没有闲下来，考虑到大庾岭南北难通的情势，于是向朝廷提出开凿大庾岭路的建议，以便百姓出行。朝廷也鉴于有此迫切需求，批准开路。张九龄承担起实际上的开路主管一职，趁着农闲，召集民夫参与开路工程，终于修通了一条宽度近17米、全长达十几公里的运输通途。该文记述了他亲身参与工程的情形："缘磴道，披灌丛，相其山谷之宜，革其坂险之故。岁已农隙，人斯子来，役匪逾时，成者不日。则已坦坦而方五轨，阗阗而走四通，转输以之化劳，高深为之失险。"这是千秋万世的功业，但张九龄在文章里只是平平道来，没有炫耀，没有居功，只是以参与者的身份为这条不寻常的路写下了一篇"备忘录"。这篇文章不仅有文学价值，也有十分珍贵的史料价值，是意欲了解岭南史的人不可不读的文字。

北宋余靖的散文创作长于议论，内容充实，说理透彻。而他的"记体"文章也写得文采飞扬、富于机趣，如《韶州新修望京楼记》，表达了余靖对自己家乡风物景观的深情与热爱，其中写道："飞轩缭砌，以望四野；重峦复岫，周遭万形。烟颜雨态，远近异色；溪流浣浣，逗碧洞清；鸟声渔唱，出入杳霭。君子谓其访境也皆绝，其命名也必古。身居江海之上，心存魏阙之下，故临其西楼曰'望京之楼'；饮醇酒者不忘狱市，搴车帷者能广其视听，故署其入之门曰'通阓之门'。……目与心适，心与境远，浩然之气，来栖人身。……其形胜之游，目观之美，甲于邦域。智者创物，夫岂徒然？"其文风与范仲淹《岳阳楼记》相仿。

明代的岭南散文，如丘濬的《曲江集序》《唐文献公开大庾岭路碑阴记》《琼山县学记》，陈献章的《夕惕斋诗集后序》《杂说》《云潭记》《罗伦传》，以及林大钦的《饶平县志序》等，均为屈大均《广东文选》所收录，其中不少既是乡邦文献，又是颇具文学意味的散文。

清朝及近代的散文，名家更多。屈大均虽以诗著称，但他也是岭南的散文大家。他的名著《广东新语》

不仅是重要文献,也是一部值得重视的散文著作。

《广东新语》凡28卷,涉及广东的气象、地理、植物、动物,以及稻作文化、花果文化、水乡养殖、岭南特产、民间工艺、商品交换、饮食习惯、民俗风情、民间信仰、文物古迹、文学艺术、文化交流、奇事逸闻等。它实实在在是一部了解岭南自然生态与人文生态的重要参考书,兼具知识性、趣味性与可读性,从中可窥见作者的个人性情与乡邦情结。屈大均心目中的岭南大地,物产丰富,百姓善良,该地文化既有南方文化的特色,又受中原文化的影响,正是南方文化与中原文化的结合,使得岭南文化呈现出迷人的风情。屈大均饱含感情地描述岭南的胜景,在他的笔下,岭南各地的山山水水美不胜收,如该书的"白云山"条:"白云者,南越主山。在广州北十五里。自大庾逶迤而来,既至三城,从之者有三十余峰,皆知名。每当秋霁,有白云蓊郁而起,半壁皆素,故名曰白云。其巅为摩星岭。岭半有寺,亦曰白云。左一溪曰归龙,其上飞流百仞,盘舞喷薄,陈宗伯潴而为湖,湖东北为楼馆十数所,环植荔支、梅、竹之属,名云淙别业。下有古寺二,右景泰,左月溪,林径水石皆绝异。……又北一里,有峰曰宝象,上有动石,游人叱之辄动。前有泉,因虎跑而得,甚甘。"(卷三"山语")白云山的宏大气势、山上的诸多景点,以及飞瀑、流泉、怪石,还有那郁郁葱葱的荔枝、"半壁皆素"的白云,无不引人遐想、牵动游兴。在《广东新语》中,这一类文字很多,屈大均以其亲身的体验娓娓道来，岭南人读了觉得亲切，岭外人读了想必也会心向往之。

清代的廖燕是一位思想活跃的散文大家，他文风大胆，见识超卓，如他在《明太祖论》写道："吾以为明太祖以制义取士，与秦焚书之术无异，特明巧而秦拙耳，其欲愚天下之心则一也。"可谓语词犀利，一针见血。其文还有一股豪俊之气，如《书战国策后》称扬《战国策》一书："予独喜其文章即事功，事功即文章：文可以武，武可以文，无异途错出之分，尤为千古独绝也。……战国之士，类皆俊伟瑰奇，以一布衣揖让人主之前，折冲俎豆之上，非其智谋独绝也，其气有以盖之矣。"字里行间，表露出对这类"俊伟瑰奇"人物的崇敬之意，实际上也略有夫子自道之意。廖燕还有一些山水游记如《游野圃记》《韵轩种竹记》《山中集饮记》《游碧落洞记》等，写景言情，颇显作者的性情与风致。

清代岭南著名学者朱次琦、陈澧，学养深厚，著述颇丰，他们的文章可称之为"学者散文"。朱次琦还是康有为的老师。从朱次琦到康有为，康有为到梁启超，这一条师承上的脉络颇堪玩味。

晚清时期，岭南还出现了杰出的政论家洪仁玕、郑观应。他们的政论文章见解深刻，思想敏锐，在近代史上极具影响力。

近代张维屏和黄遵宪的散文，也各自成家。张维屏的文章得到晚清阳湖派古文家恽敬的推重，将他与北宋古文运动先驱者柳开（仲涂）相提并论，称赞张氏是"岭外柳仲涂"。张维屏曾与广州文士谭莹等人结"希古文社"，致力于研讨如何提升岭南散文的创作水平。张维屏在《复龚定庵舍人书》中阐明自己对散文写作的见解："屏谓工文者，不必以论文为贵，亦不必以不论为高；春鸟秋虫，欲鸣则鸣，顺其自然可耳。"上承唐韩愈"不平则鸣"的创作主张而有所推进，并谓"且人之文即人之言也"，提倡"创新"而不能走"赝古"之路。他的散文多见于《松心文抄》《听松庐骈体文抄》。至于黄遵宪，他的文章如《与朗山论诗书》《山歌题记》《与梁启超书》《黄遵宪与日本友人笔谈遗稿》等，多有对于诗歌创作的看法和主张，自成一家之言。

而就文章的影响力度而言，近代史上的"康梁"（即康有为、梁启超）可谓文坛豪杰，大有其文一出举世瞩目之概。尤其是梁启超，开创出一种新体散文，风靡全国，他曾经表述过自己对革新散文文体的自觉意识："启超夙不喜桐城派古文，幼年为文，学晚汉魏晋，颇尚矜炼。至是自解放，务为平易畅达，时杂以俚语、韵语及外国语法，纵笔所至不检束。学者竟效之，号'新文体'。老辈则痛恨，诋为野狐。然其文条理明晰，笔锋常带情感，对于读者，别有一种魔力焉。"（《清代学术概论·梁启超的今文学派宣传运动》）自梁启超创此"新文体"之后，中国的散文写作逐渐摆脱了古文家的旧"家法"，从而走上了一条"务为平易畅达，条理明晰，笔锋常带情感"的道路，文风为之一振。

一、"粤中大儒"朱次琦

朱次琦

朱次琦（1807—1881），字浩虔，一字子襄，号稚圭，南海九江人，世称"九江先生"。

朱次琦于清道光四年（1824）肄业于羊城书院，时年17岁。26岁肄业于越华书院。33岁中举，41岁成进士，曾在山西孝义、襄陵等地做过知县；居官期间，颇有政声。49岁返粤乡居，在九江的祖传老屋建"茅斋"，以作藏书之用，藏有万卷之数。在此后的二十余年间，朱次琦主要以讲学为生，门徒甚众，其中最著名的有康有为、简朝亮、梁耀枢等，被誉为"粤中大儒"。

朱次琦著述颇丰，著有《国朝名臣言行录》《国朝逸民传》《性学源流》《五史实征录》《晋乘》《国朝逸民传》《蒙古闻见》等。其治学以经史为主，旁及理学等。朱次琦善于思辨，在理学方面颇为推崇程朱，而对王阳明的心学与禅宗合流不以为然，持批评态度："萧梁之世，达摩西来，始厌弃经梵，直指本心，不立文字。阳明祖述其说，并称佛氏之言，亦不之讳，欲使儒释相附，害道甚矣。"他认为王阳明只是片面地强调"良知"而忽视了孟子很重视的"良能",质疑道:"摘去'良能',专称'良知',谓千古圣贤传心之秘在是乎?"朱次琦主张"良能"与"良知"并举,不可偏废,在某种程度上说,与王阳明提倡的"知行合一"并不矛盾,且有其相通之处,朱次琦主要是担心"心学"二字以偏概全,有误导后学之虞。其实,他对王阳明的学说并不一概否定,他说:"大约王氏言吾人为学,不资外求,良知之体皎如明镜,妍媸之来,随物见形,而明镜曾无留染,无所住以生其心,佛氏曾有是言,未为失也。"(《格物说跋》)他不像清代初年一些"痛恨空谈性理"的学者那样将王阳明及其"心学"一棍子打死,是其是,非其非,不失学者的厚道。

朱次琦的文章收录在其弟子简朝亮所编的《朱九江先生集》。其文大多要言不烦,笔法多变,如《澹泊斋记》,此文为一位号为"果堂"的官员而作。此果堂先生建有"澹泊斋",斋名取自诸葛亮《诫子书》"澹泊明志"一语。"澹泊明志"四字,有人解释为:"汉人喜黄老,武侯之云,殆亦无为、无欲之旨。"朱次琦不认同这样的看法,认为历史上有杰出功业的人物的为人之道和成功经验不在于"无为"和"无欲",而在于"自觉有为"又能够"自我抑制"。他说:"嗜欲之熏心,如水之浸种,萌动坼溢,致无穷已。"这是所有人都要面对的,无法回避,所谓"无欲"不过是欺人之谈。关键是在欲望面前要懂得抑制,掌控好自己的欲望,不可"肆其求取",这才是"澹泊"

的本意。他回顾历史，举出能够做到"澹泊明志"的好例子："谢太傅功高百辟，心在一丘；范希文断齑画粥，先忧后乐；王伯安日与门生对食；孙高阳饭粗粝、忍饥劳。……"自东晋到明朝，列举了谢安、范仲淹、王阳明、孙承宗等名人，他们都各有功业，这就不是"无为"，他们都有一个共通点，即能够抑制自己的欲望，哪怕过着忍饥挨饿的生活，也不会去"肆其求取"，他们的"志"不在于满足一己之欲望，这才是真正的"澹泊明志"。接着，朱次琦笔锋一转，转到果堂先生家里的两件性质相反的小事：一件是有人向果堂先生的儿子献上一份"值万钱"的厚礼，果堂先生得知后呵斥其子，不可开收受贿赂的先例，勒令其子退还，"公子愬然领训退"，这体现出果堂先生严正清廉的家风；另一件是果堂先生已经做到"某部堂主事"的侄子，所穿着的却是破旧衣服，果堂先生批评他身为官员而不顾礼仪，但听闻其侄子说出"儿旦旦趋公，无暇昬，偶忘焉耳"的理由，果堂先生则大喜称赞道："是吾志也。"文章再次点题，指出"澹泊明志"之"志"应该像果堂先生那样。文章篇幅不长，却写得起伏跌宕，说理与叙事兼备，立意精警，就是在今天，读来也使人深受教益。

简朝亮在《朱九江先生集序》里说及一件令人感到十分遗憾的事情："先生七十有一，朝亮在其门，冬归成昏礼，反而晋拜。先生赐之酒，既侍饮，敬问先生著述，举所以欲为书者而答，凡七书。而自谓于儒宗性学，发之而为政术，尚之而为风俗，得失虽微，即于中国人伦之大、天下强弱安危所存者，则尤属意，而不敢草草焉。及先生七十有五，语其家人，将定稿以成书。亡何疾作，乃燔其稿，逾月而没。"由此可见朱次琦著述极为严谨，时刻以有益于国家和后世为目标。临终前，其著作原本可以定稿成书，但不知为何，他临终却将自己的心血付之一炬。合理的解释是，他对待自己的著作慎而又慎，宁愿焚毁也不愿"见笑于后人"。如今存世的《朱九江先生集》，是简朝亮在其身后将遗著遗稿编集而成的。后人在深感遗憾的同时，也不得不感佩朱次琦的执著与较真。

二、"学海堂学长"陈澧

陈澧（1810—1882），字兰甫，号东塾，世称"东塾先生"，番禺（今广州）人，是清代具有全国影响的岭南著名学者。

陈澧14岁参加县试，15岁参加府试而获取第八名。17岁时得到曾任咸丰皇帝老师的翁心存（翁同龢的父亲）赏识，得以入读粤秀书院，学业因而大进。道光十二年（1832）中举，出任河源训导。

道光二十年（1840）冬十月，31岁的陈澧被举荐为"学海堂学长"。学海堂是清两广总督阮元于道光初年在广州粤秀山（越秀山）创办的高级学府，为当时全国

陈澧

之内的学术重镇，阮元亲自制定了《学海堂章程》，确立了学海堂的办学宗旨和规章制度。阮元《学海堂集序》提及学海堂的办学内容："或习经传，寻疏义于宋、齐；或解文字，考故训于《仓》《雅》（文字训诂书籍《三仓》《尔雅》）。或析道理，守晦庵（朱熹）之正传；或讨史志，求深宁（王应麟，宋代学问家，重视考据）之家法。或且规矩汉、晋，熟精萧《选》（萧统《文选》）；师法唐、宋，各得诗笔。"课程设置兼有经史之学、文字训诂之学、诗文之学等，比较全面地培养年青学子的学问基础和文化底蕴。年轻的陈澧能够出任学海堂的"学长"，说明他的学养和品德得到时人的高度认可。

陈澧治学，讲究专精，他在音韵学方面造诣特深，著有《说文声统》《切韵考》《声律通考》等，是清代音韵学的权威学者之一，他的著作是后世音韵学者的必读书。陈澧晚年著有《东塾读书记》，这是在全国学界影响很大的读书札记，直到今天仍然备受推崇。此书前后写了20多年，是陈澧研治传统经学的心血之作，他对此书期望甚高、删改甚严，直到临终前尚未全部完成。但是，他不像朱次琦那样因为不满意就有"焚稿"之举，反而颇为自信，在病情加重时对儿子及门人说："吾病不起矣。然过七十，夫复何求？吾四十时，已洞明生死之理，生死犹昼夜，无所凄恋也。吾所著《读书记》，已成十余卷，其未成者，俟儿子与门人编录，名曰《东塾杂俎》。此书当可传也。"

陈澧的文章多为简短之作，每每以精辟的见解取胜，以言简意赅见长。如《论桐城文》：

> 近时作古文入桐城派者，以为文章宜雅而有法也。讥之者以为才力薄也。然文能雅而有法，虽薄犹可也。而为桐城派者，薄而有之，雅而有法则未尽然也。不入桐城派者，以为文章当自为，不可蹈袭也。讥之者以为粗野也。然文能自为不蹈袭，虽粗野犹可也。而不为桐城派者，粗野则有之，自为而不蹈袭则未尽然也。

清代自乾嘉以来，桐城派古文几乎风行天下，同是安徽桐城人的方苞、刘大櫆、姚鼐等提倡写作古文要"雅洁"，要讲究"义法"，要"义理、辞章、考据兼备"，等等，成为学子们练习写作的要诀。陈澧并没有否定桐城派的这些主张，只是对桐城派的末流表示不满，认为他们见识浮浅、功力不够，一个字就是"薄"，未能做到"雅而有法"。同时，对于"不入桐城派"的人，也不一概否定，认为写作能自出胸臆，不蹈袭古人，虽然不够"雅洁"而显得"粗野"，但是有其新意、有其见地，不失为自成一格的好文章。不过，"不入桐城派"的人，也有不少只是显得"粗野"而已，况且是既"粗野"又不脱"蹈袭"之弊，更是要不得的。此文作平情之论，却能够针砭时弊，文风犀利，见解客观。其中亦可窥见陈澧的文章观：前人好的经验和主张，可以借鉴、吸收，可以化用到自己的写作实践中，但是，不能没有自己的主意，不能没有自己的亲身感受和真知灼见；文章的风格不宜拘于一格，不是说"雅洁"的就一定好，"粗野"的就一定不好，应结合具体的情况而定。

又如《传鉴堂记》，所谓"传鉴堂"是陈澧的藏书处，此文对了解陈澧的学养构成大有帮助。他的《东塾读书记》主要针对经书而作，可是，从《传鉴堂记》可知，重视史学是陈氏的家传学风。原来，陈澧年少时，亲眼见到父亲读司马光的《资治通鉴》时"日夜不辍"的情景，深受感动。其父去世后，家里仍然摆放着他生前读过的史书，"澧保持而敬读之"，以父亲为榜样刻苦读史。谁知读着读着，他竟成了司马光的崇拜者，日后凡见到司马光的其他著作，他均一一购置，与父亲留下的《资治通鉴》放在一起，又将藏书楼命名为"传鉴堂"，一则以纪念父亲，一则以此自励，以读司马光著作为门径，掌握治史的眼光和方法。在文中，陈澧提出一个重要观点，认为在宋代学术之中，司马光的学问不在"二程"之下，指出司马光著作的特点是"至平至实，至博至约，不讲道学"，"朗然如日月，而无风气之异也。邵康节谓司马公为脚踏实地人，司马公之书即脚踏实地之书也"。文末表示："窃愿终身敬读之，传之后叶敬守之……澧老矣，尤有望于后之人也。"这就不仅仅是"堂记"，而是"堂记"兼"家训"了，写得情真意切，真挚感人。

陈澧的《先府君所读资治通鉴书后》《菊坡精舍记》《止斋记》《观佛书偶记》《谢里甫师画跋》等，都是精心之作，朗朗上口，语语精炼，既雅洁有法度，又能自出胸臆，完全与他的文章观相吻合。

三、"太平天国"政论家洪仁玕

洪仁玕（1822—1864），字谦益，号吉甫，花县（今广州市花都区）人，太平天国首领洪秀全族弟，也是太平天国后期重要的领袖。

洪仁玕年少时饱读儒家经典，本意是在科举道路上谋取功名。后来，其族兄洪秀全于1843年创立"拜上帝会"，洪仁玕受其影响，放弃儒业，参与洪秀全的政治活动。洪仁玕虽然没有参加"金田起义"（1851），但还是受到清廷的追捕，不得不逃往香港。1852年至1854年间，洪仁玕的大部分时间是在香港度过的。居港期间，他得到瑞典籍传教士韩山文的照顾和帮助，接触并熟读《圣经》。同时，他还结交了在港的一些其他外国传教士，对西方的事务和文化逐渐有所了解。通过阅读西学书籍和报刊，知识面也随之打开，举凡天文、地理、医学、数学、历法等，他均有涉猎。1854年5月，由韩文山的安排，洪仁玕乘船离开香港，意欲取道上海转往"天京"（南京），但并不顺利，到了上海后，因无人接应，只好折返香港。此后，他又在香港逗留了4年。借助地利，洪仁玕不断学习西方文化，进一步研究

第三章 岭南散文

西方政治制度,并且有意进修医学,曾写出《医缘》一书,其医术也大有进步。1858年6月,洪仁玕离开香港前往"天京",经历了一番周折,终于在1859年4月抵达,与洪秀全相会。

洪仁玕是在太平天国后期进入权力核心的。此时的太平天国政权正内讧不断,矛盾丛生,洪秀全让洪仁玕"总理朝政",委以重任。洪仁玕为洪秀全出谋划策,写出《资政新篇》,并奉命刊刻颁行。这是太平天国历史上一份重要文件,也是洪仁玕的重要著作。

洪仁玕文风刚健有力、明于裁断,不失为政治家的手笔。如《资政新篇》针对太平天国政权所呈现的"乱象"提出严厉批评:

> 朝廷封官设将,乃以护国卫民、除奸保良者也。倘有结盟联党之事,是下有自固之术,私有倚恃之端;外为假公济私之举,内藏弱本强末之弊。为兵者行此,而为将之军法难行;为臣者行此,而为君之权谋下夺。良民虽欲深倚于君,无奈为所隔绝,是不可以不察也。倘欲真知其为朋奸者,每一人犯罪,必多人保护隐瞒,则宜潜消其党,勿露其形。

洪仁玕可谓击中太平天国政权的要害,当时"诸王"内斗,各自结为朋党,勾心斗角,自私自利,于大局和民生全然不顾,与明末清初南明朝廷的种种内讧丑

《资政新篇》书影

剧相似，甚至是有过之而无不及。故此，当务之急是"潜消其党"。与此同时，洪仁玕强调"立法"的重要性："国家以法制为先，法制以遵行为要。能遵行而后有法制，有法制而后有国家，此千秋不易之大经，而尤为今兹万不容已之急务也。"这些文辞，简明扼要，其中的见解，在当时可谓"开明"。总之，《资政新篇》是洪仁玕深思熟虑的结晶，又是他借鉴西方政治经验的成果。文内对诸多方面的问题（如用人之策、富国之道、移风易俗之紧迫性等）均有除弊革新的考虑，而就文章来看，可以说是有一说一，实事求是，没有浮泛之词而多有明智之论。

这种文风是洪仁玕所自觉推行的，他于1861年写出《戒浮文巧言谕》，其中提出："文以纪实，浮文所在必删；言贵从心，巧言由来当禁。"特别点明的是："况现当开国之际，一应奏章文谕，尤属政治所关，更当朴实明晓，不得稍有激刺、挑唆、反间、故令人惊奇危惧之笔。"主张文章应该"切实明透，使人一目了然，才合天情，才符真道"。这里所说的，与三国时曹操的作文习惯和风格颇有相似之处，毕竟，洪仁玕也是一位富有才华的政治理论家。

然而，随着"天京"的陷落，太平天国在一时之间风流云散，尚在英年的洪仁玕"被俘就义"，年仅43岁。

四、《盛世危言》作者郑观应

郑观应（1842—1921），本名官应，字正翔，号陶斋，广东香山（今中山）人。

郑观应是中国近代史上在全国广有影响的政论家，毛泽东曾在1936年对美国记者斯诺说过："我读了一本叫做《盛世危言》的书，这本书我非常喜欢。《盛世危言》激起了我想要恢复学业的愿望。"（斯诺著《西行漫记》）这部《盛世危言》的作者就是郑观应。

郑观应在5岁时入塾随父亲郑文瑞读书，熟读过四书五经，学写过八股文，从而打下了深厚的旧学功底，练就了较强的写作能力。15岁时，他跟随亲朋到南洋游历，开阔了视野，对"外面的世界"有了初步的认知。1858年，17岁的郑观应在香山应童子试未中，随后在父亲的安排下远赴上海学习商务。他的叔父郑廷江时在上海任新德洋行买办，他即在新德洋行做些杂役，并跟随叔父学习英语。大约不到一年，郑观应又转到上海宝顺洋行工作，跟随宝顺洋行的洋人到天津考察商务。期间，郑观应还和同乡梁纶卿一起入传教士傅兰雅开办的英语夜校学习英语，其英语水平迅速提高。之后，郑观应做过洋行买办，做过茶叶生意，也做过太古轮船总理兼管账房、栈房，等等，是一位经验日渐丰富的实务人才。他的才干在社会上得到公认，以至于进入了李鸿章的视野。1878年，李鸿章久闻郑观应"实心好善，公正笃诚"，委任他襄助彭汝琮筹办"机器织布局"。次年，得到李鸿章的保奏，光绪皇帝发出"上谕"："郑观应着随带加三级。"1880年，郑观应被李鸿章委任为"织布局会办"。随着郑观应的才华得到越来越多朝廷大员的赏识，他与盛宣怀、张之洞、彭玉麟等著名人物均有交集，活跃于晚清时期的政治舞台上。此外，他跟康有为、孙中山也有交往，曾写信给盛宣怀，想借盛氏将孙中山引荐给李鸿章。他又在上海将康有为介绍给曾任《申报》主编、当时主讲格致书院的王韬认识。可以说，他中西合璧的学养，长年实务及"洋务"的历练，以及对商场、官场及政坛的观察与熟悉，相当"高端"的人脉关系，是使他成为近代史上著名政论家的诸种有利条件。

《盛世危言》五卷本写成于1892年，时郑观应51岁，这是他作为一位实业家兼政论家的黄金时期。此书在1894年3月出版后，立即受到社会各界的关注和重视。

从中国散文发展史的角度看，郑观应的文章可谓别开生面。他摆脱了传统文人习气，文集中没有应酬文字，亦无吟风弄月的笔墨，篇篇都是"实打实"的真知灼见。他有独特的视野，有独到的眼光，从自己的社会实践和观察思考中知道什么是时代趋势，什么是国家最需要的，什么是国民最应了解的，故而下笔为文，必是有"见"而发，如高手下棋，几无废子。如在《西学》一篇中，他大声疾呼，不能再封闭视野，不能再无视世界大潮，不能再轻视科学的力量：

> 古曰:"通天地人之谓儒。"又曰:"一物不知,儒者所耻。"今彼(指西方)之所谓天学者,以天文为纲,而一切算法、历法、电学、光学诸艺,皆由天学以推至其极者也。所谓地学者,以地舆为纲,而一切测量、经纬、种植、车舟、兵阵诸艺,皆由地学以推至其极者也。所谓人学者,以方言文字为纲,而一切政教、刑法、食货、制造、商贾、工技诸艺,皆由人学以推至其极者也。皆有益于国计民生,非奇技淫巧之谓也。此外,有剽窃皮毛、好名嗜利者,则震惊他人之强盛,而推崇过当,但供谈剧,亦实不能知其强盛之所以然,此则无本之学,不足登大雅之林也。
>
> 夫所贵乎通儒者,博古通今,审时度势。不薄待他人,亦不至震骇他人;不务匿己长,亦不敢回护己短,而后能建非常之业,为非常之人。

郑观应的论辩策略很值得注意,他是从儒家的"格言名句"切入到"西学"的话题:既然我们的认知结构是以"儒学"为其底色,那么,应谨记"一物不知,儒者所耻"的儒家遗训,如今世界已然发生巨大的变化,科学促进了人类社会的发展,我们有何理由不去认识、不去学习呢?话题打开后,郑观应分别从"天、地、人"三纲来概述西方科学的大框架,便于国人理解西方科学的学科分支与中国固有的"天、地、人"的认知结构原来是可以对应的。不过,他并非盲目地推崇西学,而是理性地告知读者,有些人仅知西学的皮毛就"推崇过当",不根究西学的本质,便是"无本之学",绝不可取。正确的态度是要"博古通今,审时度势",面对西学,应不卑不亢,既要看到自己的所长,也不回护自己的所短,无需震骇于他人的强盛,而应该自己振作,虚心学习,化"西学"为己用,"而后能建非常之业,为非常之人";既不故步自封,也不妄自菲薄,而是积极进取,用科学思想武装自己,用自己的双手建设强盛的国家。郑观应的这些话语,既雄辩又辨正,就是在今天,仍然有醍醐灌顶的意义,难怪当年年轻的毛泽东会对其文字那么着迷。

郑观应的作文选题,很有时代感和针对性,其立论建立于自己长年观察和切身感受的基础之上。如《女教》一篇,站在女性的立场为女性说话,为女性争取读

《盛世危言》书影

书受教育的权利:

> 中国之人生齿繁昌,心思灵巧,女范虽肃,女学多疏。诚能广筹经费,增设女塾,参仿西法,译以华文,仍将中国诸经、列传、训诫女子之书别类分门,因材施教,而女红、纺织、书、数各事继之。富者出资,贫者就学,由地方官吏命妇岁月稽查,奖其勤而惩其惰。

他看到了中国女性千百年来难以破解的"困境"是"女范虽肃,女学多疏",即规管女性的条文很多且很严厉,这些条文只是具有"前现代"的愚昧而带有压迫性的律例,而不具备"现代意义的教育"的功能,女性实质上被剥夺了接受正常教育的权利。因此,他提出了"增设女塾"的主张,希望在教育上男女平权,都有读书的机会。他认为当今的女性教育不仅是读"中国诸经、列传、训诫女子之书",还要"参仿西法,译以华文",在女性教育中引入西方的成功经验和成熟内容,并且"因材施教",学习一些实用的技能。郑观应的这些见解是有"参照系"的:

> 泰西女学与男丁并重:人生八岁,无分男女,皆须入塾,训以读书、识字、算数等事。塾规与男塾略同。有学实学者,有学师道者(学成准在女塾教授女徒),有学仕学者,有入太学院肄业以广见

闻者。虽平民妇女不必如男子之博雅淹通，亦必能通书文、明道理、守规矩、达事情，参以书、数、绘画、纺织、烹调之事。（同上）

这种"男女平权"的教育观在当时是相当进步且具有前瞻性的，与当今盛行的"博雅"教育有相近之处。此外，郑观应对中国女性所遭受的戕害（尤其是女性裹足）极为痛心，在提倡"女学"的同时认为亟待重视女性的身心健康，这是与"女学"配套的措施：

至妇女裹足，合地球五大洲万国九万余里，仅有中国而已。国朝功令已加禁革，而相沿既久，俗尚未移。夫父母之爱子也无所不至，而钟爱女子尤甚于男儿，独此事酷虐残忍，殆无人理。……此种浇风，城市倍于乡曲，世家巨室，尤而效之。人生不幸作女子身，更不幸而为中国之女子，戕贼肢体，迫束筋骸，血肉淋漓，如膺大戮，如负重疾，如觏沉灾。……苟易裹足之功改而就学，罄十年之力率以读书，则天下女子之才力聪明，岂果出男子下哉！

针对女性的身心健康和学识培养，郑观应深深思考，愤然撰文，出于良知，出于解救女性的紧迫感，也出于国家人口结构的"男女同步优化"的考虑，在晚清能提出这样的思想，从历史逻辑而言，实在是"五四新文化运动"的先声。

郑观应为文，笔调明快，笔墨简洁，笔法多变；每作一文，题旨明确而思路活跃，时而盘旋而下，时而宕开一笔又收放自如。他的一些文字，不失情趣和文采，如《训儿女（择交宜慎）书》写道："人之一生，其犹一岁之四时乎：春风和煦，草木萌动，一童年之活泼也；夏雨时行，草木畅茂，一壮年之发达也；经秋成实，历冬而凋，则由壮而老，由老而衰矣。然冬尽春来，循环不已，而人之年华则一去不返，老者不可复壮，壮者不可复少。语曰：'时乎时乎不再来。'愿我少年共识之。"（《盛世危言后编》）文言而如白话般浅近，不故作高深，却意味深长，这也是郑观应文章的一大魅力。

郑观应在《盛世危言初刊自序》里说："应虽不敏，长业贸迁，愤彼族之要求，惜中朝之失策。于是学西文，涉重洋，日与彼都人士交接，察其习尚，访其政教，考其风俗利病、得失盛衰之由。乃知其治乱之源、富强之本，不尽在船坚炮利，而在议院上下同心，教养得法。"这番话，可以视为整部《盛世危言》的立意所在。书中的选题如《学校》《商战》《议院》《考试》等，都与郑观应心目中的"国策"相关联，里面有人才战略、治理纲要、商贸方略等，一篇文章就是一个"专题"，各有侧重，合起来就是郑观应献给祖国的一颗赤子之心。郑观应的《盛世危言》是一组前无古人的散文，在中国散文史上具有划时代的意义，绝非以前为了一朝一姓的利益而上呈的奏章文字可比。

五、"百日维新"风云人物康有为

康有为（1858—1927），原名祖诒，字广厦，号长素，又号更生，广东南海人。

康有为年少时师从广东大儒朱次琦，熟读经史，颇喜陆王心学，而对程朱理学持保留态度。从这一点可以看出康有为不愿囿于做一个循规蹈矩的儒生。

康有为

康有为于1879年游历香港，于1882年远赴上海，视野为之开阔，他接触到当时的外来文化，泛览了各家报纸和汉译西学著作，感触颇深，日渐形成自己的国家理念、政治追求和维新主张。1891至1893年，他在广州开设万木草堂，收徒讲学，在年轻一代中培养维新力量，梁启超就是在那个时候师从康有为并结成"康梁"的特殊师生关系。

1895年，清政府在中日甲午战争中失败后，派李鸿章到日本签订《马关条约》，"与日本议和，有割奉天沿边及台湾一省，补兵饷二万万两，及通商苏杭、听机器洋货流行内地、免其厘税等款"。消息传来，时在北京的康有为联合在京会试的举人1300多人，联名上书光绪皇帝，称此一和议使得"天下震动""都人惶骇"，要求拒签和约，迁都抗战，练兵强军，变革旧法。上书被都察院拒绝，未能送达内廷，但此事广为传播，影响深远，并开了"士人干政"的先例，史称"公车上书"。这是康有为在中国近代政治舞台上的一次颇有"知名度"的亮相。

不久，康有为再次上书光绪皇帝，阐述必须尽快变法的见解和相关主张，建议朝廷革除内弊，实施"富国之法"，开创新的政治格局："窃以为今之为治，当以开创之势治天下，不当以守成之势治天下；当以列国并立之势治天下，不当以一统垂裳之势治天下。"在末尾，康有为苦口婆心地写道："伏乞皇上远鉴《诗》《易》之所戒，近鉴俄、土之兴衰，独揽乾纲，破除旧习，勿摇于左右之言，勿惑于流俗之说。立事必有利弊，权其轻重；听言必有是非，察其迂切。断自圣衷，更新大政，宗庙幸甚，天下幸甚！"联系到当时光绪皇帝受制于慈禧太后的特定政治背景，鼓励皇帝"断自圣衷"，"独揽乾纲"，其言不可谓不大胆，其情不可谓不恳切，其状不可谓不急迫。康有为的政治个性由此也呈现出来：不墨守成规，不彷徨犹豫，不计较后果。

1898年1月24日，康有为被传至总理衙门，李鸿章、翁同龢、荣禄等人向他询问变法事宜。同年6月11日，光绪皇帝终于接受维新派的改革方案，下"明定国是"诏书，宣布变法维新，任用维新人士；此后，陆续颁布维新法令，推行"新政"。可惜，好景不长，同年9月21日凌晨，慈禧太后幽禁光绪皇帝于瀛台，假皇帝名义发布"吁请太后训政"诏书，随即捕杀谭嗣同等维新人士，通缉康有为、梁启超，罢免陈宝箴、黄遵宪等数十人，废除"新政"。至此，变法失败，史称"戊戌政变"。"维新政治"只持续了103天，是为"百日维新"，可谓昙花一现。

"百日维新"失败后，康有为不得不躲避通缉，辗转天津、香港而逃亡国外，足迹先后到过日本、加拿大、印度、英国、意大利、法国、德国、希腊、土耳其、塞尔维亚、保加利亚等国家。从1898年9月下旬离京开始逃亡，至1913年回国，康有为度过了十多年的海外流亡岁月。在国外，他一边借助侨商的力量设法谋生（开办企业，成立"中国商务公司"，总局设在香港，分局散布广州、上海、横滨、旧金山等地），一边从事政治活动，组织"保皇会"（全称为"保救大清皇帝会"），发表《答南北美洲诸华商论中国只可行立宪不可行革命书》等文章，坚持主张"改良主义"，反对资产阶级民主革命。辛亥革命后，政局变换，康有为返回国内；他在上海主编《不忍》杂志，宣扬尊孔复辟，其晚年的思想和举止远远落后于时代大潮，于1927年病逝于青岛。康有为的一生，波澜起伏，跌宕多姿，大开大合，在生前和死后都是一位备受争议、毁誉不一的人物。

康有为的著述，影响较大的有《新学伪经考》《孔子改制考》《戊戌奏稿》《大同书》《康南海先生诗集》等。而从散文写作的角度看，康有为的政论文特别是多篇奏稿，每每写得汪洋恣肆、条分缕析、雄辩滔滔，一则是出自其丰厚的学养、饱满的政治热情和相当独到的见识，一则是考虑到自己的文章是写给皇帝看的，故而竭尽全力、一丝不苟，以说服人主为能事，显现出独特的"康氏文风"。

若就文学性而言，康有为的游记颇值得关注。在中国古代散文史上，游记是一种数量较多、可读性较强的体裁，不少大师名家的传世之作中都会有脍炙人口的游记，如柳宗元的《永州八记》、苏轼的《石钟山记》、王安石的《游褒禅山记》、姚鼐的《登泰山记》等，这些已经成为游记的经典之作。可是，他们写的不外是一山一水，一草一木，康有为的游记却别有一番气象，他写的是游历外国的经验和观感，举凡异域的宗教、政治、文学、艺术、博物馆等，与他所思考的种种问题相关的，都成为他关注的对象，都是他要记载的重要内容。尽管他的游记也会涉及各地的风土人情、名胜古迹、山水风光等，但其侧重点和兴奋点在于前者，后者多为连带而及。因为他的观察重点在于外国的文明与文化，为的是提供给国人参考，使国人知道如何真正摆脱"野蛮"而顺应世界大潮，他说："吾国人不可不读中国书，不可不游外国地，以互证而两较之，当不至为人所恐吓而自退处于野蛮也。"换言之，开眼看世界，中外比较，取长补短，以求促使国家面貌、国民精神为之一新，"借镜异邦"，以获取改良国家的"药方"。所以，康有为不无自得和自负地说："穷天下之大观，若我之游踪者殆未有焉。"对于游记的写作，康有为确有别开生面之功。

康有为著有《欧洲十一国游记》，出于"借镜异邦"的写作目的，康有为笔下的"异邦"的确有可供国人借鉴之处，如《英国游记》记"游生物史院"一段：

> 生物而称"史"，盖杂存之而考其进化也。此院结构精工，门为重深无数柱式，各柱刻鱼鸟波形。院凡三层，物形极多，僵石极多，盖亿万数；以英地域遍于五洲，故搜罗各地之物质最富，以亿兆计。于横大厅中，分列各长室，以庋各物，而分类置之，富伟夥颐，诚万国所无，于此乃叹海王之盛大也。英人既为物质学开创之祖，而以得新地，故物质之陈设愈盛，则物质学愈盛。而新理、新器、新地愈增，展增相生，遂为地球第一，莫与之京焉。宝石繁夥，全球皆有，无色不备。就中最精美者，墨西哥之碧白石、波斯之蓝石、乌拉乖（今译乌拉圭）之波碧石，皆如玉。南非之紫金石如猫眼，俄之绿云石最佳矣。澳洲之阿巴拉碧白石如玉，尤奇，置醋中能行。有翠玉数尺，花彩极佳，可称至宝矣。

参观"生物史院"是在1904年，康有为已经意识到设立这类博物馆的意义是"盖杂存之而考其进化也"，可见他对初版于1859年的《物种起源》以及达尔文的进化学说有所了解；同时注意到所有的展品是"分类置之"，反映出彼邦科学家的研究成果。这样的布展令他大开眼界，他以学者的目光审视各色各样、林林总总的展品（尤其是数量惊人的"僵石"，即化石），既感叹于生物进化史的奇妙，又惊讶于大自然的鬼斧神工与无奇不有，心中掂量着这家博物馆的文化史价值。他跟英国"物质学"即自然科学有了一次近距离的、直观的接触，字里行间洋溢着的是兴奋与新奇的感受。同时也可以看到，作为"保皇派"的康有为对英帝国是存有幻想与倾慕的，故而说"于此乃叹海王之盛大也"，他对英帝国的殖民主义和到处掠夺的行径缺乏批判意识，与其思想局限大有关系。所以说，这些游记里的文字也是研究康有为思想的第一手资料。

除了博物馆，康有为在外国还十分留意西方的大学，如《意大利游记》记游大学的见闻：

> 游大学，三层石筑，规模颇壮。时放暑假，无在学者。意大利大学凡廿一所，然意南之民，不识字者尚百之八十也，旧国之变甚难哉！北意识字者过半，盖北意与奥、法界，故文化亦优也。举国藏书楼一千八百三十一所，报馆九百零二。学校分四级，自小学、中学、专门学、大学，略与各国同。所过学校甚多，门壁皆新，不暇遍游矣。

康有为是在1905年暑假去考察意大利的大学的，他在意大利做了不少"功课"，连那里有多少家大学、多少家图书馆、多少家报馆，都了如指掌，说得出各种数据，可见不是泛泛的游览，而是有心去观摩学习。他也路过数量不少的各类学校，但可能由于时间关系"不暇遍游"，而重点看人家的大学。有意思的是，他还发现了意大利南部与北部的开化程度很不相同。因为意大利位于欧洲亚平宁半岛上，南部的居民只能见到大海，而周边没有其他邻近的国家，欠缺文化交流，导致本地居民文化程度较低；北部则不同，与奥地利、法国接壤，文化交流频繁，对于提升本国居民的文化程度大有帮助。这是他实地考察、南北比较得出的看法，引出了一个很有意思的话题。

康有为在外国游历，其自身的"角色"时有转换，他时而是学者，时而是教育家，时而是政治家。当他来到某地，某地历史上的政治人物不期然闯进他的视野，引发出一种奇特的遐想，他会以政治家的眼光审视眼前的一切以及相关的历史，如他游土耳其横跨欧亚的伊斯坦布尔即当时所称的"君士坦丁堡"时写道：

> 此京既控扼山海之险要，而规模伟大亦无伦，后山自巴根涌来至近海，多成冈阜，如洪涛之奔放，而枝叶重重环抱如竹之苞，扬州蜀冈之势颇肖之，但包裹不如之耳。君士但丁（今译君士坦丁）来此宅都，始营城郭，自后山数重堑至海环数十里，崇垣屹屹，圆垒嵯峨，依冈筑之，自西千四百七十六年，突人（指突厥人）破京而坏之，至今垒堞尚存半焉。盖将二千年物，英主遗构，大都壮观。中国自长城外，长安、洛阳久毁，今南北

第三章 岭南散文

京比之既幼稚，南京大亦颇相仿，其雄伟精美亦逊之。……英雄作事令人惊，君士但丁在二千年，已能如此也。吾策马巡览城址，抚其颓垣断堑，拾其灰石，为之惊叹！

看来，康有为很推崇作为历史人物的君士坦丁，将君士坦丁所营建的君士坦丁堡视为"英主遗构"，赞叹不已，还与中国历史上的京城比较。这样的写法，就算与康有为同时代的其他出国游历过的文人所写游记相比，也是显得独树一帜，其气度、其情怀、其思绪都带有康氏风格，别人无法"复制"。①

康有为毕竟是文章大家，对为文之道颇有见解，他在《万木草堂讲义》里说过："文章以中国为尚，合通地球而论之。"这一宗旨就与桐城派之类的古文家显然有别，气度更是不凡。在《南海师承记》里，他说："文以曲为主，初学以短为主。作文宜专从汉人入手。"这是他的经验之谈。所谓"汉人"，指的主要是司马迁、班固以及他们的名著《史记》《汉书》。他对《史记》里的《项羽本纪》等篇赞不绝口，其读汉人著作的心得是："文章家犹兵法家，运用之妙，存乎一心，固不为法度所困。时至事起，间不容发，日月风云，合沓变化，令人心惊目眩，瞬息万变，及止息之后，士马无声。文章之道至大，精骛八极，心游万仞，笼天地于形内，挫万物于毫端。文有时尽情敷衍，必畅其意而后止；有时极简括，一宽一紧，一收一敛，一纵

---

① 在康有为之前，清郭嵩焘于1876年至1879年间写成《使西纪程》，介绍以英国为主的西方文明，是日记体而非游记体。

一横，精神团结，使读者眉飞色舞。如《项羽本纪》八千余字，《赵世家》万余字，不厌其多；《颜渊传》八十余字，《仲弓传》六十余字，不嫌其短。"(《修词》)总之，康有为深厚的古文根底与其开阔的世界视野两相结合，相互交乘，互为融通，成就了他作为独具风标的文章家的美誉。

六、开创新文体的梁启超

梁启超（1873—1929），字卓如，号任公，又号饮冰室主人，新会人。梁启超17岁参加广东乡试，中举人第八名。1890年春，他第一次入京会试落第，道经上海，在坊间购得《瀛寰志略》一书，"读之，始知有五大洲各国"，眼界为之大开；又见上海制造局翻译出版的多种西书，却因囊中羞涩，无力购置，深感遗憾。此事在他的《三十自述》里有具体记载。1890年秋，经同学陈千秋介绍，他向康有为"修弟子礼"；之后退出学海堂，于次年正式入读万木草堂。他曾回忆道："先生为讲中国数千年来学术源流、历史政治沿革得失，取万国以比例推断之。余与诸同学日札记其讲义，一生学问之得力，皆在此年。"又说："先生著《新学伪经考》，从事校勘；著《孔子改制考》，从事分纂。日课则《宋元明儒学案》、二十四史、《文献通考》等，而草堂颇有藏书，得恣涉猎，学稍进矣。"(《三十自述》)

梁启超

1895年梁启超再次赴京参加会试，但此次入京的意图重点不在会试，而在于到京师漫游，结识天下英才。当清日两国达成"和议"的消息传来，梁启超随康有为参与"上书"活动，表达请求朝廷"变法"的愿望。1896年，梁启超离开京师前往上海，认识黄遵宪，出任由黄遵宪等人创办的《时务报》主编，并编辑《西政丛书》，创办大同译书局，宣传维新变法理论，成为康有为的得力助手，时称"康梁"。1897年，出任长沙时务学堂"中学"总教习。时务学堂由谭嗣同、黄遵宪、熊希龄等创立，梁启超参照万木草堂的教学模式制定了《湖南时务学堂学约》，著名湘籍将领蔡锷即在此时成为梁启超的学生。

1898年春，梁启超带病入京；同一年，光绪皇帝发出"上谕"，授予梁启超六品衔，专办京师大学堂、译书局事务。戊戌政变发生后，梁启超躲避清廷的追捕，逃亡日本。居日期间，曾在横滨创办《清议报》；在《清议报》停刊后，改办《新民丛报》；又开办《新小说》，积极从事宣传工作（此后的生平事迹，可参阅本书《岭南小说》一章《新中国未来记》一节的介绍）。总之，梁启超是近代史上相当活跃的社会活动家、政治理论家，也是出色的教育家、报刊宣传家。

在梁启超的多重身份中，"文学家"这一角色似乎更为重要，他留下的诸种遗产中当以其文学作品更有价值。梁启超是文学创作的多面手，诗词、小说、戏剧、散文（含传记文学）等均能为之，而由他开创的新体散文是他获取声名最大、成就最高的一种。他用这一种新文体在《时务报》和《新民丛报》上发表文章，一时风靡全国，开五四白话文运动之先河。

梁启超的散文，有时论、杂谈、游记、传记等，以富于激情和气势著称，观点锐利，文笔畅达，具有强烈的个性。如脍炙人口的《少年中国说》，以"老大帝国"的蔑称说起，认为此说并不成立，相反，"吾心目中有一少年中国在"。梁启超写作此文，纵横捭阖，上下古今，眼观中外，胪列中国有史以来先辈们的种种丰功伟绩，又与外国历史上的杰出人物相比较，提出了一个核心的观点，即"国之老少，又无定形，而实随国民之心力以为消长者也"。换言之，如果国民"心力"昂扬充沛，勇于进取，那就是一个"少年国家"；反之，国民的"心力"委顿不振，故步自封，那就是一个"老年国家"。并引西方谚语"有三岁之翁，有百岁之童"，指出"老"或"少"全看其心态，不看其年龄，不要以为中国历史悠久就想当然地以为这是一个"老大帝国"。他说："使举国之少年而果为少年，则吾中国为未来之国，其进步未可量也；使举国之少年而亦为老大也，则吾中国为过去之国，其澌亡可翘足而待也。故今日之责任，不在他人，而全在我少年。少年智则国智，少年富则国富，少年强则国强，少年独立则国独立，少年自由则国自由，少年进步则国进步，少年胜于欧洲则国胜于欧洲，少年雄于地球则国雄于地球。"这里所说的就是强调"人的因素""人的心态""人的精

第三章　岭南散文

神面貌",这与梁启超的"新民"学说相通,对此,他充满着信心,且看他文章末尾的一段美文:

> 红日初升,其道大光。河出伏流,一泻汪洋。潜龙腾渊,鳞爪飞扬。乳虎啸谷,百兽震惶。鹰隼试翼,风尘翕张。奇花初胎,矞矞皇皇。干将发硎,有作其芒。天戴其苍,地履其黄。纵有千古,横有八荒。前途四海,来日方长。美哉我少年中国,与天不老!壮哉我中国少年,与国无疆!

这样的文字,极富感染力,而整齐的句式、铿锵的语言、豪迈的气概,纯粹是"梁启超式"的文辞,朗朗上口,读之令人心潮澎湃,过目难忘。

梁启超如同他的老师康有为一样,也到过欧洲游历,写下了《欧游心影录》。其中,固然有不少篇幅写旅行见闻,是通常的游记写法,可是,也有不少篇章出人意表,写的真是"心影录",超越了一般的见闻与观感,是看见过、感受过、大开眼界之后"中得心源"的见地。如其中有一篇题为《文学的反射》,是对欧洲19世纪文学变迁的思辨录,思辨的核心问题是时代思潮与文学的关系。又如《新文明再造之前途》,表达了他对欧洲近百年来文明进步的理解和把握:"欧洲百年来物质上精神上的变化,都是由'个性发展'而来,现在还日日往这条路上去做。他和古代中世纪乃至18世纪前的文明根本上有不同的一点,从前是贵族的文明、受动的文明，如今却是群众的文明、自发的文明。从前的文明是靠少数特别天才的人来维持他，自然逃不了'人亡政息'的公例；今世的文明，是靠全社会一般人个个自觉日日创造出来的，所以他的'质'虽有时比前不如，他的'量'却比从前来得丰富，他的'力'却比从前来得连续。现在的欧洲，一言以蔽之，万事万物，都是'群众化'。"从一个封闭的、皇权专政的国家走出来，梁启超深刻感受到欧洲国家的种种"群众化"现象是文明进步、文化下移的表现，他十分重视彼邦"日日创造，日日进化"的可喜变化，欧洲民众的人生观也随之发生变化，变得更为开化、更为主动、更为自信。他最后写道："将来一定从这条路上打开一个新局面来，这是我敢断言的哩。"这类文章，说是"游记"，未免是"破体"了；说是议论文，似乎更为贴切，可又不是闭门造车、苦思冥想写出来的文字，而是一番又一番的国外游历之后深入思考的产物。这些游记，用"心影录"来命名再贴切不过了。

梁启超还写了一批人物传记，如《南海康先生传》《殉难六烈士传》《李鸿章》《王荆公》《管子传》《戴东原先生传》《明季第一重要人物袁崇焕传》等，既有历史人物，也有自己熟悉的同时代俊杰。他以史学家的眼光、文学家的笔调写作，其传记别具风貌，颇显个性。

读梁启超的散文，可以强烈感受到他的睿智、学养和爱国情怀，他的文字时而像长江大河，时而如淙淙流水,能长能短,均是性灵之作,滋润着一代又一代读者的心田。

小 结

清初屈大均极为热爱乡邦文献,编成一部皇皇巨著《广东文选》,他在《自序》里说:"嗟夫!广东者,吾之乡也。不能述吾之乡,不可以述天下。文在于吾之乡,斯在于天下矣!"这番话说得很真切。而屈大均大概还预想不到,在他的身后,广东文章跟全国政治之密切程度已远远超乎他的想象:康有为、梁启超之前,有洪仁玕、郑观应;几乎与康梁同时而稍后的还有孙中山。真可谓"不能述吾之乡,不可以述天下"了。

岭南散文,出了不少真正意义上的大家,他们的文章大气磅礴,名扬天下。此地的散文大家,既有中原文化的底蕴,又能开眼看世界,具有中原人士未必具备的视野和胸襟。故而,岭南论人物,气度不凡;论文章,颇有先声夺人之势。这是岭南散文的特点,也是岭南人士的骄傲。

从赵佗的《报文帝书》到康梁的政论,再到孙中山的著述,每每涉及国事;涉及的程度虽有深浅之别,但岭南人心怀天下的家国情怀是一脉相承的。岭南人离不开中原文化的滋养,同时又以自己独特的方式、独到的思考丰富着中华文化。要了解中国,不可不读岭南散文;要深入理解近代的中国,更是不可不读岭南散文。

第四章 岭南小说

岭南小说，与诗歌、散文等文体相比，是成熟较晚的。我们今天能够读到的小说，以清代以来的居多，清代以前的甚为罕见。

清代以前的岭南小说，其"硕果仅存"者大概算是唐代韶州人刘轲所写的短篇文言小说《牛羊日历》了。这篇作品写的是中晚唐时期所发生的"故事"，讲杨虞卿、杨汉公兄弟自唐宪宗元和年间一并登进士第以来，把持权柄，结党营私，依附于他们的人可以"朝为布衣，暮拾青紫"，卖官鬻爵，无所不为；当时，牛僧孺专权于朝中，又好色成性，杨氏兄弟为了讨好牛氏，为之出谋划策，要将李愿貌美如花的姬妾"真珠"夺到手，献给牛氏。因牛、杨等人尽做龌龊之事，此《牛羊日历》即是取其谐音，对他们加以揭露和讽刺。虽还不宜说这是岭南小说的发端，可岭南人的练达与幽默、愤世嫉俗与严正刚健在这篇小说的情节构思中已有所体现，千年之下再出现《二十年目睹之怪现状》等小说，似有冥冥中的某种精神上的"契合"。

虽然自宋代至明代尚未见有岭南小说存世，但不见得就没有岭南人创作的作品，因为民间有说书艺术，艺人说书总会有讲述故事的"话本"，大约是由于岁月久远，湮没无存而已。到了清代，岭南小说迎来了蓬勃生机，此源于时代的激荡、中外商贸的发达，以及广东地区风云人物的出现，使得岭南的小说题材呈现出某种"后发优势"，小说作品富于岭南特色，成为中国小说史上不可缺少的组成部分，如《岭南逸史》《蜃楼志》

第四章 岭南小说

等,是这一时期的代表。

时间推移到近代,岭南人的小说研究、小说创作,以及对外国小说的半是"翻译"半是创作的奇特现象的出现,都说明岭南小说自有面貌,不可小觑。

黄遵宪在小说研究方面是有独到心得的。他早年出任驻日本使馆参赞,曾向日本友人石川鸿斋推荐《红楼梦》,认为"《红楼梦》乃开天辟地、从古至今第一部好小说。论其文章,宜与《左传》《国语》《史记》《汉书》并妙"。到其晚年,大力支持梁启超等人倡导的"小说界革命",对梁启超创办《新小说》刊物表示极大的赞赏和期待,说"未见其书,即使人目摇而神骇矣"。但他不是盲目地赞美,当他发现《新小说》所刊发的作品存在问题时,直言不讳地写信给梁启超,指出:"此卷所短者,小说中之神采(必以透彻为佳)、之趣味耳(必以曲折为佳)。仆意小说所以难作者,非举今日社会中所有情态一一饱尝烂熟出于纸上,而又将方言谚语一一驱遣无不如意,未足以称绝妙之文。前者须富阅历,后者须积材料。阅历不能袭而取之;若材料则分属一人,将《水浒》《石头记》《醒世姻缘》,以及泰西小说,至于通行俗谚,所有譬喻语、形容语、解颐语,分别抄出,以供驱使,亦一法也。"(《致饮冰主人手札·光绪二十八年十一月十一日》)黄遵宪对"小说之佳者"有自己的判断,好的小说家应该有丰富的社会阅历,又要有深厚的语言修养;好的小说,其描写要透彻,情节要曲折生动。这些论调,虽然已是我们今天的常识，但在晚清时代，能够如此深谙小说"三昧"，对于一个士大夫而言是不简单的。

梁启超以一个政治家的敏感发现小说作为一种通俗易懂的文体所具备的巨大社会影响力，认为它"上之可以借阐圣教，下之可以杂述史事；近之可以激发国耻，远之可以旁及彝情；乃至宦途丑态、试场恶趣、鸦片顽癖、缠足虐刑，皆可穷极异形，振厉末俗。其为补益，岂有量耶"。（《变法通议·论幼学》）他还注意到外国小说所成功起到的"示范"作用："西国教科之书最盛，而出以游戏、小说者尤夥。故日本之变法，赖俚歌与小说之力，盖以悦童子，以导愚氓，未有善于是者也。他国且然，况我支那之民不识字者十人而六，其仅识字而未解文法者又四人而三乎！"（《〈蒙学报〉〈演义报〉》合叙》）认为外国能够做到的，中国也可以做得到。梁启超于1902年发表《论小说与群治之关系》一文，提出"小说界革命"的口号："今日欲改良群治，必自小说界革命始；欲新民，必自新小说始。"同时，以极大的热情赞许小说的伟大功用："可爱哉小说！可畏哉小说！"正是在如此思想背景之下，梁启超写出了具有"实验性"的小说《新中国未来记》。

至于说到对外国小说的半是"翻译"半是创作的奇特现象，不得不提及苏曼殊。他曾以"翻译"加上"创作"的手法来处理雨果《悲惨世界》的译述工作。其译述文字最早连载于1903年的《国民日日报》，苏曼殊借用了国民熟悉的章回体小说的形式，选译《悲惨世界》

第一部第二卷《沉沦》。《悲惨世界》是长篇巨著，苏曼殊选择其中的《沉沦》，可谓别有深意、独具匠心。《沉沦》描述的是该长篇小说的男主人公因为偷了一块面包而被捕判罪，入狱后四处逃亡，经历万般曲折。苏曼殊敏感地选取这部小说的一个关键部分，加以译述，推荐给中国的读者，其出众的眼光与敏锐的文学感受力，在当时是不多见的。苏曼殊选译的部分，分为十四回，每一回都有回目。我们不可忽视苏曼殊在其译述工作中别有怀抱的表现，他在以原著主人公为贯串人物的小说中"塞"进了自己"创作"的文字，而且占了全部篇幅约二分之一。苏曼殊另行杜撰了一个名叫明男德的人物，借他的口说："世界上物件，应为世界人公用，那铸定应该是那一人的私产吗？那金华贱（原著主人公）不过拿世界上一块面包吃了，怎么算是贼呢？……你看世界上那些抢夺了别人国家的独夫民贼，还要对着那主人翁，说什么'食毛践土''深仁厚泽'的话哩！"我们有理由相信，出自该人物的话，很大程度上与苏曼殊的思想相关，虽不能说这些话就等同于苏曼殊的想法，却也对我们理解苏曼殊大有帮助。就苏曼殊的"译述成果"来看，十四回的故事，大体符合中国章回小说的体例，人物形象鲜明突出，情节线索分明，故事气氛充满着诡异与悬念，行文风格颇有中国武侠小说的豪迈之气。这是一次颇为"中国化"的翻译与创作的结合体。

岭南近代小说家中，苏曼殊也是一位重要人物，

《断鸿零雁记》是其代表作；另著有《绛纱记》《焚剑记》《碎簪记》《非梦记》等。这一时期，高产且成就较大的小说家是吴趼人，其代表作是《二十年目睹之怪现状》，此外，还有《九命奇冤》《痛史》《两晋演义》等。黄小配的《洪秀全演义》也是这个时期的一部重要作品，此外，他还有《宦海升沉录》《廿载繁华梦》《大马扁》等。

一、描述粤地民族融合的《岭南逸史》

《岭南逸史》是广东较早具有全国性影响的小说，也是较早流传到海外并受到外国读者重视的粤地"说部"，其作者是生活于清代中叶的黄岩。

黄岩（1750？—1830后），字峻寿，号耐庵子、花溪逸士，广东嘉应州桃园堡（今梅县桃尧镇）人。《嘉应州志》卷二九《艺文志》记载："黄岩，《花溪文集》《诗集》。岩，桃源堡人。《岭南荔支咏》，存；《医学精要》，存；《眼科纂要》，存。"其《眼科纂要》一书有自序，写于嘉庆二十四年（1819），序中称"今年将七旬"，即接近70岁，上推其生年当在1749年之后；另外，其《医学精要》有温葆淳写于道光十年（1830）的序，有"闻黄翁尚大耋"一语，可知黄岩在1830年尚在人世，得享高寿。从这些材料看，黄岩本是乾隆至道光时期一位颇有影响的医学家，他的医学著作受到当时人的重视。同时，他又是小说家和诗文

第四章 岭南小说

作者。

《岭南逸史》是一部章回体小说,全书共有二十八回,作者署名"花溪逸士"。书中第十九回描述一位张姓"儒医"为一少妇诊病,其中所谈论的医理头头是道,与作者本人就是造诣颇深的医学家密不可分。

小说写的是明代万历年间的广东故事。主人公黄逢玉是嘉应州才子,兼能武功,尤熟剑法。一天,其父黄思斋惦念家在广东从化的妹妹,对已经16岁的逢玉说:"尔姑娘移徙从化,往常多有书信寄来;近今十数年,并无信息,不知作何景况。闻得两个儿子俱不听教训,常为他们怄气欲死。我今欲使尔到彼探视一番,也见我兄妹之情。"逢玉当下表示乐于前往,顺道去游玩向往已久的罗浮山。这是全书故事的一个"由头"。从上面的引文即可略知书中的语言多用白话,又夹杂着一些文言语句,这是文人小说的特点。

全书故事情节相当曲折。写到黄逢玉路经罗浮山梅花村,村里居民遭遇贼人,逢玉以其武功保护了当地的张翰一家。张翰有一女儿名贵儿,感恩于逢玉出手相救,遂将贵儿许配给逢玉,当即定下亲事。定亲之后,逢玉继续上路,路过嘉桂岭瑶族地区。其时,瑶族女寨主李小鬟(金华公主)近得两口宝剑,优游无事,赋诗自乐,却一时难觅佳句,于是命部将阿摩寻找天下才子代为赋诗;逢玉与阿摩相遇,阿摩亲眼见识了逢玉的诗才,盛情邀请逢玉入寨见金华公主。逢玉眼中的公主"风姿窈窕,举止安闲,光彩动人",公主却见逢玉的诗作"词气高浑"、书法"墨势奇横",真是一表人才,爱慕不已,遂托其舅父苻雄向逢玉求婚。逢玉以有婚约在先等理由婉拒,且看其婉拒的说辞:

> 小生有老父母在堂,谅公主必不能如孙夫人从刘归汉,小生亦安敢学蔡伯喈恋牛忘亲?此难从命者一。小生已聘张氏为室,昔宋弘不弃糟糠,尾生死不负约,小生安敢停妻再娶,独蹈薄幸之名?此难从命者二。且陋巷贫儒,理隔荣盛,河鲂宋子,宜配华簪,是以公子忽不敢耦齐,隽不疑辞婚于霍,君子题之,小生何人,而独蹈富阳满氏之辙,以上玷金枝玉叶之乱乎?此其尤难从命者三也。吾闻君子爱人以德,愿将军另选名门,小生当即告别。(第五回)

此处的情节处理,显然借鉴了元代著名南戏《琵琶记》里蔡伯喈在被招赘为牛丞相之婿时所说的"三不从"的话语策略。而此前写逢玉以武功解救张翰一家、张翰以女儿许配,也是化用了元杂剧《西厢记》里崔府老夫人为解除"普救寺之围"而许诺招赘"有功之人"的桥段。由此可见,黄岩是一位熟悉戏曲故事的小说家,他善于借鉴戏曲故事的某些情节"关目"来构思其小说的情节布局。从戏曲史看,戏曲借鉴小说故事的例子甚多,往往是将某个小说故事改编成戏曲作品,甚至是照搬小说故事而为之配套唱词就成了一部戏,如京剧里的"三国戏""水浒戏""包公戏"等,不胜枚举。相较而言,小说借鉴戏曲故事的例子却较少一些,《岭南逸史》在这方面提供了一个具有学术研讨意义的案例。

不过,黄岩写这部小说只是对某些戏曲故事略有"模仿"而已,他的着眼点主要是描述明万历年间具有广东特色的风情与人事。该书卷首《凡例》写道:"是编悉依《霍山老人杂录》《圣山外纪》《广东新语》及《赤雅外志》,永安、罗定、省府诸志考定。间有一二年月不符者,因事要成片段,不得不略为组织。"换言之,借鉴戏曲故事的"桥段"等只是"略为组织"所需要的手法,而写出一部可与"正史"并存的"逸史",才是目的。

黄岩毕竟是一位既懂医道又颇谙儒家学说的文人,他深知"小说为正史之余"的文体特点,他在构思小说时是以广东的史料为主要依托的。

从细节看,黄岩很注意细节上的"岭南化",比如,他写逢玉的书法风格是:"回头见案上有一枝秃茅笔,拈起来蘸得饱饱,也不凝思,也不起稿,就于素绫上效白沙笔法,一挥而就,写得奇气溢目,峭削槎枒,真个放而不放,留而不留,法而不囿,肆而不流。"这一点,与明代广东大儒陈白沙的书法风格完全吻合,可见黄岩对陈白沙相当了解,他是将以使用"茅笔"为特色的"白沙笔法"嫁接到逢玉身上。也就是说,在处理细节时，黄岩用心很细，有其笔法细腻的一面。

若从故事的框架看，黄岩熟悉广东的地方志和各地风情与人事，整部《岭南逸史》涉及的内容，除小说旨趣外，也是具有一定的"历史意味"的。如作品第四回就提及了明代初期广东地区汉族与瑶族的关系："明洪武初，瑶人来归，设瑶蛮峒官、狼目诸司，薄税轻徭以羁縻之，稍得安息。至隆庆间，诸司目受瑶人金币，纵容犯法，渐渐顽梗起来，戕杀平民，劫夺商贾……"并提到瑶族的一个分支是"罗旁瑶"，而上文所说及的金华公主就属于"罗旁瑶"。《岭南逸史》描述了"罗旁瑶"的地理位置："嘉桂岭，此岭居万山之中，云峦环抱，去会城之北二百余里，当番禺、南海、三水之中，连接从化、清远。"又说："（进入嘉桂岭地域）远远望见双峰突起，峰凹里一座关隘，枪刀密布，极其雄壮。两边俱是立石，崭岩峭削，中间用青石砌成一道，层级而上。入了关门，一带平冈。中间立一个营盘，左右营房无数。插天也似一杆大桅，上悬黄旗，一面写着'朝天关'三字，迎风招飐。营后又是陡绝的亭山。"（第五回）这里关于"罗旁瑶"的文字，是参考了屈大均《广东新语》卷七"瑶人"条以及其他地方志著作而写成的。诸如此类的描述，可证黄岩在《凡例》中所说符合事实。读《岭南逸史》，可以丰富我们关于明清时代岭南民族关系的知识以及加深我们对民族融合的历史过程的了解。

《岭南逸史》写了男主人公黄逢玉先后与多名女子

《岭南逸史》书影

的"姻缘",显然受到明清时期白话小说所流行的"一男多美"模式的影响,故事很曲折,而审美趣味未免有庸俗的成分。不过,它又跟通行的"才子佳人"小说不同,男主人公和女主人公并非只是陶醉于花前月下、卿卿我我,其故事的情节处理更多的是借鉴了"杨宗保与穆桂英"之类的套路,男女人物不乏金戈铁马的英雄气概,折射出岭南人尚武的族群特色,这可说是"才子佳人"小说在广东的一种新的变异。

《岭南逸史》流传到海外,颇受外国读者的欢迎,也引发外国学者的研究兴趣,如上世纪80年代,一位日本学者曾经对它做过颇为深入的探讨,从诸种版本到丰富的小说内容,均一一辨析,钩沉索隐。其基本看法是:"作者根据史实,以他的故乡为中心,把历史上的人物和他虚构的人物巧妙地交织成爱情的瓜葛。然后让汉族青年与少数民族及汉族的女性相继结婚,征讨那些威胁农民生活的乱民贼军,确保治安,辅助王化。"并说:"以嘉应州为故乡的作者黄岩,非常熟悉这里的高山密林,并在广泛地描绘从东江到北江乃至西江地区纵横地带的文字里,洋溢着浓烈的南方亚热带气息。在这样的背景下驰骋着的人物所组成的矛盾,是一幅惊心动魄的战争画卷,可以说是继承了《三国演义》那样的好传统。"(波多野太郎《读〈岭南逸史〉》)[1]这样的评价,大致符合实际。一部岭南小说能够产生如此国际影响,实在不容小觑。

---

[1] 波多野太郎著,吴锦润译:《读〈岭南逸史〉》,载《广东民族学院学报(哲学社会科学版)》1984年第1期。

二、展现清朝粤海关内幕的《蜃楼志》

《蜃楼志》是一部章回体白话小说，共有二十四回。作者署名"庾岭劳人说，禺山老人编"，卷首有"罗浮居士"的序，其中说到作者："劳人生长粤东，熟悉琐事，所撰《蜃楼志》一书，不过本地风光，绝非空中楼阁也。"可知庾岭劳人是主要作者，成书后经过禺山老人的编订而问世。署名的两位作者，从以上的介绍及其化名里含有的地名看，均为广东人，前者是粤东人（书中多有描写潮汕风土人情，可能生长于潮汕地区），后者可能是番禺（禺山）人。此书现存清嘉庆年间多种刊本，最早的刊于嘉庆九年（1804），可知作者主要生活于乾嘉时期。

书中故事主要发生在广东，涉及粤地的商场与官场（尤其是粤海关）。全书的大框架是身为粤海关"关差"的清朝官员赫广大以"蠹国肥家，瞒官舞弊"为由发出官府通告，要那些"瞒官舞弊"的商人走"自新之路"，而实际上以"票拘"的方式大肆抓人，令商家人人自危。商家却也各出奇谋，想方设法"打通关节"，贿赂赫广大，以求自保。全书的情节充满着钱色交易，揭露了清代广东官商之间的恶斗与种种龌龊勾当。

赫广大发出的通告里点了十三行"商总"苏万魁的名。这个苏万魁，"有五十往外年纪，捐纳从五品职衔。家中花边番钱，整屋堆砌，取用时都以箩装袋捆"。这反映出清代广东商人尤其是从事对外贸易的巨商私人拥有大量"花边番钱"（即外汇），这对清政府而言是一大隐患，故而赫广大在通告里谴责这些巨商"纳税则以多报少，用银则纹贱番昂"，不仅偷税漏税，而且还扰乱了政府的外汇管控，人为地推高外币兑换率，已经到了政府不得不出手严厉打击的程度。这是《蜃楼志》故事所发生的社会与经济背景。

苏万魁受到赫广大及其下属的政治迫害和敲诈勒索，连"五万两银子"外加各项礼品也打发不了各层级的官吏，粤海关的贪腐程度就可想而知了。苏万魁不禁哀叹道："商人今日出尽丑了！"且看赫广大审问苏万魁的场面：

> 赫公送客后，回至二堂，叫带商人上来。两边吆喝一声，按次点名，一齐跪下。……赫公问道："你们共是几人办事？"（苏）万魁禀道："商人们共十三家。办理总局是商人苏某。"赫公说："我访得你们上漏国税，下害商民，难道是假的么？"万魁禀道："外洋货物都遵例报明上税，定价发卖，商人们再不敢有一点私弊。"赫公冷笑道："很晓得你有百万家财。不是愚弄洋船，欺骗商人，走漏国税，是哪里来的？"万魁道："商人办理洋货十七年，都有出入印簿可查。商人也无百万家赀，求大人恩鉴。"赫公把虎威一拍道："好一个利口的东西！本关部访闻已确，你还要强辩么？掌嘴！"两边答应一声，有四五个人走来动

手。万魁发了急,喊道:"商人是个职员,求大人恩典。"赫公喝道:"我哪管你职员,着实打!"(第一回)

表面上,赫广大似乎是在秉公执法,其实内里是借机索取各种利益。这个赫广大品行恶劣,极爱女色,又好男风,私生活十分腐败。从到任粤海关"关差"以来,"日日拜客请酒……这日单请府厅州县,早上起来,坐了八人大轿,摆着全副执事,天字码头拜客……回署后,番禺县马公禀称下乡勘验,不能赴席;赫大人着人分头邀请广州府木公、佛山厅卜公、澳门厅邓公、广粮厅申公、南海县钱公;又有外府州三位,是肇庆府上官益元、潮州府蒋施仁、嘉应州时卜齐,共是八位,开桌四席,主人横头陪坐,梨园两部承应"(第二回)。如此频繁的"社交",无非是为了广结人脉,官官相护,活画出一幅"官场交际图"。

以赫广大为代表的清朝腐败官员,不可一世,享尽富贵荣华,可到头来,风光无限的赫广大也只落得个被革职抄家的可悲下场。这类人所享用过的"富贵荣华",他们所经历的穷奢极侈的生活,如同海市蜃楼一般,这就是小说命名的寓意所在。

《蜃楼志》里贯穿始终的人物是巨商苏万魁的儿子苏吉士。此人游走于商家与官场之间,既懂得诗酒风流,又惯于拈花惹草,其行踪与行为将一众男男女女"串联"起来,从小说叙事的角度看,苏吉士的形象具

《蜃楼志全传》书影

有"穿针引线"的功能。同时，作者对这一人物的感情较为复杂，既看到他的性格缺陷，又对其风流韵事津津乐道；他笔下的苏吉士时而像贾宝玉一般"怜香惜玉"，时而像西门庆那样肆意放纵，在情场与官场之间表现出一种"游刃有余"的处世本领，这是一个在小说史上较为独特的艺术形象。

书中的各色人等，均有程度不同的性格缺陷，有大奸大恶，也有小奸小恶；有蓄谋已久的罪恶勾当，也有随机萌发的恶作剧。作者以洞察的眼光打量着这芸芸众生，揭露和鞭挞了现实人生中的魑魅魍魉。其写实主义的倾向上承着《儒林外史》的讽刺手法，又下启晚清时期谴责小说家的"切入角度"，在一定程度上说，《蜃楼志》是一部具有岭南特色的"官场现形记"。

《蜃楼志》创作于《红楼梦》流行之后，其中的一些情节布局有借鉴《红楼梦》之处。如第十四回写花花公子乌岱云意欲勾引苏吉士的小妾施小霞，小霞深知乌岱云好色成性，于是"便暗暗的遣兵布阵"，约乌岱云在夜里三更时分，到"玩荷亭左侧"幽会；乌岱云依时赴约，却被淋了一身尿粪，脚底一滑，又掉进河中，狼狈不堪，落荒而逃，因形迹可疑，被巡夜之人痛打了一顿，"到了家中，气了一个半死，猜是小霞诡计，打算寻机报仇。却好因水浸了半夜，受了惊，又挨了打，生起病来，延医调治"。这与王熙凤戏弄贾瑞的"套路"如出一辙。其他如男男女女诗酒唱和的场面、书中人物闲读《西厢记》的情节等，都可以看出受《红楼梦》的影响。从"《红楼梦》接受史"的角度看，这也折射出乾嘉以来岭南小说家对《红楼梦》的尊崇。

三、近代谴责小说名著《二十年目睹之怪现状》

《二十年目睹之怪现状》是晚清小说家吴趼人最有影响的作品，为"晚清四大谴责小说"之一。

吴趼人（1866—1910），原名宝震，后名沃尧，笔名茧人、趼人，别署我佛山人，广东佛山人。

吴趼人出身官宦世家，曾祖父吴荣光为嘉庆四年（1799）进士，官至湖南巡抚、湖广总督，其生平事迹入《清史列传》，是清代具有较高地位和声誉的粤籍官员。祖父吴尚志，曾任工部员外郎。父亲吴升福，曾任浙江候补巡检。母亲刘氏，是吴趼人祖母的侄女，河北宣化人。

《二十年目睹之怪现状》内含自传成分，与吴趼人自己的一段身世有关。书的开头写"我"15岁那年，远离故乡的父亲在杭州病故，"我"到了杭州料理父亲后事，由于过度相信伯父，将父亲身后留下的现金交给了伯父到上海存放在钱庄里生息；"我"护送灵柩回乡，安葬完毕，过了半年，奉母亲之命到南京寻找伯父取息，不料伯父避而不见，放出种种借口，躲了起来。这与吴家发生的实际情况相似：吴趼人17岁时，父亲去世，后事由其四叔帮忙料理，四叔趁机向吴趼人母子诈

第四章　岭南小说

取一笔数额不小的款项而去，令母子俩陷入困境。此事恐怕是吴趼人认识人世之"怪现状"的"第一课"。故而，他在小说一开头略作变换，将一段让他刻骨铭心、咬牙切齿的家事写了进去，作为这部长篇小说的"引子"。

由于父亲早逝，家境拮据，尚未成年吴趼人为了养家，于光绪十年（1884）离开故乡佛山，到上海投靠同乡开办的江裕昌茶庄。家庭的变故、经济上的重担，没有将他压倒，反而激发了他的志气和谋生动力。他一边打工，一边自学，曾在书肆买得明代散文大家归有光的半部文集，便孜孜苦读，涵养文笔，而归有光的散文以善于叙事见长，这对学习写作的吴趼人而言颇有帮助。稍后他从江裕昌茶庄转入江南制造局做抄写工作，空闲时间撰文投稿，在报纸上发表。在报刊日渐繁盛的晚清时期，吴趼人与报业结下了不解之缘。

过了而立之年后，吴趼人在上海的报业界已经非常活跃，先后担任过《字林沪报》《采风报》《奇新报》《寓言报》的主笔。光绪二十八年（1902），吴趼人开始为梁启超的《新小说》杂志（编辑部设在日本横滨）写稿。他的《二十年目睹之怪现状》就以连载的形式刊登于《新小说》，《新小说》于1906年停刊，该小说也就连载至第四十五回。此外，他的《九命奇冤》《痛史》也刊发于《新小说》。到了光绪三十二年（1906），《月月小说》杂志在上海创刊，吴趼人先是出任主编，继而任总撰述，他的《劫余灰》《两晋演

《二十年目睹之怪现状》书影

义》等即初刊于《月月小说》。从1902年起至1910年去世，吴趼人创作了十多部小说，多是先在杂志上连载，后来才出单行本。即以《二十年目睹之怪现状》为例，该书第一回末尾交代："想来想去，忽然想着横滨《新小说》销行极广，何不将这册子寄到《新小说》社？"最后一回的末尾写道："这部笔记交付了横滨《新小说》社，后来《新小说》停刊，又转托了上海广智书局，陆续印了出来。到此便是全书告终了。"这是"如实道来"的出版经过。

明白这一出版经过，对于理解这部小说的新颖结构和独特写法颇有帮助。该小说共108回（《新小说》停刊后又续写了63回），篇幅不可谓不长，可是它并不像传统小说那样以某个"大事件"（如《三国演义》之"三分天下"、《水浒传》之"梁山聚义"、《西游记》之"西天取经"等）来结撰全书，也不像一般的历史演义那样以某朝某代的兴衰故事为叙述的线索（如《隋唐演义》《洪秀全演义》等）。它写得较散，一个一个的"怪现状"接连出现，它们却互不联属，这有点像《儒林外史》，但又不太像《儒林外史》，后者连贯穿始终的人物也没有。相反，《二十年目睹之怪现状》有贯穿始终的人物，那就是"我"，以及"我"的同乡、同窗兼有着长兄般情谊的吴继之等，正是"我"本人的二十年见闻与吴继之等人平常闲聊时讲述给"我"听的这二十年来的各色人等的或是丑闻、或是笑话的故事，构成了全书的主要内容（所谓"二十年"，指1884

第四章 岭南小说

至1904年，内含两场对外战争，即1884年的中法战争和1894年的中日甲午战争，社会动荡，国势日衰，西风东渐；是中国近代史上"改良派"颇为活跃的时期，也是"革命派"如中国同盟会等即将登上历史舞台的"前夜"）。于是，全书的一个最大特点是：很多单个的故事，篇幅长短不一，但其叙述方式常常是一个人在讲，一个人在听并记录，而后一个人就是"我"，所以，全书每一回末尾的套语不再是"且听下回分解"，而是"且待下回再记"。不要小看"再记"这个词，它的出现是中国小说史上的一种新变，它改变了传统小说由说书艺术衍生出来的讲故事的方式，离开了"说书"的特定语境，而进入了另一种新的语境，即"期刊"语境。因为吴趼人写作《二十年目睹之怪现状》是对应着期刊的出版周期的，"我"已经不再是"说书人"的身份，而是充当起向读者做"现场报道"的类似"记者"的角色，如第五十回末尾写道："我"因有公事要从南京去汉口（"我"在书中的身份是地方官员吴继之的幕僚兼亲信），登上了一艘轮船，"第三天船到了汉口，到蔡家巷字号里去。一路上只听见汉口的人，三三两两的传说新闻。正是：直溯长江翻醋浪，谁教平地起酸风。不知传说什么新闻，且待下回再记"。下一回即写"我"在到达汉口之后所听到的上海轮船总公司督办在汉口"偷娶小妾"，惹得身在上海的继室闻风而来、兴师问罪的闹热"八卦"。这是可以上报纸"花边新闻"的题材，"我"似乎履行起"记者"的职责随时随地向读者进行"报道"。这就是全书的结构和写法与传统小说极为不同之处。

这部小说的描述有着十分鲜明的时代特色，可谓与时俱进，一步一步地追踪"二十年"里的社会变化。就以上述"八卦新闻"为例，那位吃醋的继室夫人风风火火从上海赶赴汉口，闯进丈夫专为新娶小妾而布置的"新房"后，书里写道：

> 夫人进去一看，一式的西式陈设：房顶上交加纵横，绷了五色绸丝花；外国床上，挂了湖色绉纱外国式的帐子，罩着醉杨妃色的顾绣帐檐，两床大红莺哥绿的绉纱被窝，白褥子上罩了一张五彩花洋毡，床当中一叠放了两个粉红色外国绸套的洋式枕头；床前是一张外国梳妆台，当中摆着一面俯仰活动的屏镜，旁边放着一瓶林文烟花露水、一瓶兰花香水。……（第五十二回）

我们知道，1889年张之洞调任湖广总督，在英、德支持下，大办洋务，一时间，"洋风"盛行于权贵阶层，以上的描述正是当时有权有势者崇拜"洋货"的真实写照。诸如此类带有明显时代"胎记"的描写在书中并不少见。

当然，作者更为关注的是世风日下与人心叵测，在这个大背景下，人伦关系的"异化"是令作者最为痛心的事情，这与他本人的家世经历大有关系，这是其内心一个"永远的痛点"。如第五十三回记述了"我"的朋友文述农所讲的一个恶毒妇人与其过继儿子的一场伦常悲剧：罗姓扬州盐商过世后，留下丰厚的家产给妻子罗魏氏（其亲生儿子三岁夭折）及其继子罗荣统；罗魏氏将全部家政交由自己的娘家人管理，一众人等，花天酒地，大肆挥霍，账务一塌糊涂；老家人看不过眼，提醒罗荣统要整顿财务；罗魏氏闻知后大为恼火，害死了老家人，并到官府去"恶人先告状"，告罗荣统一个"不孝"的罪名，"从此遇了一个新官到任，便送他一回不孝"，直令罗荣统生不如死。"我"听完后不禁感叹道："天下事无奇不有！母子之间，何以闹到如此呢？"接着，文述农还讲了一个发生在江都的嫡亲儿子诬告父亲的怪事，原来这一家也是盐商，在分家产的问题上嫡亲儿子想要多占，诬告父亲做过"长毛"，其钱财得来不义，声称官府"若不尽法惩治，无以彰国法"。"我"听完后愤然道："这种儿子才应该送他不孝呢！"在动荡不安的社会里，本来的伦常秩序出现匪夷所思的变化，揭示着儒家伦理意识的日渐式微。

《二十年目睹之怪现状》的视野相当广阔，举凡家庭伦常风波、官场的诸种潜规则、商家的无耻勾当、风月场上的龌龊举动、儒林人士的败德之事等，都是作者的关注对象，全书就是一幅社会百丑图的长卷。

四、苏曼殊代表作《断鸿零雁记》

《断鸿零雁记》是苏曼殊的小说代表作,带有一定的自传成分。

苏曼殊(1884—1918),原名戬,字子谷,学名元瑛(亦作玄瑛),法名博经,法号曼殊,香山(今珠海)。

苏曼殊之父苏杰生(1846—1904)在横滨做茶叶生意,其母日人河合若以女佣身份在苏家协助料理家务,两人私通,产下苏戬。

苏曼殊6岁时,被人从日本带回香山,入沥溪乡塾读书。其后,苏曼殊在沥溪度过了约七年时光。

13岁时(1896),因为苏杰生与众亲属已于早前移居上海,故苏曼殊也被带往上海,与父亲同住。同住期间,苏曼殊受到苏杰生侍妾陈氏(即苏曼殊的庶母)的虐待,陈氏也曾对族人说过"无心照料"之类的话。这样的日子很不好过,他备受冷眼,缺失家庭温暖。除陈氏之外,苏杰生对自己的私生子也没有多少关爱,故此,苏曼殊一生与其父亲关系冷淡,乃至于日后与家人断绝关系,这与其多情、细腻的性格很不相符。若不是家人过于刻薄,他当不至于如此决绝。其时,他的人生观逐渐形成,而有家似无家的苦况对其一生有绝大的、深刻的影响。从苏氏家族成员对苏曼殊成年后的经历所知甚少或模糊不清的情况可以判断,他们家人之间绝少沟通;而苏曼殊家庭观念的淡薄、行事作风的乖张、四

苏曼殊

处浪迹的经历，均与其早年极不如意、极其孤苦的家庭生活有着不可忽视的关联。这是一位心灵过早受损而终其一生不能弥合伤口的年轻人。所谓"性情孤僻，罕与人言"，看来并不一定是先天如此，而很大可能是后天环境挤压所致。

在居沪期间，苏曼殊有缘跟随西班牙牧师罗弼·庄湘学习英文，打下良好的英文基础，这对苏曼殊日后到国外游历、从事英文教学和翻译工作，都具有深远的意义。苏曼殊在自传体小说《断鸿零雁记》里提及罗弼牧师："牧师隶西班牙国……家居不恒外出，第以收罗粤中古器及奇花异草为事。余慕其人清幽绝俗，实景教（即基督教）中铮铮之士，非包藏祸心、思墟人国者，遂从之治欧文二载。"虽是小说里的介绍文字，却也接近实情，可备参考。

就其短暂的一生来说，苏曼殊可谓饱历风霜，东瀛的落樱，南洋的波涛，国内的人情冷暖，一一留在他的心田。他行脚匆匆，飘忽不定，一时身在日本，一时又转回国内，一时却远赴海外。"行云流水一孤僧"，的确是他最贴切、最简洁的人生写照。了解这一切，对于理解他的小说创作会大有帮助。

苏曼殊传世的小说并不多，计有《断鸿零雁记》（1911—1912，先后写于爪哇、上海）、《天涯红泪记》（1914，写于东京，未完稿）、《绛纱记》（1915，写于东京）、《焚剑记》（1915，写于东京）、《碎簪记》（1916，写于杭州）、《非梦记》

（1916，写于杭州）。

苏曼殊的小说时常展现两代人的冲突，长辈的固执、无情与后辈的柔弱、多情，两相对立，形成反差，往往导致后辈难以承受的痛楚。这一点，深深植根于苏曼殊在苏氏家族的悲苦身世与凄酸经历。如此身世，如此经历，在苏曼殊的心灵深处留下无法弥补的巨创，成为他小说创作的内在动因。

给苏曼殊赢得盛名的《断鸿零雁记》，似乎是一篇他不得不写的作品。可以想见，在写作之前，他积压了多少的悲伤和愤懑，借助小说才得以宣泄出来。

小说的主人公是已经出家为僧的河合三郎，他生于日本，生父早死，母亲将他带回了中国，过继给一位"父执"为义子；三年后，其母亲留下三郎，独自返回东瀛。三郎的"义父"没过多久也离开人世，"义父"之妻对三郎极为刻薄，早年的乳母在多年之后回忆往事，也禁不住对三郎说："至尔无知小子，受待之苛，莫可伦比。"三郎正是在缺乏父爱和母爱的家庭环境中渐渐长大的。他日后祝发为僧，有其不得不弃家出走的原因。在三郎的心目中，"断鸿""零雁"的意象正好比喻其独特的身世，孤苦无助，孑然一身，如浮萍，似飞蓬，无根地四处游荡，凄凉地与世沉浮。苏曼殊笔下的三郎，虽然不能说完全是他自己的替身，但是，三郎的形象显然有他自己的身影。从创作心理的角度来说，苏曼殊对其生父素无好感，乃至于生父去世，也没有回家奔丧；而在小说里，苏曼殊一下笔，就构思出三郎的生父早已去世的情节，生父对于三郎而言，已经成了一种冰冷的存在，反映出"父亲"这一角色在苏曼殊的内心成了一个不想去碰触的"心灵死角"。这对于我们理解苏曼殊心灵上的阴影，或许是一把不可缺少的"钥匙"。

一方面是缺乏父爱，一方面又不得不面对与生俱来的"私生子"身份，苏曼殊在身份认同、族群认同上都倍感孤零，茫然若失；加上族人的冷眼、周遭的闲言碎语，更是让他处于难堪的境地，愈发产生在宗法社会里的"无根"的心理暗示。这或许是"断鸿""零雁"的文学意象的心理来源。而且，创作《断鸿零雁记》时，苏曼殊将近而立之年，其小说处女作以"断鸿""零雁"为主要意象，可见"无根"的心理暗示依然十分强大，与其"行云流水一孤僧"的自我镜像两相呼应。

在宗法社会里"无根"，是一件很要命的事情，有如"游魂"一般，苏曼殊的出家与此有相当大的关系。而他又自称"情根未断"（1910年6月8日《致高天梅》），正是余情未了，才会写出一篇又一篇的小说。

《断鸿零雁记》里的三郎，是一位"情僧"。他自幼出家，在南方的海云寺"三戒具足"。值得注意的是，苏曼殊在写给朋友的信里，有时落款只写一个"三"字，即为"三郎"的简称（如1914年2月26日《致何震生》；苏曼殊是苏杰生第三子，故称三郎）。小说中的三郎与作者自己的身世显然有着某种关联。三郎的母亲也是日本人，她将三郎带回中国，希望三郎

"离绝岛民根性",以中国为"上国",接受"上国"的文化教育,这未尝不是苏曼殊自己的文化观念的一种折射。更为有趣的是,在小说中,三郎游走于中国和日本之间,回到日本,接触到的心仪女子,也是以学习中国文化为荣:书画诗词,无所不通;《庄子》、陶诗,烂熟于心;还对明代侨居日本的朱舜水先生崇拜有加。这似乎表明,苏曼殊虽然自认在宗法社会中"无根",可是,在"文化中国"的语境里,他又意识到自己的"根"就在中国,并以此自豪。不过,小说中的三郎形象,毕竟也带有日本文化的特质,并非是"纯种"的中国人,尤其在对待男女情事方面,受到日本佛教界一些风俗的影响。比如,日本僧侣可以结婚,这正是日本佛教文化与中国佛教文化的巨大差异,小说中写道:"日俗真宗,固许带妻,且于刹中行结婚礼式。"三郎由此想到,自己要推脱与日本女子的婚事,如果以出家为由,是推脱不掉的。虽说三郎无意与日本女子结婚,但是,对于"情根未断"的僧人而言,日本的佛教文化又为僧人的情丝不断乃至于谈情说爱提供了一种可以依傍的文化资源。三郎形象的独特性与复杂性于此可见一斑。

　　三郎可不是我们民间社会俗称的"花和尚"。一般的"花和尚"打着宗教的外衣,破坏清规,玩弄女性,可三郎绝无此般恶习。他与小说中的一位女子雪梅是青梅竹马,本有婚约,是雪梅的父亲眼见三郎"义父"一家日渐衰落,悔其前约;而雪梅生母已逝,后母刻薄无情，雪梅坚贞自守，属意三郎，誓不另嫁，处境悲凉。当初，三郎也感知雪梅情义，可迫于长辈意志，无可奈何，左思右想，为了不至于让雪梅痛苦一生，"默默思量，只好出家皈依佛陀、达摩、僧伽，用息彼美见爱之心，使彼美享有家庭之乐；否则，绝世名姝，必郁郁为余而死……"如此说来，三郎出家，其部分原因是为了雪梅，为了使她停息"见爱之心"。这也是三郎对雪梅的一种特殊的"爱"。不过，这种爱情，明显带有旧时宗法社会的色彩，男女双方的痛苦，无非缘于对婚约的一份敬畏之心，不无"宿命"的观念，算不上自由恋爱。若干年后，两人相遇，三郎心目中还是有"雪梅者，余未婚妻也"的预先认定，致使他在接到雪梅的信函后思绪起伏，心潮不平；尤其是得知他出家后，雪梅依然一往情深，心无二念，更令三郎感动不已，痛哭流涕，小说中写道："一见彼姝之书，亦惨同身受，泪潸潸下。"三郎的表现，也是出自真情，当然，其真情更多的是含有道义的成分和自责的心理。

《断鸿零雁记》另一位女主人公静子，是三郎在日本的表姐。这样的人物关系，表面上是节外生枝，实际上却是作者的精心布局。原来这是作者在处理三郎与雪梅这一条情节线时埋下伏笔。雪梅在信函里表示非三郎不嫁，请三郎即归日本省亲，希望借助三郎母亲的意志来维护原有的婚约，并且送上足够的路费。三郎依从雪梅的意愿回到日本，终于母子重逢。三郎有一个阿姨住在箱根，他随同母亲到箱根探访，与表姐静子相遇。

静子娇羞可人，秀外慧中，对三郎体贴入微，谈吐又清雅，学养又深厚，三郎为之倾倒不已。本来，三郎此次回到日本，除了省亲，还有一个目的是劝说母亲确认自己与雪梅的婚事，为此，他接受了雪梅给他的不菲的赞助。可是出乎意料，母亲只字不提雪梅，却要三郎与静子成婚，而三郎不知道是忘记了雪梅的嘱托，还是困于静子之情而不能自拔，也从未提及雪梅。于是，作者花了极多的笔墨来描写三郎与静子之间的缠绵与烦恼，构成了整篇小说的主要部分。小说着重刻画三郎内心的苦闷与冲突。他欣赏静子之美，而且两人兴趣相投，谈诗论画，契合无间；但他又不忘自己僧人的身份，佛家的戒律时时牵制着其内心的情感波澜。他曾经想，如果留在日本做和尚，兼顾两者并非不可能，可他终于不肯长留日本，伺机从静子身边仓皇逃离，甚至与母亲不辞而别，回到中国。

苏曼殊对这篇小说的构思，其侧重点前后有所转移。全篇共27章，前5章写三郎是如何成了"断鸿零雁"，揭示其身世之苦。第6、7章，是一个过渡段落，写三郎经由香港登船前往日本，在香港拜会其西班牙籍外语老师罗弼牧师及其女儿，得到牧师女儿的一批赠书；其中就有拜轮（拜伦）全集，三郎在船上翻译了其中的《大海》，一共6章，其译文一如苏曼殊公开发表的同题译作，可证小说中的三郎与苏曼殊之间的相互关联。第8章至第20章，侧重点是描写三郎到达日本后与静子的感情纠葛，回归母亲身边的三郎深感母命难违，母亲与自己的阿姨联手逼婚,而她们逼婚的对象又是自己极为爱慕的表姐;而娴静温婉的表姐也一再表示非三郎莫嫁,其情真挚,其爱感人;三郎在情感的夹缝里几无喘息的空间。这已经与前5章的"断鸿零雁"的凄惨意象产生较大的距离,转入了一个典型的"苏曼殊话题",即一个人(尤其是"和尚")在情感的夹缝里如何把持与选择?作者在小说里给予的答案是:只能暧昧地逃离。我们可以称之为"苏曼殊答案"。第21至27章,为全篇的结局部分,写三郎逃离日本回到中国,抵达上海后,转至杭州,在灵隐寺结识了一位经历与自己相似的湘籍僧人法忍(此人父母早逝,叔父将他卖给富家为继子,因与邻居的女儿相恋,受到义父的严酷管制,意欲投水自尽,却被他人救起,后来"入岳麓为僧"),两人惺惺相惜,同病相怜。此时,小说又回到"断鸿零雁"的文学意象上来。在一场法事中,三郎认识了麦氏兄妹,原来他们是三郎的乡邻,三郎从他们口中得悉雪梅后来不肯改嫁他姓,不畏后母淫威,最终"绝粒而夭"。三郎顿时悲从中来,泪如雨下,决计返乡寻访雪梅的葬身之所;但却遍寻不获,使他悲怆不已,留下"弥天幽恨"。

这样的结局,依然与"苏曼殊话题"息息相关。"苏曼殊话题"的核心是:在情感的夹缝里暧昧地痛苦一生。"暧昧"是关键词,而苏曼殊从小受到日本文化的熏陶,日本文化的特色之一就是"暧昧"。日本人在表达自己的意愿时往往不喜欢直截了当,而是拐弯抹角，这是他们的一种民族特性。作为有一半日本血统的苏曼殊，受此影响，毫不足怪。他笔下的三郎，在情感的夹缝中正是暧昧地痛苦着：他并非不爱雪梅，并非不爱静子，甚至与西班牙牧师的女儿也保持着暧昧关系。当静子发现该女子从香港寄到日本的邮件时，问道："三郎，今兹肯为我倾吐其详否耶？"三郎的反应是："余无端闻其细腻酸咽之词，以余初不宿备，故噤不能声。"静子在一边吃醋，三郎在一边显得手足无措，不知如何是好。接着写道："余心知此子（按：指静子）固天怀活泼，其此时情波万叠而中沸矣。余情况至窘，不审将何词以答。少选，遽作庄容而语之曰：'阿姊当谅吾心，絮问何为？余实非有所恋恋于怀，顾余所怏怏不自聊者，又非如阿姊所料，余周历人间至苦，今已绝意人世，特阿姊未之知耳。'"始终没有明确表述自己与那位西班牙女郎的关系，也没有明确表述自己和静子的关系，更不会在静子面前提及自己这次来日本得到雪梅的资助。如此暧昧对待，怎能不痛苦万状呢？

值得注意的是，《断鸿零雁记》发表于1912年，在此之前，1906年苏曼殊与陈独秀一起东渡日本。1906—1912年，苏曼殊有不少时间是在日本度过的，而这段时间，正好是日本文艺界"自然主义文学"最为盛行的时期：1906年，岛崎藤村发表了小说《破戒》，次年，田山花袋也写出了小说《棉被》，这两部小说都以描述主人公内心的欲望和苦闷著称于世，也是日本式"暧昧"的一种文学化呈现；它们的问世，引起极大的轰动和关注，分别成为当年的"文艺事件"，开了日后流行于日本的"私小说"的先河。而细腻的心理描写，浓郁的抒情笔调，不必讳言的"自传体"笔法，都是这些小说的艺术特征。同样，《断鸿零雁记》渗入了"自传体"的成分，主人公也为欲望和苦闷所纠缠，笔调哀婉感人，而且，小说中的主要故事就发生在日本，染上了一层日本式的"暧昧"色彩。就具体的生活环境和创作心态而言，我们不能排除苏曼殊受到了日本自然主义文学影响的可能性。

　　问题还在于，苏曼殊对这种"暧昧"有一种自觉的意识，他要借助"暧昧"所产生的"剪不断"的情感体验来表现人生的悲苦，印证佛家立教的基本理念；可另一方面，对于人生之中的种种两难境遇，苏曼殊又借助生动的文学形象加以具象化，其间不无现实的内容、切身的感受，时不时地、有意无意地超越了佛家的宗教说辞，以艺术手法描述了人世间一段段理也理不清却令人魂牵梦绕的"情感苦难"。苏曼殊小说的魅力，正在于此。

　　苏曼殊的其他几篇小说，大体也是写"情感的苦难历程"。如《绛纱记》女主人公五姑临终前写给情郎的信，哀伤凄婉，有似"落叶哀蝉之叹"，而《焚剑记》也写出乱离社会中的天意弄人、悲苦情缘。

　　读苏曼殊的小说，读者会感到里面的人物关系太纠结了。而纠结的人物关系，又蒙上了一层挥之不去的"暧昧"色彩，这是苏曼殊小说的一大特色。人之情感世界的复杂性与纵深感在苏曼殊的小说里得到了一种较为极致的体现,不妨说,苏曼殊是在试验着小说这一文体在承载人的情感之多元化方面的叙事能力,他做出了可贵的尝试,取得了不容忽视的成就。

五、融入"口述历史"的《洪秀全演义》

《洪秀全演义》是一部别具手眼的长篇小说。它跟明清以来为数众多的历史演义小说相比,自有鲜明的特色。其作者不像过往的人依据二十四史里的某段历史加以敷衍成篇,或依据如《通鉴纲目》一类的书进而扩展而成。以洪秀全为中心的"太平天国史"上距作者生活的时代并不遥远,甚至可以说是近如"昨天"。而对于洪秀全等人物的评价可谓众说纷纭,作者心目中所欲仿效的是《史记》里的《陈涉世家》和《项羽本纪》,他佩服司马迁不以成败论英雄的历史眼光和卓越见识,故而着眼于特定历史中的人物,以历史事件为背景,以刻画不同层次、不同性格、不同作为的人物为旨趣。就其文体而言,颇像是一部"洪秀全本纪""李秀成世家"与"石达开列传"的混合型作品。

作者黄世仲(1872—1912),字小配,号棣荪、禺山世次郎等,广东番禺人。黄世仲本人也是近代历史上的一位风云人物,年寿不永而经历曲折。与他交往的,如孙中山、陈少白、冯自由、胡汉民、陈炯明、章太炎等,都可谓"一时无两"的大人物。他又是康有为的同门师弟，却与康氏势同水火，以笔为枪，攻击康氏不遗余力。他的好朋友、孙中山的得力助手冯自由在《革命逸史》里专门有一节写黄世仲，介绍到他的身世说："少颖悟好学，读书过目成诵。弱冠后，以居乡不得志，偕乃兄伯耀先后渡南洋谋生。初至吉隆坡，充某赌馆书记。华侨各工界团体以其能文，多礼重之。时闽商邱菽园发刊《天南新报》于星洲，鼓吹维新学说，风动一时。世仲于工作余暇，常投稿该报，发抒己见，辄被采用，文名由是渐显。"从文化工作的层面看，黄世仲以写报刊文章起家，在其一生中，他与报业和记者职业有不解之缘；从社会活动的层面看，黄世仲处于风云变幻的大时代，与同盟会的成立、资产阶级民主革命、粤汉铁路风潮等重要历史事件多有关联，是参与者或亲历者；从人生故事的层面看，黄世仲东奔西走，功业显著，影响颇大，而富于传奇色彩，尤其诡异的是，他与陈炯明是"换帖"兄弟，却被陈氏诬陷"侵吞公款"而冤死于胡汉民的枪下（这是近代史上的一桩"奇案"，有人说，陈炯明与胡汉民恶斗，让黄世仲成了二人勾心斗角的牺牲品；而黄世仲蒙冤而死，是主流看法）。他的经历也足以写成一部波澜壮阔的小说。

说《洪秀全演义》颇像是一部"洪秀全本纪""李秀成世家"与"石达开列传"的混合型作品，可以参看作者在本书《例言》里的说明。他认为全书的灵魂人物是洪秀全、杨秀清，这固然是依"史"直说，不得不承认自金田起义以来广东籍的洪秀全和广西籍的杨秀清对于"太平天国史"所起到的"结构性意义",可他马上话锋一转,说:"若东王杨秀清,只具一帝王思想耳。故无东王则洪朝事不易成,以其素拥巨资也;亦无东王则洪朝事不易败,以其图觊大位也。后有作者,可为殷鉴。"换言之,他对杨秀清持基本否定的态度,甚至接着说:"洪朝之败,实败于杨秀清;以其觊觎大位,遂开互杀之媒,致能员渐散。"故而书名《洪秀全演义》,就已经将杨秀清排除于"洪秀全本纪"之外。但是,光有一个洪秀全不足以支撑起一部"太平天国史",需要有一系列杰出人物的辅助,因而作者列出一份名单,为首的是李秀成,称:"书中李秀成是古今来第一流人物。其身历安危,民心不变,其得人也胜似武侯;出奇制胜,用兵如神,其行军也胜似韩信;几历艰劫,军粮不绝,其筹饷也胜似萧何。"将李秀成与诸葛亮、韩信、萧何相提并论,足见作者的强烈偏爱,说是"李秀成世家"并不为过。在李秀成之后,继而列出了三位"上上人物",依次是石达开、林启荣、林凤祥,可视为"石达开列传"了。黄世仲既借鉴《史记》的谋篇章法,又化用通俗小说的叙事技巧,左右逢源,交相融合,自成一格。

《洪秀全演义》书影

若论文笔,黄世仲对《三国演义》多有借鉴。比如,以重要人物的出场为例,《三国演义》由徐庶引出了诸葛亮,而《洪秀全演义》是由石达开引出了李秀成:

只见守门的进来报道:"有石达开要来叩见。"秀全不胜诧异,暗忖道:方才令韦昌辉干了这宗事,如何石达开随后已自来到,难道这机谋泄了不成?心中正狐疑不定,只得请进来临机应变罢了。想罢,便传出一个请字。那守门的便领石达开进来。秀全一望,见石达开生得头大如斗,口阔容拳,隆准丰颐,两目闪闪如电,四尺以上身材,三十来岁年纪,边幅不修,精神活泼,大步踏进来。秀全急的起迎,其余各人都上前见礼。让座献茶罢,秀全道:"素闻大名,今日幸得相见,足慰生平。"石达开笑道:"足下的是好计,独惜不甚完全。小弟日日打探你们举动,不过待看如何才商行止耳。试想浔江一带,何处无小弟人物,足下这条计只可弄得别人,如何弄得石某?倘石某亦召集百人驱御韦兄,亲见县令自行解释,又将如何?"这几句话说得秀全目瞪口呆,便转口道:"班门弄斧,弟岂不羞之!因素仰足下智勇足备,不过以无门拜会,出此下策。若得足下同举大义,不特开弟茅塞,实生灵之幸也。"说罢,又向石达开再拜。石达开见秀全之意甚诚,更自倾倒,便答道:"某何足道,敝友李秀成,胸怀大志,腹有良谋,正汉之留侯、蜀之武侯也。若得此人,何忧大事不成?"(第九回)

这是"金田起义"初期的事情,韦昌辉奉洪秀全之命冒充石达开的人马去"拦截官船",威吓新任平南知县杨宝善弃船而逃,并将官船扣下,使得身为当地盐商的石达开不得不来见洪秀全。就是这一次石达开的"不请自来",洪、石得以相会,"同举大义",两股力量合在一起,兵分东路(石达开统领)和西路(洪秀全统领),由此展开了一场轰轰烈烈的历史大事件。而黄世仲的描写,从容不迫,娓娓道来,既富有机趣又充满情节的张力。如此文笔,学《三国演义》是比较到家的。

不仅是笔法,连语言也如《三国演义》那样的半文半白。毕竟是文人的创作,并没有经过"民间说书"的过程,故而写起小说来自有一番文采风流:

> 李秀成见清兵已出,即传令退十里下寨,左右不解其意。及两阵对圆,秀成即挥书使人驰报余万清道:"今不用再战,汝军已败,焉有孤城出屯之兵法乎?"余万清看罢大怒,以为李秀成之戏己也,即传令进兵。忽流星马飞报祸事,说称南康后路城池已被敌人攻陷去了。原来李秀成未出军以前,先令数十军士扮作土兵,侦探小路,预伏一小队于城后,乘清兵尽出时乘机用药炸发城垣,因此攻入南康。当下余万清听得这点消息,已魂不附体。方欲退时,李秀成督军拥至。清兵无心恋战,李秀成如入无人之境,杀得尸横遍野,血流成河,清兵直望南昌而逃。李秀成全不费力,已拔了南康

城。(第二十五回)

字里行间,清军将领余万清之鲁莽冲动,太平军将领李秀成之缜密机智,对比鲜明,跃然纸上。在此之前,余万清曾夸下海口:"秀成一旅之师,何足畏惧?吾当亲自取之。"他不听知府的劝阻,一意孤行,结果惨败,输得"魂不附体",狼狈不堪。诸如此类的文字,可见黄世仲写小说功力颇深。

其实,黄世仲写《洪秀全演义》有深厚的积累,不仅搜集书面的资料,而且还有"口述历史"可供选用。他从少年时代起就关注太平天国历史,常听父祖辈的讲述,"每有所闻,辄笔记之"。光绪二十一年(1895)秋天,他在广州某佛寺幸遇一位熟知"金田起义"的和尚,叙述起那段历史"如数家珍",并嘱咐黄世仲要记录成书。细问之下,才知道此人本是太平天国时期某王的幕僚,怪不得知道的事情如此之多。尤其值得注意的是,当年黄世仲与和尚交谈时,正有"是年广州光复党人起义"(1895年10月26日,农历九月初九,孙中山发动广州起义失败)这一背景,刚刚发生的时事与相距不远的"旧事"相互激荡,让黄世仲萌发了写小说的念头。

黄世仲在总结自己写作《洪秀全演义》的经验时说:"寻常说部,皆有全局在胸,然后借材料以实其中;如建屋焉,砖瓦木石俱备,皆循图纸间架而成。若此书,则全从实事上搬演得来,盖先留下许多事实以成是书者，故能俯拾即是，皆成文章。"（《洪秀全演义·例言》）今天看来，尽管作者对太平天国诸多历史人物的评价、对这段历史的认识存在着局限性，不无值得商榷之处，但是，其写作态度之认真、艺术描写之生动、人物形象之个性化刻画等，还是值得肯定和欣赏的。

除了《洪秀全演义》外，黄世仲还著有小说《廿载繁华梦》《宦海潮》《宦海升沉录》数种，是多产的小说家。

六、"多文体融合"的《新中国未来记》

《新中国未来记》是梁启超对小说文体的一次"革命性"的实验，它是一个十分独特的小说文本，在中国小说史上可称"异数"。

《新中国未来记》的创意来自梁启超的"新小说观"。这可以分为两个层面来介绍：其一，光绪二十八年（1902），梁启超创办一份杂志，名为《新小说》，杂志创刊急需稿子，他便亲力亲为，而且为了保证符合自己的办刊宗旨，决定以《新中国未来记》来打头炮，这也是他涉足小说创作领域的机缘所在；其二，既然标榜"新小说"，当然力求不同于过往的小说写法，用梁启超的话来说就是要进行一次"小说界革命"。他在《新小说》创刊号的发刊词里写道："今日欲改良群治，必自小说界革命始；欲新民，必自新小说始。"换言之，梁启超认为小说这一文体与群众相亲近，容易为群众所接受，群众也乐于阅读，故而"革新"小说文体，让它担负起"新民"的历史使命。梁启超具有远见地将群众喜闻乐见的小说改造成一种前所未有的"新媒体"，使之承载着种种新的"政治信息"，让这些"政治信息"借由小说而广为传播，以求奠定某种政治理念的群众基础。用今天的眼光看，梁启超相当超前地将政论体、新闻体和小说体融合起来，这是近代史上的一次"融媒体"的新尝试。

读者一定要从"融媒体"的角度来阅读《新中国未来记》，否则会觉得它是一部很"怪"的作品，以致说它是"小说"也显得牵强。它打破了读者被通俗小说长年培养出来的"阅读期待"，读者在作品里读不到常见的金戈铁马或花月风情，读不到细致入微的细节描写，读不到步步惊心的情节悬念。如果读者改换"阅读期待"，不再以追求情节为目的，而明白到这是作为一位政治活动家的梁启超在摆弄"融媒体"，那么作品里的很多内容也就会显示出在中国传统小说之中从未有过的"新元素"，读者也就会产生意外的阅读感受。

说《新中国未来记》是"小说体"，因梁启超用的是章回小说形式，如第一回是"楔子"，第二回是"孔觉民演说近世史，黄毅伯组织宪政党"，第三、四、五回的回目依次是："求新学三大洲环游，论时局两名士舌战"；"旅顺鸣琴名士合并，榆关题壁美人远游"；"奔丧阻船两睹怪象，对病论药独契微言"。作品虚构了1962年在南京举行"维新五十年大祝典","其时正值万国太平会议新成,各国全权大臣在南京,已经将太平条约画押……那时我国民决议在上海地方开设大博览会……大博士来集者不下数千人,各国大学生来集者不下数万人,处处有演说坛,日日开讲论会",好不热闹,在众多的演讲会中,本小说单表一场,是全国教育会会长文学大博士孔觉民老先生演说的"中国近六十年史"——由此引出60年前的人物"登场"。所谓"新中国未来",指梁启超所预想的中国已经够资格开"大博览会"的时代。这只是一个"由头",小说各章回的叙述主要是以倒叙的手法、借孔老先生之口演述出来。换言之,在梁启超的构想里,小说的时间跨度是从1902年到1962年,可知除了描述1902年的事情是写实居多以外,会有更多的内容是梁启超的虚设与拟想。可惜此书只写到第五回(仍停留在1902年),我们不知作者在后面的布局里该是"如何出彩"。

若以小说论小说,这五回的内容以同是广东人的黄克强(曾入读德国柏林大学,主张改良政治)、李去病(曾入读法国巴黎大学,主张革命行动)回到国内后游历多处的行踪作为情节线索,将从一处到另一处如何如何,遇见何人,谈论何事,有何见闻,等等,均收录于笔下;而黄、李二人对政治的多次辩论则填充了这五回的大部分篇幅,故而小说融入了不少政论体的文字,如第三回写道:

第四章 岭南小说

> 两君还自闷闷的饮了十来杯，那热血越发被这酒涌送上来了，李君便开口道："哥哥，你看现在中国还算得个中国人的中国吗？十八省的地方，哪一处不是别国的势力范围呢？不是俄，便是英；不是英，便是德；不然便是法兰西、日本、美利坚了……"黄君道："可不是吗！但天下事是人力做得来的，咱们偌大一个中国，难道是天生来要做他人的鱼肉的不成！都只为前头的人没血性，没志气，没见识，所以把他弄成到这个田地。我想但是用人力可以弄坏的东西，一定还用人力可以弄好转来。"

如果这一段文字还不算典型的"政论体"的话，那么，请再看下面一段：

> 李君道："我也不是一定要和什么一姓的人做对头，只是据政治学的公理，这政权总是归在多数人的手里，那个国家才能安宁的。你想天下哪里有四万万的主人被五百万的客族管治的道理吗？但凡人类的天性，总是以自己的利益为先，别人的利益为后。所以主权若是在少数人，一定是少数的有利，多数的有害；主权若是在客族，一定是客族有利，主族有害：这利害两桩是断不能相兼的。但我们今日就不管到他是多数还是少数，是客族还是主

族，总之政治上这责任两个字是不能不讲的，一国人公共的国家，难道眼巴巴看着一群糊涂混账东西把他送掉不成！……"

可以说，这一类文字在书里所在多有。如果要了解1902年的梁启超的民族主义、爱国主义思想，以及对国家政体的思考，它们是不可多得的鲜活文字，与梁启超的其他政论文章构成明显的"互文关系"。小说里的"黄克强"和"李去病"，是现实里的梁启超的"分身"；尽管梁启超的政治倾向与"黄克强"的改良政治主张比较一致，但是，主张革命的"李去病"口中的民族主义、爱国主义言论其实也是梁启超的心中所想。从这一角度看，《新中国未来记》未尝不是一部梁启超的"分角色"的"思想自传"。

至于说到"新闻体"，梁启超在作品中有时像是刻意要"及时报道"黄、李的行踪，如第五回一开头就写道："却说黄、李两君自从别过陈仲滂之后，回到北京，恰恰碰着中俄新密约被日本的报纸揭了出来，又传说有广西巡抚勾引法兵代平乱党一事。上海、东京各学生，愤激已极。上海一班新党，便天天在张园集议。不知道近来人心风俗如何，听见有这等举动，自是欢喜不尽，便连忙跑到上海，想趁这机会，物色几条好汉，互相联络。船到上海，才拢码头，黄君便有个表叔打发伙计迎接上岸……"作者很注意黄、李二人行动的"时效性"，故而在上海"多事"的时候，不写黄、李"回到北京"时有些什么故事,而是一笔带过,马上写他们二人马不停蹄转道上海。其后大段文字便是"报道"黄、李二人在上海的见闻与观感,以及他们下一步的打算。这样的写法,在传统的说书故事里是不可能有的。

《新中国未来记》第一至五回最早发表于《新小说》第一、二、三、七号,可见是梁启超一边办刊一边赶写的。他在卷首的"绪言"里说:"余欲著此书,五年于兹矣,顾卒不能成一字。况年来身兼数役,日无寸暇,更安能以余力及此?顾确信此类之书,于中国前途,大有裨助,夙夜志此不衰。既念欲俟全书卒业,始公诸世,恐更阅数年,杀青无日,不如限以报章,用自鞭策,得寸进尺,聊胜于无。《新小说》之出,其发愿专为此编也。"换言之,在1902年之前,他已经构思了五年,可没有写出一个字;借创办《新小说》之机,迫使自己"得寸进尺"地写出来。而且,他还说"编中寓言,颇费覃思,不敢草草",可知下笔相当谨慎,并非如急就章般敷衍成文。事实上,要构想从1902年到1962年的"中国历史",实在是太难了,尽管身为"文坛巨子",梁启超却是深感虚构未来历史之不易,这才是他构思五年也写不出一个字的主要原因,以他倚马可待之才,就算忙于多项事务,也不至于写不出一个字。故此,虽不知他何以没有写完,但是可以说,他写不完也属正常,这似乎是一项"不可能完成的任务"。

小 结

岭南小说尽管成熟较晚，但是，清代以来的岭南小说家可谓出手不凡，他们眼观六路，耳听八方，没有拘于固有的小说格套，没有过往书坊主粗制滥造的商业动机，也没有任何故事题材上的依傍。更为重要的是，有些小说家具有强烈的家国情怀，抱有借小说创作改变国人精神面貌的宏愿，体现出一种可贵的时代担当。故事是"新"的，写法是融汇了多种文体的技巧，写作题旨更是前无古人：这一切是岭南小说具备小说史意义的独特价值所在。

第五章 岭南戏曲

岭南戏曲，是中国戏曲"大家庭"里的重要成员。

戏曲是中国社会具有鲜明特色的民族艺术，其综合性、虚拟性、写意化的艺术体系博大精深，既是中国社会各个历史时期的民众生活、社会风情、政治风云、矛盾斗争的艺术反映，又是千百年来中国老百姓表达情感、愿望和人生经验的文艺形式。戏曲艺术是中华文化"软实力"不可缺少的组成部分，源远流长，深入人心，远播海外，具有持久的艺术生命力。

古代戏曲，本来属于市井文化与乡村文化，其接受者、欣赏者主要是市民与村民。戏曲表演的场地，多在勾栏、路歧、庙宇、宗祠等人口较易聚集的场所。戏曲表演通常是为了满足大众的祭祀与娱乐的需要而安排的。

而从明清时期岭南戏曲的演出情形看，不少时候与神灵祭祀或宗族祭祀等活动密不可分。神灵祭祀，其戏剧表演有英灵镇魂戏与冤鬼镇魂戏等，前者演出英雄的故事，如演出关公戏等，是英雄崇拜观念的产物；后者演出公案故事，如演出包公戏等。比如，以潮州为例，潮州城内有不少戏台，像城隍庙戏台、火神庙戏台、药王庙戏台、天后宫戏台等，这些戏台的设置与"祭神"演出是分不开的。而宗族祭祀，兼具祭祀祖宗与凝聚族群的作用，其戏剧表演或以富家盛衰故事为题材，具有维护家族兴盛的劝谕意义，或以庆贺族中长老生日为主题，具有维护宗法体制、尊老敬老的意义。

当然，戏曲表演也兼顾大众的娱乐需求，于是，像青楼故事戏、男女爱情剧以及一些滑稽逗笑的小戏等，也是在市井、乡村大受欢迎的题材。随着民众娱乐需求的增长，以满足娱乐需求为目的的商业性演出在城市里出现并日渐增多。以粤剧为例，上世纪三四十年代，粤剧从以"红船"穿行于珠三角水域寻找乡间演出场所的情形（俗称"戏船下乡"）逐渐演化为终于可以在城市"落地"，从"广场演出"转变为"剧场演出"。著名粤剧表演艺术家薛觉先、马师曾等还借助不同的剧院展开了艺术上的竞争，出现了粤剧史上"薛马争雄"的局面，成为一段令人难忘的历史。

从"源"与"流"的角度看，岭南戏曲与宋元以来的古代戏曲既有联系，又有区别。可以说，岭南不同的剧种都有一个共同的源头，就是以宋元南戏、元杂剧、明清传奇、清代地方戏所构成的"戏曲共同体"。这个"共同体"是以中原文化和江南文化为"内核"、以歌舞演故事为特征。不同时代的剧本体制会有所不同，可是，其戏曲文本往往呈现出悲后有喜、喜中含悲、悲喜交乘的共通的叙事美学。其中，悲剧的故事多以团圆结局，表现古人"善有善报"的道德观念和"邪不胜正"的乐观态度；喜剧的故事多含有悲剧意蕴，表现我国人民防患于未然的忧患意识与不怕蹉跌的顽强意志。而岭南戏曲，其题材选择、美学特征以及演出机制等，均与古代戏曲有着千丝万缕的联系。

可是，岭南戏曲的历史比中原、江南地区要出现得迟、成熟得晚，岭南各剧种的体制尤其是音乐结构与清代地方戏比较接近，基本上属于"板腔体"，而不是古代戏曲如杂剧、南戏、明清传奇那样的"曲牌联套"体式。换言之，由于清中叶以来各地的地方戏打破了过去以较为刻板的"曲牌联套体"音乐结构为中心的编剧方式（剧本文学要"迁就"音乐结构），改用灵活的"板腔变化"结构，使得音乐结构服从于剧本的文学结构，服从于重点塑造人物性格的需要，服从于人物的情绪、行为和心态的多种变化。我们在欣赏岭南戏曲各剧种的舞台呈现时可以注意到这一点。这是岭南戏曲与杂剧、南戏、明清传奇在剧本体式上的主要区别。

此外，辩证地看岭南各剧种，还可以看到，尽管声腔各有不同，表演技法和特色各异，但是，不同剧种的故事题材具有无可置疑的共通性，即同一故事题材可以在不同的剧种里找到相同的剧目，如"三国戏""水浒戏""包公戏""红楼戏"等。换言之，岭南戏曲是经由外省艺人的入粤传播而逐渐形成，又相应地结合着本土的方言、音乐、舞蹈、民间故事等，逐步呈现出非"岭南"莫属的特色。

岭南戏曲，剧种有粤剧、潮剧、汉剧、西秦戏、白字戏、正字戏；此外，还有雷剧，流行于雷州半岛，它是由雷州歌演变而来，经历了一个颇为曲折的衍化过程，即有四个历史发展阶段：姑娘歌、劝世歌、大班歌、雷州歌剧，而以雷歌唱腔音乐为主旋律。雷州半岛有演歌戏酬神的"年例"，类似于粤剧的"神功戏"。在上世纪50年代，"雷州大班歌"改称"雷州歌剧"。

如今已成"珍稀"的剧种也值得关注，如花朝戏、贵儿戏、廉江石角傩戏等。若从中国戏剧发展史的角度看，珍稀剧种天然地富含着古代戏剧的"生存密码"，隐藏着古代戏剧在其孕育、生成与成长诸环节中的某些"隔代信息"；还有，某些剧种的背后就附着了族群迁徙和文化融合的"活态历史"。它们是岭南"非物质文化遗产"的重要组成部分。

一、作为"人类非物质文化遗产"的粤剧

粤剧是一个受众面很广、影响很大、特色鲜明的地方剧种，流行于广东、广西、香港、澳门等地，以及新加坡等东南亚国家，在北美等华人聚居的地区也拥有大批的观众和爱好者。

2006年国务院批准粤剧列入"第一批国家级非物质文化遗产名录"；2009年，联合国教科文组织将粤剧列入"人类非物质文化遗产代表作名录"。据权威机构统计，截至2017年，中国的地方剧种共有348个，而能够列入"人类非物质文化遗产代表作名录"的尚只有昆曲（2001年）、粤剧（2009年）、藏戏（2009年）和京剧（2010年）。

粤剧早期称"本地班""广东大戏""广府戏"。我们在考察粤剧早期的形态时，不能忽视"岭南本地班"这一概念。即从历史发展的脉络看，广东地区早期的戏剧形态是外来的，不是"本土原生"的，是外

省戏剧艺人来到广东各地演出，催生了广东本土的戏剧文化，故而有一个从"外江班"过渡转化为"岭南本地班"的过程。这是了解包括粤剧在内的广东地方剧种史的一个"关键点"，或者说，其中内含着广东各地方剧种的"逻辑起点"。

其实，外江班入粤之后，散流各地，分途发展，在"本土化"的过程中与广东各地的方言、音乐、说唱文学等结合并转化，逐步形成本地班。约在明末清初，广东经济逐渐活跃，到了康熙、雍正、乾隆年间，更是获得长足发展，吸引外地人入粤，其中有不少外江班，他们为广东民众带来了皮黄腔、弋阳腔、汉调等戏曲形式。在说粤语的广府地区，外江班的演出逐渐受到本土居民的喜爱，为了融入当地，他们还发展出开始带有"粤味"的"广腔"。经过外江班逐步岭南化这一关键环节，本土出身的粤剧伶人也被培养出来，他们是本地班的主要人员。至迟到道光年间，已有外江班与本地班各占地盘、相互区分的明确记载。一方面，本地班"由粤中曲师所教，而多在郡邑乡落演剧"；另一方面，"凡城中官宴赛神，皆系外江班承值"。以"红船"为交通工具的粤剧本地班主要在珠三角地区沿着河网流动演出，与上述地盘区分相关。而在潮汕地区、客家地区等，情形相仿，均是外江班进入该地区后，在"本土化"的演进中逐渐形成了潮剧、白字戏、西秦戏、汉剧等剧种的本地班。

粤剧形成的时间，尚未有具体、可靠的文献加以确定。或认为粤剧起源于明代万历年间，以"琼花会馆"的建立作为粤剧形成的例证（粤剧界素有"未有八和，先有琼花"的说法，可见"琼花会馆"的历史性意义；"八和"是指粤剧界的行业组织"八和会馆"，成立于清光绪年间）。或认为粤剧始于雍正年间，由湖北艺人张五（摊手五）来粤传艺，将汉剧艺术带来广东，逐渐形成粤剧。还有一种说法是，从咸丰初年粤剧艺人李文茂率红船弟子参加太平天国起义时开始计算粤剧历史。但无论如何，琼花会馆的建立，以及雍、乾年间广州、佛山的戏曲活动，与粤剧历史的形成有着不可忽视的联系。目前，粤剧行内也大都认同佛山地区为粤剧的发源地。一个不容否认的事实是，粤剧史上名气很大、成就很高的粤剧艺人如薛觉先、马师曾、白驹荣、新马师曾、罗家宝等，其原籍都是佛山地区（顺德）。佛山地区悠久的粤剧文化培育出一代又一代的粤剧表演艺术家，粤剧人才而且是粤剧领军人物如此的集中，若无深厚的历史底蕴是不可能的。

而"红船"时代的粤剧更为接通岭南的"地气"。近代以来，顺德、南海、东莞等珠三角地区名伶辈出，他们"多在郡邑乡落演剧"，这就决定了粤剧姓"粤"之后的艺术走向。换言之，粤剧艺术的本土基因主要来源于水乡。水乡之人，常年生活于河网交错地域，做事以便捷为原则，惯常撑船转弯，灵活应变；因陋就简，"睇餸食饭"；活用手边的材料，可以混搭出多样的菜肴。如此形成了珠三角人的地域个性：既懂规矩，又能

"执生"(随机变通)。粤剧艺人从外江戏模式中剥离出来后,就是在既懂规矩、又能"执生"的做事方式里将粤剧做得风生水起的。

粤剧的唱腔,是由外来声腔和当地歌谣、杂曲相融汇而成。明朝成化年间,广州、佛山地区的戏曲活动已颇为频繁,并有本地子弟参加演唱。清中叶以后,粤剧称为"广东大戏",以"梆子"为主要声腔,兼收昆腔、弋阳腔等艺术元素。同治年间,开始融合西皮、二黄和民间歌谣,逐渐自成一格。正如有学者指出:"粤剧初期腔调,只有'牌子''小曲''梆子''二黄''西皮'五种,牌子为昆曲绪余,梆子乃汉剧遗响,二黄为徽调所绍,西皮即四平之讹,而小曲则点缀其间,亦诸宫调与小词之遗也。"还说:"早期粤剧,所演的剧目、唱腔音乐、表演程式以至舞台语言,与

粤剧《帝女花》

当时的徽剧、汉剧、湘剧、祁剧、桂剧等剧种大致相同。"（麦啸霞《广东戏剧史略》）可以说，粤剧为内含多种声腔元素的剧种，其唱腔结构体制主要为板腔体，兼有曲牌体，其中梆子、二黄为基本声腔，习称"梆黄"。一直到今天，粤剧界仍然坚守着"梆黄"的基本特征，并以此作为粤剧"非遗保护"的一个重要着眼点。

粤剧界人士常说，粤剧离不开"梆黄"，没有"梆黄"也就没有粤剧的"粤味"。其实，这是已经"粤化"了的"梆黄"。粤剧的剧种音乐以及相对应的特色已经形成，自有其示范性、传统性和"不变性"。而剧种音乐是为戏剧性服务的，它不能独立存在，必定依附于戏剧文学，才能产生艺术感染力。就粤剧独特的文化魅力而言，有几条是相当突出的：本土化、平民化与世俗主义相结合，尤其重视人道主义情怀的市井化表达，马师曾的《审死官》《搜书院》等可为案例；唱腔流派亦俗亦雅，不强求雅，也不回避俗，但求俗中之雅，如马腔、红腔，并非如昆曲之淳雅清高，而是俗中有雅，雅里含俗，更能收雅俗共赏之奇效；剧中桥段，寓庄于谐，非常讲究接通地气的机趣，将人间世相与带有岭南特色的诙谐逗笑手法相结合，充分呈现出粤剧的"粤派风味"，马师曾、文觉非等的表演风格即为显例；十分重视剧中的"招牌唱段"，兼备叙事功能及抒情功能，词曲俱佳，贴合剧情，可以唱到"街知巷闻"，如"步月抒怀""柴房自叹"等。这些都属于粤剧姓"粤"的基本要素。

粤剧演唱分平喉（男腔真嗓发声）、子喉（女腔假嗓发音）、大喉（男腔真嗓发声，兼用假嗓）、肉带左（又称"平霸"，男腔真嗓发声）。生、丑用平喉，花旦用子喉，小武、武生、花脸用大喉，末、婆用平喉，"武戏文做"的小武、武生多用肉带左。平喉、子喉唱本腔（指各种板式、曲牌的基本调）；大喉、肉带左往往将本腔翻高四至五度行腔。"依字行腔"是粤剧主要的润腔方法，行腔时要顺乎词意，讲究字声、语调的准确和韵味，不求花哨，但求贴合角色特定的情感、情绪和心理活动的微妙变化，由此形成了粤剧的腔由字出、字随腔落的演唱特点，其调式的变化与节奏的变换以自然、顺畅、婉转见长。

粤剧艺人"依字行腔"，各人结合自己的嗓音特点和艺术悟性，扬长避短，或者化短为长，在行腔时注重个性化呈现，因而形成了不少性格鲜明、韵味各异的"腔口"，如薛觉先的"薛腔"、马师曾的"乞儿腔"、红线女的"红腔"、陈笑风的"风腔"、罗家宝的"虾腔"、新马师曾的"新马腔"等，深受粤剧观众的喜爱，并且启迪和引领了不少年轻演员的唱腔实践。

粤剧乐队旧称"棚面"，早期基本沿袭外江班的文武场体制，由5人组成，称"五架头"。乐队分为左、右场。左场操二弦兼吹唢呐，二场操月琴兼吹横箫；右场司鼓，中场司大钹兼操二弦，还有大锣手。另外，还有一种专为"堂会""庙公""红白喜事""游行""迎送"等场合演奏的乐队,称为"八音班",由箫、笛、唢呐、月琴、提琴、板鼓、锣、钹等乐器组成,有时也作为粤剧和粤曲歌班的伴奏乐队。本地班形成后,粤剧乐队逐渐丰富,分工也日渐细致。

粤剧原有末、生、旦、净、丑、外、小、夫、贴、杂十大行当。粤剧表演带有质朴粗犷的特色,有单脚、滑索、运眼、小跳、拗腰等绝技。其武打以南派武功为基础,靶子、手桥、少林拳及高难度的椅子功和高台功十分出色。粤剧化妆简练,色彩浓艳,服装多采用广绣,精美华丽,富有浓郁的地方特色。

早期的粤剧用"戏棚官话"(属中州韵系统)演唱,清末民初逐步改用白话(广州方言或称"广府话")。在将白话引入粤剧的实践中,粤剧名伶白驹荣和朱次伯下了很大的功夫;同时,白驹荣将声调降低,改用"平喉",对粤剧的演唱艺术具有"革命性"意义。大概到了上世纪20年代,粤剧基本上完成了"白话"对"官话"的替换;不过,一直到今天,粤剧演出仍然保留着少量的"官话"(一般是演出时的"套语"),可以视为粤剧使用过"官话"的坚实"证据",是语言的"活化石"。

上世纪30年代和40年代,是粤剧发生重大变化的时期。这一时期的演员结构由行当制(十大行当)变化为台柱制(六种行当),每个戏班设"六大台柱",即文武生、小生、正印花旦、二帮花旦、丑生、武生。其中,"文武生"这一行当具有粤剧的特色,顾名思义,

"文武生"是文武兼备的意思，戏份很重，既"唱"得，又"打"得；这一行当至今仍然是一个粤剧剧团的"台柱"之一，备受粤剧观众的喜爱。在"六柱制"时代，每部戏都要使"六柱"分配到角色，并按其对观众不同的号召力分担不同的戏份，这可以看出粤剧演出到了"六柱制"时代已经相当"商业化"。

此时，粤剧表演艺术在既有的表演程式基础上吸收、运用了京剧的武打和做派，也借鉴了话剧、电影讲究真实和接近生活的表演方式，增强和丰富了粤剧艺术的表演手段；舞台艺术则借鉴京剧、电影的化妆，学习京剧的脸谱；其布景从传统的"一桌二椅"发展为软景、硬景兼备，舞台设计、背景布局都大为改观。戏服也变得五花八门，花样繁多（有过于花巧之弊，后来得到一定程度的改正）。伴奏乐队（俗称"棚面"）还使用了小提琴、萨克斯管等西乐以及中乐的中低音乐器，丰富了艺术表现力。这些变化，从舞台实践的角度看，有成功的并具有开创性的，也有"改革"过度导致"趋实避虚"的舞台风格而破坏了戏曲应有的虚拟性原则。

这一时期，还出现了粤剧史上著名的"薛马争雄"现象。所谓"薛马争雄"是指粤剧表演艺术家薛觉先、马师曾在上世纪30年代至40年代间的相互竞争。这是粤剧演出走向剧场化及市场化的重要阶段。薛觉先领衔的觉先声剧团立足于广州的演出市场，马师曾领衔的太平剧团立足于香港的演出市场，他们各有较为稳定的驻团剧院，为了争取观众，均在改革粤剧演出的效果上不断地下功夫，注重观察和研究观众的接受情形，适时改进或修正演出策略，调整剧本的趣味和倾向，各有特色和成效。薛的思路是博采众长，提升粤剧的品位，主张"不独欲合南北为一家，尤欲综中西剧为全体，截长补短，去粕存菁，使吾国戏剧成为世界最高之艺术"。马的思路是革故鼎新，提升粤剧文化的深度，自觉地"本着革命的精神，努力奋斗，探讨人心的深邃，表现生活的原力"。二人的革新精神有其相通之处，却也有艺术理念上的差异。薛更为重视戏曲艺术的特征和规律，视之为"有规则的自由"；而马更为强调演员对生活的体验和对角色的理解，其表演方式生活化的意味更浓。此外，粤剧观众对演员的声腔艺术十分重视和喜爱，薛、马二人各自创下了"薛腔"和"马腔"：前者注重字、腔的细腻处理，依"字"得"腔"，行腔自然而深情婉转；后者善于吸收市井语调，添加衬字拖腔，行腔沙哑短促而风趣诙谐。他们的声腔均有鲜明的艺术个性，观众各有所爱，因而显得旗鼓相当，各擅胜场。"薛马争雄"时期的粤剧改革，因粤、港的地缘关系，吸收了外来的艺术因素，也一度出现过度"洋化"、标新立异的不良倾向。尽管如此，薛、马二人在粤剧从"红船"时代的"广场艺术"转化为"剧场艺术"的过程中共同作出了重大贡献。

就粤剧演出和培养新人的角度看，"粤剧排场戏"是一个重要现象。它是粤剧不可缺少的组成部分，尤其是在以"行当"为中心的发展阶段，粤剧的排场戏相当丰富，可以视为粤剧演员入行的必修课。

关于粤剧排场戏的定义，《粤剧大辞典》如是表述："它是相对固定的、规范的表演程式组合；它具有各不相同的表演特点和技艺特色；它有具体的内容指向，有能够被相同或相似的戏剧情节、戏剧场面套用或借用的普遍意义。根据不同戏剧具体的内容，选用不同的锣鼓点、音乐、曲牌，并以相对固定的舞台身段动作和调度，相互密切配合，组成一整套规范的程式表演。"[①]在这里，有几个要点：一是有"相对固定的、规范的表演程式组合"，这表明粤剧的排场戏是"板块化"及"成套化"的，是一种"教科书式"的表演手段，演员入行可以有路径可循；二是"有能够被相同或相似的戏剧情节、戏剧场面套用或借用的普遍意义"，这意味着粤剧排场戏不是凭着某些人的意志确定下来的，而是折射着具有普泛意义的人生场景，可以"复制"并"粘贴"到不同的剧目里；三是"根据不同戏剧具体的内容，选用不同的锣鼓点、音乐、曲牌"，换言之，在"复制"并"粘贴"的同时，并非一成不变地刻板操作，而是在具体的戏剧情景中因应着人物的个性、情节的呼应、戏剧场面的情感效应等因素适当作出演出节奏上的调整；四是有"相对固定的舞台身段动作和调度"，也就是特定的情景配以"标准化"的身段，情景与身段相互搭配，可以理解为是配合着一定情节内容的成套化的表演程式，便于观众准确理解"此时此刻"的舞台呈现，形成演员与观众在剧场里不言而喻的

① 《粤剧大辞典》，广州出版社2008年版，第373页。

"默契"。

粤剧排场戏的形成,源于与中国古代农业社会不断重复出现的人生模式、社会结构、政治生态相对应。而在此大前提之下,还有一个舞台实践的因素不容忽视,即某些剧目,迭经演出,故事内容深入人心、家喻户晓。同时,其中的某些情节格外"出彩",又具有一定的普泛性,粤剧老艺人据以作为"教科书"来传授徒弟,让徒弟在有故事情节的环境里学习演出程式,可谓是"情景化教学":既学了必须掌握的舞台程式,又获得了日后可以灵活"配戏"的演出"段子",舞台程式和演出段子一并化为徒弟的艺术功底,这是培养徒弟的有效法门。中国戏剧家协会广东分会、广东省文化局戏曲研究室于1962年编印的《粤剧传统排场集》中的很多排场,原是"装"在粤剧老艺人的肚子里,后来由他们口述、整理者笔录而成(另有少量的手抄本)。老艺人博闻强记,口传心授;此可证明粤剧排场是他们的"情景化教学"的"独门秘笈"。于是,我们就不难理解为何粤剧排场戏里有"凤仪亭""挂印封金""送嫂""推墙填井""追曹""单刀会"(以上属于三国戏),"三击掌""伏马""别窑""回窑""大登殿"(以上属于薛平贵戏),"沙滩会""碰碑""救弟""罪子""取金刀""偷令箭"(以上属于杨家将戏),"戏叔""苟合""杀嫂""狮子楼"(以上属于武松戏),等等,不一而足。尽管这些排场都有其原始出处,但是,一则它们够"经典",再则它们凝聚、积淀着老艺人成熟的演技,加之它们演来演去都在中国古代社会的家庭伦理、国家观念和生命轨迹的框架之内,故而就成了古代人生模式的"典型化"的产物。

以往的粤剧班主定期散班,又定期组班,艺人们的流动性颇大,去年打东家,今年打西家;组班之后,随即"接单"演出,各个加盟的艺人都凭着自己的"本事"吃饭,身上都怀揣着不少排场戏的记忆和演法。尤其是"红船时代",他们游走于珠三角的水网之间,吃住都在船上,无排练场地,没有时间预先彩排;甚至是,粤剧演出每每无剧本,只有演出"提纲"。所以,《粤剧传统排场集》的《前言》写道:"排场,可以说是编剧、导演、演员都必须懂得的基本知识。从前,由于迫切需要丰富上演剧目,艺人们就将某些流行剧目中经常出现的一些情节片断连贯组合起来成为另一出新剧目,这些被经常选用的片断就逐渐成为固定的排场。在那种情况下,粤剧的演出通常是没有完整的剧本的,只有一张提纲,提纲上只注明某场某人物上场与某人做对手,用某排场。至于演什么,怎样演,提纲里都没有写明,只有简单的五个字:'职分者当为'。这时演员只要懂得排场,就可根据固定的程式套入新剧目中进行演出,剧中人只要改名换姓就行了。如果不熟悉排场,就无法胜任。如《四郎回营》一剧,就包括'猜心事''盗令箭''别宫''回营'四个排场,演员学会了这四个排场就懂得演《四郎回营》或其他情节场面类似的戏了。"老一辈粤剧艺人往往将"职分者当为"挂在嘴边，我们大概可以这么理解："职分者"是一个复合概念，兼指所充当的行当及该行当在某个排场里所担演的戏份；所谓"当为"，指一定要依循固定的程式，各"职分者"之间是有边界的，不可混淆，不可"僭越"，不可随意改动。换言之，排场戏就是一种"程式化叙事"。

粤剧早期的传统剧目主要有《一捧雪》《二度梅》《三官堂》《四进士》《五登科》等所谓"江湖十八本"，后又出现《黄花山》《西河会》《双结缘》《雪重冤》等"新江湖十八本"和《苏武牧羊》《黛玉葬花》等"大排场十八本"。其他代表性剧目还有《白金龙》《火烧阿房宫》《平贵别窑》《宝莲灯》《罗成写书》《凤仪亭》《赵子龙催归》《黄飞虎反五关》《柳毅传书》《伦文叙》等。值得一提的是，粤剧新编剧目《搜书院》《山乡风云》等具有广泛而深远的影响，已经成为粤剧新的"经典剧目"。

上世纪50年代，对于粤剧而言，是"戏剧改革"（简称"戏改"）的时期，也是粤剧发展史上相当重要的阶段。当时，粤剧界和文化主管部门对粤剧出路的探索，既重理论，也重实践，有好些见解尚未过时（也有历史特定条件下出现的偏颇）。在"戏改"思路的统摄之下，大家反思粤剧过去的弊端与短处，去探索粤剧走出困境的路径，以便提升粤剧的品位和艺术水准。于是，粤剧的剧本文学受到了应有的重视，粤剧艺术的表演形态有了较为符合剧场规律的改进。这一些变化对今天的粤剧改革依然具有参考价值。

二、源于宋元"南戏"的潮剧

潮剧是用潮州方言演唱的地方戏曲剧种，有"南国奇葩"的美誉，是中国十大剧种之一，国家级非物质文化遗产代表性项目。潮剧以优美动听的唱腔音乐及独特的表演形式，融合成极富地方特色的戏曲而享誉海内外。潮剧流行于广东东部、福建南部、台湾、香港、海南岛、雷州半岛，以及泰国、新加坡、柬埔寨、越南等国使用潮州话的华侨、华裔聚居地区。它亦伴随着华侨、华裔的足迹，传播到欧洲、美洲、大洋洲一些国家和地区。

潮剧是从明代潮腔、潮调发展而形成的，潮腔、潮调是明代的潮剧。1952年中南区第一届戏曲观摩会演，潮剧选段传统戏《陈三五娘》中的折子戏《大难陈三》参演，其唱词和1956年后才见到的明本《荔镜记》第廿六出、1982年才影印到的明本《乡谈荔枝记》第廿四出在句式结构和内容上完全相同，用现存唱腔还能唱古刻本的词。从上面提及的剧本、音乐曲牌、行当角色以对照艺人传语"正字母生白字仔"，人们认为潮剧是源自南戏。有人以唱曲方面有帮腔、合唱，剧目《扫窗会》等戏和弋阳腔相同，则认为潮剧源自弋阳腔。也有人从《桃花过渡》等民间歌舞性强、歌唱方面同调反复以及南宋以来有民间小戏活动的记载，认为潮剧是从民间小戏发展而成。从潮剧的发展规律及当代潮剧艺术创作实践来看，潮剧是一个擅于博采众长，用以发展和丰富自身的剧种。上述各说均有道理，然潮剧源于南戏的说法，则有较多史料依据。

就潮剧与其"母体"的关系而言，吴国钦、林淳钧著的《潮剧史》有如此论断："南戏在现今的剧坛上已经看不到了，作为剧种的南戏，像世界上许多事物一样，已经寿终正寝，消亡了。但是，她的基因传给了她众多的'亲生儿女'，像梨园戏、莆仙戏、潮剧等。潮剧乃南戏的嫡传，她自然而然地保留着南戏的'生存密码'与'基因遗存'。由于处在'山高皇帝远'的粤东，潮剧较少受到主流文化或外来文化的干预，因此，保留并传承了南戏丰富深厚的艺术传统，显得古朴、通俗而充满活力，成为南戏在今天的一种'活态历史'。"换言之，潮剧作为一个"广东的"剧种具备了双重身份：既是"广东的"一种戏剧文化，又是"南戏的"活态遗存。虽说二者并不"等同"，不能说潮剧"等于"南戏，可又不能说潮剧不是南戏的嫡传子孙。其间的微妙关系，耐人寻味。

潮剧声腔，明代称潮腔、潮调，清代以后叫潮音，中华人民共和国成立以后统称为潮剧。潮剧用潮州方言唱南北曲，兼收昆腔、弋阳腔、梆子、皮黄及潮州民间弹词、歌册、小调而成。潮州方言语音具有8个声调，在演唱时，吐字行腔讲究"含、咬、吞、吐"，形成潮剧唱腔的地方风格。潮剧唱腔的源流主要有两个方面：

一是吸收了潮州民间歌舞音乐；二是由于南戏在潮州的传播，根据潮剧搬演和移植传来的地方剧目，潮剧艺人将其唱腔、表演和音乐进行再创作"潮化"而成。潮剧唱腔的发展变化，主要是唱腔体制和伴乐的发展变化。清代乾隆以后，相继流入潮州的外江戏（广东汉剧）、花鼓戏、西秦戏等，都为潮剧所吸收移植，特别是西秦戏和广东汉剧，其以板式变化为主体的唱腔体制，直接为潮剧所吸收。西秦戏、广东汉剧的锣鼓科介、伴奏曲调均被潮剧加以吸收融合，文场乐器硬子、武场乐器苏锣和木梆也都为潮剧所仿制和使用。这个时期的潮剧唱腔，最显著的变化是唱腔结构，由曲牌联套响板腔变化发展，逐步形成以曲牌与板腔混合的唱腔体制。潮剧乐队领奏乐器的二弦和鼓板制作，向高音发展。锣鼓乐也初具大锣、小锣和苏锣三种不同的伴奏组合。近代，潮剧出现连台剧本，出场数量增多，角色复杂，动静相间，庄谐兼至，其唱和表演的安排也各有所突出。最显著的特点是出现通过独唱、对唱、众唱、混合唱形成唱腔高潮的中心唱段——唱彩段。伴奏音乐，除应用弦诗、细乐、笛套、唢呐牌子、佛曲道曲、民歌小调外，领奏乐师还编创了大量弦乐小曲，如《五月五》《象弄牙》《景春萝》《朗清月》等。

潮剧早期有生、旦、净、丑、外、末、占七个行当。之后在300多年的历史发展中，逐渐形成生、旦、净、丑四大行当。各行当中，由于扮演的人物年龄、身份、穿戴不同，又分为若干"当"，且不同的行当身段动作有不同程式规范。潮剧的表演程式均经过概括、提炼，是艺术化、舞台化的动作，它广泛吸取自然景象或通过模拟某些动物的活动形态来刻画人物，不拘泥形似而力求神似。潮剧各行当的表演，注重技巧的发挥，演员可以把人物身上的穿戴或携带的道具，加以发挥运用，形成某种特技；也可以运用专门训练成套的表演程式，还可以通过特殊神态的造型动作表现人物。这些身段技法，融化在人物和剧情中，达到"情、理、技"三者的统一，使身段动作富有艺术欣赏价值。

潮剧在其形成与发展的过程中与具有本土特色的潮州歌册有着一定的关联，吴国钦、林淳钧著的《潮剧史》指出：潮州歌册源于唐宋时的弹词、变文与俗讲，其"七字一句"的特点和吟唱的朴实韵味为潮剧所吸收，潮剧基本上也是七字句；同时，潮剧在形成过程中，对潮州歌册故事的因袭套用，在唱词制作和唱法上对潮州歌册的仿制与学习，由此都可以判断二者存在明显的互文关系。换言之，南戏的演出形式与文学趣味等传到潮州之后必然会发生民俗学所称的"在地化"现象，这也是潮剧不"等于"南戏的缘由。

潮剧作为一个大剧种有其自身的"主体性"，吴国钦、林淳钧著的《潮剧史》认为："潮剧迄今已有580年的历史，它的历史比影响巨大的京剧、越剧、黄梅戏、粤剧要长得多。潮剧行当齐全，表演程式丰富，它继承宋元南戏的艺术传统。其丑行当，分工细密，多达十大门类，程式多姿多彩，说白诙谐，表演滑稽风趣，潮剧丑角与京剧丑角、川剧丑角并称地方戏三大名丑行当。潮剧的彩罗衣旦表演细腻柔美，沁人心脾。潮剧用潮州话演唱，唱腔优美动听。明清之际著名诗人、著作家番禺屈大均和清代著名戏曲家、四川人李调元都曾在自己的著作中指出潮剧'其歌轻婉'，他们以一个外地行家的敏感，领略到潮剧的特色。"实际上，潮剧与多个剧种有着程度不同的关系，而它们相互之间又有"反差"，比如说，潮剧接受弋阳腔的影响，但弋阳腔属高腔，特点是徒歌，唱腔高亢激越，"其节以鼓，其调喧"，而且"字多音少"，可潮剧正好是"字少音多"，"其歌轻婉"。又如，潮剧曾受正字戏的影响，但正字戏用中州官话演唱，唱腔包括正音曲、昆曲与乱弹杂调，武戏占总剧目九成以上，表演风格刚劲；而潮剧以文戏为主，其传世剧本《新编全相南北插科忠孝正字刘希必金钗记》里的"正字"字样，是"字正，无错讹"的意思，在今存2600个正字戏剧目中并无《刘希必金钗记》一剧，而潮汕地区流行"正字母生白字仔"一说，其实是表示"唱正音（正字）的南戏生成白字戏（潮剧）"，不是说正字戏生成潮剧。各个剧种在流传过程中相互影响是事实，而潮剧自有"主体性"也是事实。

潮剧史上存在童伶制。童伶制，本非潮剧独有，可潮剧的童伶制由于扎根于潮汕土

潮剧《霸王别姬》

壤，此潮汕土壤又与闽南的漳州、泉州等地相邻，风土相近，倒是构成了一个范围不大不小而颇具特色的"地域文化圈"。就这一文化圈而言，人们习惯于观赏"七子班"类型的戏曲演出。七子班有七个行当，都由童伶出演，称为"戏仔"，他们以"演出甜美"著称。这些童伶从六七岁或七八岁起入班，到十七八岁变声前契约年限已满，七子班的班主在"散班"后又重新组班，新的七子班同样以"演出甜美"的艺术风格出现在观众面前，久而久之，"演出甜美"成了七子班的"标签"，于是，"七八岁至十三四岁之童伶，声线虽稚嫩，但经过一段时间教习训练之后，歌声甜美清扬，确有可赏之处，尤其适合潮州人喜欢'甜'的脾性。潮州人喜'甜'是出了名的，君不见潮州美食中各色各样的甜品、甜汤吊人胃口，倾倒众生，非浓浓的潮州工夫茶'调和'不可。童伶之唱念当属甜美阴柔一类"。因此，历史地看，潮剧的童伶制所衍生出来的"童伶艺术"，有其审美特质，"童伶对晚清、民国潮剧的繁荣发展起过巨大的作用"。（吴国钦、林淳钧著《潮剧史》）不过，随着历史的变迁、人道主义意识的强化，过去的童伶制种种违反人道精神的举措日益显得"愚昧""残忍"，童伶制于1949年之后被废止。

潮剧班社甚多，光绪二十八年（1902）《岭东日报》载："潮音凡二百余班。"此后数十年，国内及南洋潮剧班（团）的兴衰起落变化很大。至中华人民共和国成立前，主要有正顺、三正顺、源正、怡梨、玉梨、赛宝等久负盛名的六大班。中华人民共和国成立初期还以"六大班"为主；上世纪50年代中期始，各市、县也先后组建专业潮剧团；1958年，广东潮剧院成立，由原成立于1956年的广东省潮剧团和三正顺、源正、怡梨、玉梨、赛宝等潮剧团合并组成。目前，省内潮剧专业团体主要有广东潮剧院（一团、二团、三团）、潮州市潮剧团、揭阳市潮剧团、汕头市新正顺潮剧团、汕头经济特区潮剧团、广东潮人海外联谊会潮乐社、珠海潮乐社、惠州市潮韵民乐团、潮阳潮剧团等，仅潮汕地区就有大小剧团100个左右。潮剧作为岭南戏曲大剧种的地位是显而易见的。

三、具有客家文化特色的广东汉剧

广东汉剧，原称"外江戏"，是来自外省的皮黄（南北路）剧种，以二黄、西皮为主要声腔。其舞台语言为"中州韵、湖广音"，后与本地客家语言杂陈，语言逐步接近普通话。1933年改称汉剧。因其艺术风格有别于湖北汉剧，1956年被定名为广东汉剧。广东汉剧流行于粤东、粤北和闽西、闽南、赣南等地区，台湾、香港地区以及东南亚客籍华侨聚居地也有它的身影。广东汉剧是在粤东北地区客家人独有的社会、文化、民俗以及审美意识条件下产生的，经过人们长期生活创造，在不断融合、创新过程中发展起来。广东汉剧深深地扎根在客家文化土壤中，有着非常浓郁的客家文化特点，是客家地区传统文化艺术的重要组成部分。

据清代乾隆年间建立的粤省外江梨园会馆的碑记记述，当时有众多的外江班在广州活动。清道光年间杨懋建所著的《梦华琐簿》记载："广州乐部分为二，曰外江班，曰本地班……大抵外江班近徽班。"道光、咸丰年间，潮州、澄海形成了"乡风喜唱外江班"的习俗。外江戏之所以易名为"汉剧"，乃钱热储先生首创。他在民国二十二年（1933）出版的《汉剧提纲》中称："外江戏何以称汉剧？因此种戏剧创于汉口故也。"他在分析了汉剧形成的经过以及汉剧流而北上称京剧、流而南下称粤剧的情况后指出："唯在赣之南、岭之东、闽之西部者，皆本其原音，不加增易，故特标其名曰外江。"汉剧之名自此沿用至今。从外江班在广州、潮州演外江戏到定名为汉剧，其间经历了较长的发展历程。同治末年，外江戏"桂天彩""高天彩"班设立科班，招收本地童子学艺。从此，外江戏在粤东有了本地传人，并在粤东扎根。光绪年间，外江戏在粤东颇为繁荣，专业戏班有20余个，而且向海外传播。同治以后，外江戏的业余班社已遍布潮、梅等地，如同治年间成立的峰华国乐社，宣统三年（1911）成立的汕头公益社，及以后陆续出现的汕头以成社、大埔同艺国乐社与同益国乐社、梅县国乐社等。

广东汉剧的舞台语言有一个演化的过程。外江戏原来使用的是官话，它在粤东地区得以扎根和发展，与粤东一带的客家话属于普通话体系有一定的关联。清光

汉剧《盘夫》

绪以后，外江班已经由潮汕人、客家人组成，他们的演出，唱词部分多用官话，念白部分是半官话、半客话，即中州音夹杂着客家方言，这是外江班艺人越来越"本地化"的自然结果。这种情形持续了很长时间。1949年以后，由于进一步推广普通话，逐步完成了以普通话为舞台语言的改革。这就是广东汉剧如今仍然使用普通话的原因。

广东汉剧的唱腔质朴淳厚，悠扬典雅，较多地保留皮黄腔古朴刚健的风格。其唱腔以西皮（习称"北路"）、二黄（习称"南路"）为主，兼有大板、昆腔、佛曲和民间小调等。西皮和二黄各有一套丰富的板式，在同一剧目中，二者可交替使用。广东汉剧的唱腔结构属于板腔体。西皮、二黄、大板的唱词以七字句和十字句为整格，偶尔也有五字句和"叠句"（超过十字以上的长句子）；曲牌和昆曲则大都为长短句。

广东汉剧中原有少量的昆曲剧目，如《六国封相》《天官赐福》《天姬送子》等，艺人将其唱腔称为"雅乐"。1949年后，这些剧目逐渐辍演，只剩下部分曲牌在其他剧目中使用。另外，《双下山》和《击鼓骂曹》中的"风吹荷叶煞"，《昭君出塞》中的"罗江怨""耍孩儿"等，艺人也称之为"昆曲"。

广东汉剧中还吸收民间小调《十二月古人》《剪剪花》《玉美人》《卖杂货》等，多用于"三小"（小生、小旦、小丑）在如《打花鼓》《磨豆腐》《五更劝夫》等剧目中表演。

广东汉剧中吸收少量佛教音乐，如《普庵咒》《五声佛》《莲池海》等，多用于有关佛事的场面。

广东汉剧的行当分为"七行八当"，如小生、老生、旦（正旦、青衣、花旦）、丑、公（白须老生）、婆（老旦）、净（红净、乌净）等。各行当发声、唱腔均有严格区别，例如：老生、丑、婆用本嗓（俗称"原喉"）；旦、小生用假嗓（俗称"子喉"）；红净为本嗓与假嗓结合（俗称"三分原喉七分子喉"）；乌净为"炸声"（嘶中透亮，尤显威猛粗犷）。广东汉剧传统的舞台语言俗称"官话"。自上世纪60年代以来，为配合观众，有逐渐使用普通话的倾向。广东汉剧承其传统，特别讲究发音吐字，要求字正腔圆，以求唱腔情真意切、优美动听。

广东汉剧的传统剧目有《百里奚认妻》《红书宝

剑》《林昭德》《广东案》《揭阳案》《梁四珍与赵玉麟》等；另外，艺人还创作、改编、移植了大量现代曲目，如《转唐山》《货郎计》《一门忠烈》《一袋麦种》《激战三河坝》《半边天》《人民勤务员》等。新编大型汉剧《蝴蝶梦》入选第五届中国戏剧节；根据长篇小说《白门柳》改编而成的汉剧《白门柳色》多次公演，获得好评。

四、"珍稀剧种"西秦戏

西秦戏，又称"乱弹戏"，流行于广东海丰、陆丰、潮汕和福建南部及台湾等地。明代西北地区的西秦腔传入海丰、陆丰后与地方民间艺术结合，至清初形成西秦戏。西秦戏中留存着古老剧种西秦腔的元素，是清代地方戏曲声腔传播流变的活证物，具有很高的学术研究价值。作为珍贵的稀有剧种，西秦戏已经成为粤东文化生态链中重要的一环，也是广东文化中不可分割的一部分。

关于西秦戏的声腔剧种来源说法不一。一说西秦戏源自陕西。据西秦戏已故老艺人曾月初（1900—1973）说："世代相传我们老祖宗是从陕西带着正线、西皮一起来的。"上世纪60年代初，海丰县西秦戏剧团派人赴陕西交流探讨。陕西秦腔老艺人认为西秦戏的正线曲极似陕西秦腔的老二黄。一说西秦戏源自徽戏。当代一些研究者在大量分析比较了西秦戏的本腔正线曲与安徽的拨子、吹腔、平板二黄的曲调结构和旋法,并考察了自清代以来徽戏在广东流传的历史后,认为"西秦戏是早期徽班在粤东播下的种子发展起来的","是徽戏艺人教会本地人唱徽戏,然后发展成为本地的西秦戏",并进一步从唱腔的结构、顿逗的规律、过门、旋法、调式,以及艺术风格等角度,探讨了西秦戏正线曲的腔源。

西秦戏如何"入粤",是学术界颇感兴趣的问题。比较流行的说法,也得到广东西秦戏老艺人认可的是:在明代末年、清代初期,李自成、张献忠统领的"反明武装起义"失败,其败军沿着闽赣边界进入广东,其中就有来自陕甘的戏班艺人随之入粤,并在海陆丰等地演出谋生,久而久之,形成了既保留着原生"秦腔"特色

又因为受到皮黄声腔影响而出现了"变异"的"西秦戏"。当然，西秦戏的入粤，情况会更为复杂，如清代中叶山陕商人入粤，随之而来的秦腔戏班也不在少数；诸如此类的因素复合在一起，可能是西秦戏在粤东地区不断丰富发展的动力。值得一提的是，清代中叶入粤的徽班对西秦戏的声腔和剧目均有深刻的影响。

渊源于秦腔的西秦戏能够在广东扎根，原因是多样的，其中与明清官府在当地推广"官话"也有重要关系。于是，以"官话"念白、行腔的西秦戏得以在粤东地区获得本地观众的接受和欣赏。

西秦戏的唱、白沿用中州音韵，男女异声同调，男唱真嗓，女唱假嗓。西秦戏的音乐唱腔为齐言对偶句的板式变化体，主要声腔有正线曲、西皮，此外还有少量的小调和昆腔。正线曲是西秦戏的主要声腔，曲调厚朴委婉，韵味独特，可分为二方、平板、梆子三种。正线曲的剧目占西秦戏的2/3，因此一直被视为西秦戏的本腔。剧目多唱念并重。西皮曲调粗犷激昂，适宜表达火爆炽烈、激动紧张等情绪，是西秦戏"三十六本头"的主要唱腔。曲调沉浑婉转，旋律起伏较大，节奏变化较多。二黄的反线，称为"阴调曲"，常用于表达悲凉、哀怨的情绪。其旋律风格独特，是女角常用的唱腔。

西秦戏表演风格粗犷豪迈、雄浑激昂，长于武戏。武戏中，演员主要借助靠旗、雉鸡翎、髯口以及拉山、点工、打斗等多种排场并结合特定的人物性格来表演。其武打技巧取法于南派武功。此外，文戏的演员主要借助扇子功、须功、水发功、水袖功等并结合人物的性格来表演。

西秦戏脚色分"打面行""打头行""网辫行""旗军行"几种。其中,"打面行"包括红面、乌面、丑等,"打头行"包括正旦、花旦、蓝衫、婆脚等,"网辫行"包括老生、文生、武生、公末等,"旗军行"包括乌军、红军等。

西秦戏传统剧目有1000多个,其中较有影响的有《龚克己》《三官堂》《宝珠串》《贩马记》等"四大弓马戏",《打李凤》《棋盘会》等"三十六本头戏",《斩郑恩》等"七十二提纲戏"。此外,《薛仁贵回窑》《红鬃烈马》《赵匡胤送妹》《葛嫩娘》《秦香莲》《赵氏孤儿》《游西湖》《吴汉杀妻》《辕门罪子》等剧目也深受观众欢迎。

西秦戏的演员师承原有科班制、家传制、师徒制等。后有剧团招生和创办戏校之举,目前西秦戏剧团的主要演员多是由戏校培养出来的。

五、古朴优雅的白字戏

白字戏是用广东海丰、陆丰方言演唱的地方剧种,元末明初从闽南流入海丰、陆丰等粤东地区,后来吸纳竹马、钱鼓、渔歌和潮剧音乐等民间艺术,改用当地方言演唱,逐步形成自己的风格特点。白字戏既有优雅古朴的风韵,又具有通俗易懂的特点和浓郁的地方特色,迄今仍基本保持古老的乡社祭祀的演剧形态，具有鲜明的艺术特色与民俗价值。

白字戏的形成，有不同的说法。一般认为，南宋时形成的闽南、粤东民间小戏是海丰、陆丰白字戏的前身。白字戏在发展演变过程中，还吸收借鉴了流行于同一地区的正字戏的许多东西。在白字戏的传统剧目中，民间小戏为数极少，大部分是易语而歌的大戏。其剧目、曲文、唱腔、器乐等各方面，均与正字戏的曲戏部分非常接近。因此，潮州戏谚又有"正字母生白字仔"之说。另外，还有说法认为白字戏与潮剧同源异流，均出自南戏。起初白字戏和潮剧都称白字戏，白字戏名为"海丰、陆丰白字"，又称"南下白字"；潮剧名为"潮州白字"，又称"顶头白字"。后来，白字戏一名用来专指海丰、陆丰白字戏。

白字戏曲采用海丰、陆丰方言，分生、旦、丑、净、公、婆、贴7个脚色行当，表演程式严而不僵，载歌载舞，富有生活气息。传统乐队有7人，俗称"七张交椅"，即一对鼓（大鼓、鼓头）、一对吹（大吹、二吹）、一对锣（头锣、二锣）和一副大铙，后文武场乐器都有所增加。短打用南派武功，舞台美术简朴，便于移动。白字戏以演文戏见长，亦从正字戏中吸收部分提纲武戏，擅演儿女恋歌，整本戏较多，折子戏较少。其剧目分小锣戏、大锣戏两大类。小锣戏又分正板小锣戏、反线戏和民歌小调戏三种。小锣戏唱腔活泼明快，富有生活气息和地方色彩；大锣戏音乐庄重典雅，具有高腔音乐的特点。

白字戏唱腔结构以曲牌联套体为主，也有部分板式唱腔。它音乐优美，有联曲、滚唱、一唱众和等形式与特点。曲牌分为正板白字曲、反线曲和杂调，统称为"白字曲"。正板白字曲又称"大板曲""正音曲"。曲牌结构近似正字戏中的正音曲，有滚唱，有帮腔。反线曲唱腔尾句常有"唉咿唉"的拖腔。反线曲也有帮腔，无滚唱，风格独特，地方色彩最浓厚。白字戏中的民歌小调较为丰富，来源广泛。其中，一些小调一直以"正音"演唱，大抵来自正字戏；另一些为海丰、陆丰一带的民歌小调。此外，还有来自闽南的福建道，以及佛曲等。这些统称为杂调。

白字戏的曲牌由牌头、牌腹、牌尾三部分构成。牌头为两句唱词，其字数有四、六、七字不等，一般起句多为四字句，第二句则多为七字句；牌腹多为滚唱，以七字句为主，句数多少不拘，旋律可随意反复运用，适用于叙述、诉说；曲牌尾句常配以锣鼓。白字戏的曲牌名多已佚失，冠以名称的尚有四十多支。其中小曲或曲牌结构已不完整的约三分之二，比较完整的曲牌仅有十几支，而常用的曲牌则不足十支。

白字戏的传统剧目，主要的有"八大连"（所谓"连"，是"连台本戏"的简称），而"八大连"又有两套说法：一是海丰县申遗报告所列：《英台》连、《秦雪梅》连、《高文举》连、《陈三》连、《王双福》连、《崔鸣凤》连、《杨天梅》连、《萧光祖》

连;一是白字戏老艺人叶本南的说法:《英台》连、《秦雪梅》连、《高文举》连、《陈三五娘》连、《王双福》连、《崔鸣凤》连、《萧光祖》连、《蒋兴哥》连、《秦香莲》连(实际上是九种)。这两套说法大同小异,可以并存,也说明白字戏剧目的丰富性。此外,还有《白鹤寺》《白蛇传》《访友记》《书琴缘》《天门阵》《白罗衣》等优秀传统剧目和《金菊花》《红珊瑚》等现代剧。

白字戏与同样流传于海丰、陆丰的正字戏有密切的传承关系,因而形成"半夜反"的演出习俗。上半夜讲官话,演来自正字戏的科白(提纲)武戏;下半夜说方言,转演白字戏的文戏。

白字戏是乡土祭祀戏剧在海陆丰等地区的一种遗存,内含丰富复杂又具有本土特色的"戏剧文化"及"乡土文化"信息,将此二者结合起来考察,辨析二者

白字戏《秦香莲》

的密切关联，将会具有不可忽视的学术意义。

六、南戏的"变体"正字戏

正字戏本名"正音戏"，又称"南下大戏"，是用中州音韵官话（正音）唱念的多声腔传统稀有剧种，主要流传于以广东省海丰、陆丰地区为中心的粤东和闽南一带，港、澳、台地区以及东南亚等地。正字戏历史悠久，风格古朴，具有浓厚的岭南特色和丰富的遗产价值；同时，正字戏是古老南戏的变体，它与弋阳腔、海盐腔、青阳腔、昆腔等声腔均有不可忽视的相关性，为戏曲声腔的流变和地方文化对戏曲的影响提供了鲜活的剧种"个案"。

正字戏于明代初年流入潮州，成为潮州戏的班师，故有"正字母生白字仔"之乡谚。从潮州市潮安县凤塘镇一座明初古墓中出土的古本《刘希必金钗记》来看，该卷末所题"新编全相南北插科忠孝正字刘希必金钗记卷终下"内即有"正字"二字。《刘希必金钗记》是南戏失传本，该本锣鼓谱的记音标识与正字戏文戏的锣鼓经基本一致，其中记载的丑饰婆、净饰配角插科打诨的表演，与正字戏的表演相符，可见正字戏可追溯到明宣德年间。清光绪、宣统年间，潮州正字戏有万利班、老永丰班、新永丰班、老三胜班、新三胜班等戏班。到清末民初，正字戏逐渐退出潮州，在海丰、陆丰两地以演出提纲戏来维持生计。民国十四年（1925），在海丰、陆丰和东江地区，正字戏和西秦戏、白字戏的艺人联合成立梨园工会。中华人民共和国成立后，正字戏在当地人民政府的扶持下恢复专业剧团的演出，并进行"改戏，改人，改制"的工作，招收女演员，改变过去全男班的状况。

正字戏表演风格古朴、气魄宏大，特别擅长连台本戏。正字戏设十二个行当，以正音曲和昆腔为主要声腔，分文戏和武戏，共有2000多个剧目。文戏的唱腔比较古老，以曲牌体的正音曲（大板曲）、唱牌子（即昆腔）为主，杂以乱弹、小调等。正音曲受戈阳腔、余姚腔、青阳腔、四平腔等四种腔调影响，一唱众和，多滚白、滚唱。其乐调分重六、轻六、活五、反线等类，并有头板、二板（中板）、三板（快板）、牵句等节奏变化。正音曲常用曲牌有"山坡羊""四朝元""驻云飞""锁南枝"等。昆腔则被艺人称为"牌子腔"，有套曲结构和单曲结构两种。套曲结构以南北曲四大套为基本唱腔，即"新水令"套、"醉花阴"套、"粉蝶儿"套和"点绛唇"套；单曲结构曲牌则被艺人称为"碎牌子"或"单牌子"，如《山坡羊》《二郎神》《沉醉东风》等牌子。在使用上，联套比较自由灵活，尤以在一段戏里往往由两三个角色同唱一支曲牌为特点。武戏以做工尤其是打斗为主，没有或少有唱腔，分为大传戏、小传戏、本头和锦出四类。该戏用吹打牌子伴奏以渲染气氛，热烈火爆。其表演包括抖靠旗、抖肌肉、抖髯口、跑马步、展示南派武功等，能很好地表现各种历史、军事场景。传统行当有红面（净）、乌面（净）、白面（净）、老生、武生、白扇、正旦、花旦、帅主、公末、婆、丑等12种。乌面又分乌面贴和三花脸，正旦下分乌衫、蓝衫（闺门旦），花旦下分花旦贴和三花旦等。行当齐全，分工具体。在演出中，有些行当还勾画脸谱，有毛面、水龟目、鹰嘴、虎目等200多种图案。

正字戏中的正音曲演唱，以三公曲和生旦曲见长，二者风格各异。前者极显弋阳高腔的粗犷雄浑，演唱往往"字多腔少，一泄而尽"，直率奔放，高亢激昂，在演唱中显示出主人公的英雄气概和豪迈激烈的情绪。正音曲，用三板散的音乐形式演唱，加上大锣大鼓的喧闹气氛，使剧情更能得到强烈的渲染。正音曲余姚腔的演唱特点是以唱代说，杂白相混，旋律类似唱白。其唱腔以急促、热闹的流水板式出现，以此刻画人物心理，也为紧张激昂的场面作铺垫。

正字戏中的昆腔，其特征是开朗、悠扬，唱法粗犷，而不像"苏昆"那种以"水磨调"为特色的细腻婉约；可以因剧目的同一曲牌在不同角色的演唱中，以及在不同剧目或同一剧目的不同场次中，形成不同的情境。生行、旦行以及净和丑在唱法上符合各角色性格特点。每一行当角色的演唱，在音色和演唱力度上表现出各自的风格，在各行当曲调和唱腔的运用中也体现出不同的特点。同时，在念白、音色和真假嗓音的处理和表现上，在唱念技巧配合表演艺术的表现上，使人物性格的刻画更加深刻。

　　从正字戏剧目来看，四大苦戏中的《琵琶记》《白兔记》《荆钗记》都是元末明初的南戏名作。其中《琵琶记》至今仍有《画容》《南山别》《双拐骗》《张公扫墓》《二贤会》《认相》《责三不孝》等折子戏的演出。另外，武戏多为连台本戏，如《三国》《隋唐》等，这种剧本体制与白字戏相似。

　　上世纪50年代正字戏剧团在老艺人的带领下挖掘、整理出传统剧目，并演出了《百日缘》《百花赠剑》《古城会》《金叶菊》《张飞归家》《掷钗》《白兔记》等剧目。其演出既保持古老质朴的艺术特色，又有革新发展，颇受观众欢迎。到了60年代，海丰县永丰正字剧团和陆丰县双喜正字剧团合并成汕头专区正字戏剧团，通过陈宝寿、蔡十二、刘妈倩等老艺人与新闻工作者的合作，整理、演出了《六郎罪子》《武松杀嫂》《方世玉打擂》《小迫嫁》《张

正字戏《百花赠剑》

春郎削发》等传统剧目。至80年代，陆丰正字戏剧团恢复建制后，整理、演出了《包公审白面虎》《古城会》《渔家乐》等好戏。

近年来，由广东陆丰市正字戏传承保护中心根据宋元南戏名剧、明代手抄剧本重新整编的剧目《刘文龙》，很好地融合了传统与现代因素，采用40个曲牌就保留了正字戏的经典音乐唱腔，如弋阳腔、海盐腔、青阳腔、四平腔等，在表演上充分利用了"跑布马"、南派武打等富有特色的表演程式，并融入陆丰当地的民间舞蹈"钱鼓舞"，大大丰富了舞台呈现。①

小　结

岭南戏曲是多彩多姿的，以上所介绍的剧种只是一部分。我们还有雷剧（雷州半岛）、乐昌花鼓戏、花朝戏（紫金）、陆丰皮影戏、粤北采茶戏、贵儿戏（怀集）、廉江石角傩戏等，这些剧种，都是各地民间艺人的杰出创造，都保留着不同地域的比较独特的"文化基因"，这些"文化基因"既与中原文化、江南文化有着千丝万缕的联系，又各自呈现出具有差异性的审美特征、风土人情和艺术追求。它们的"戏剧化"程度并不一致，有些剧种较为古朴，有些剧种可能还处在从"泛戏剧形态"向"戏剧形态"过渡、衍化的初始阶段，具有戏剧史"活化石"的价值，是研究戏剧演变的第一手资料，颇为珍贵。

---

① 本章内容，粤剧部分，主要参考了王馗著《粤剧》（浙江人民出版社2012年版）；潮剧以下诸剧种，主要参考了如下著作：吴国钦、林淳钧著《潮剧史》（花城出版社2015年版）、陈志勇著《广东汉剧研究》（中山大学出版社2009年版）、刘红娟著《西秦戏研究》（中山大学出版社2009年版）、詹双晖著《白字戏研究》（中山大学出版社2009年版）、刘怀堂著《正字戏研究》（中山大学出版社2009年版）。谨此说明，并致谢意！

第六章 岭南音乐舞蹈

岭南音乐舞蹈，是既具有"本土性"，又与中原及江南的乐舞文化有着千丝万缕联系的艺术门类。

悦耳动听、韵律悠扬、"主题"鲜明的广东音乐、潮州音乐、广东汉乐等，以及威风凛凛、无惧无畏、刚健勇猛的舞龙表演、醒狮表演、英歌舞表演等，其中兼有中原和江南的乐舞元素，又活泼泼地呈现出身处南方的广东人那种刚柔结合、张扬与内敛并举、进取与悠闲交替的"生活美学"和精神追求。

多种艺术元素结合，是中国古代乐舞的基本特征，这种具有中国本土特色的乐舞将音乐、舞蹈、杂技、武术等融为一体，而岭南的舞蹈如龙舞、狮舞、英歌舞等也有这一特征，它与中国传统的"乐"文化的复合性颇有关系。

在先秦，"乐"是一个复合概念，是一种多样艺术因素结合而成的文艺活动。《礼记·乐记》谓："比音而乐之，及干、戚、羽、旄，谓之乐"；"乐者，音之所由生也，其本在人心之感于物也。是故其哀心感者，其声噍以杀；其乐心感者，其声啴以缓……"多元素的组合，不同节奏的变化，有利于表现人们在现实生活中的复杂情感，不同元素的相互配合可以强化其表现力，以便跟或喜或悲、悲喜交织等情感形态相对应。从中国古代音乐舞蹈史看，周代的雅乐、战国秦汉时期的楚声、汉初开始流行的鼓吹乐、起源于先秦而历代绵延不断的散乐百戏、兴起于南北朝而盛行于隋唐的歌舞戏，以及汉魏相和歌、六朝清商乐，与唐宋燕乐一脉相承的大曲,等等,它们的演出规模有大有小,但共通的特点则是由先秦"乐"文化的复合性发展而来的集歌、舞、乐为一体的综合性。随着不同时代北方移民的南下,他们纷纷带来了北方流行的乐舞,而他们一代又一代地扎根岭南,逐渐熟悉岭南的原生音乐、舞蹈,两相结合,逐步形成既渊源有自又烙上鲜明"岭南印记"的音乐舞蹈。

岭南音乐舞蹈所表现的喜悦与悲情,与中国人自古以来长期形成的喜剧意识与悲剧意识密切相关。《诗经·国风》中不少篇章写人间的哀乐,《楚辞·九歌》中的"悲莫悲兮生别离,乐莫乐兮新相知",表述人们的悲与喜的观念,揭示了现世生活中既有悲又有喜的复杂境遇。中国的古典诗学,一向正视悲哀与喜乐,不回避悲的存在,也不因一时之喜而忘乎所以。与这种态度相适应,中国人强调主体在感受悲或喜时的主观调适功能,即情感活动不能失之太喜、失之太怒、失之太哀、失之太乐,既要直面悲哀或喜乐,又能超越其上,所谓"不发乎情,即非礼义,故诗要有乐有哀;发乎情,未必即礼义,故诗要哀乐中节"(刘熙载《艺概》)。这"哀乐中节"正概括了中国古代富于民族特色的文艺原则,这一点,也每每体现在岭南的音乐舞蹈之中。这也是上述刚柔结合、张扬与内敛并举、进取与悠闲交替的"生活美学"和精神追求的文化渊源。

岭南民间曲艺如广府地区的粤曲、木鱼歌、龙舟、南音、粤讴等,如潮语方言地区的潮州歌册、潮州歌谣、白字曲等，如雷州半岛的姑娘歌，如客家地区的竹板歌、采茶调、乐昌渔鼓等，呈现的是各个地域不同族群的风土人情、喜怒哀乐。

岭南民间音乐种类，大体可分为两大类：器乐曲和民间歌曲。其中，器乐曲除了广东音乐、潮州音乐、广东汉乐外，还有八音锣鼓（广府地区）、龙华大鼓（惠州、博罗客家地区）、佛山十番锣鼓（佛山）、南塘吹打乐（海陆丰地区）、高明花鼓调（佛山高明）、雷州音乐（雷州半岛）、瑶族八音（清远等瑶族地区）等；民间歌曲则有龙船歌（韶关南雄）、石塘月姐歌（仁化石塘村）、阳江山歌（阳江）、鸡山牛歌（珠海唐家湾镇）、连滩山歌（郁南连滩镇等）、乳源瑶歌（乳源瑶族地区）、咸水歌（广府地区）、客家山歌（客家地区）、排瑶民歌（连南地区）、渔歌（惠东沿海地区）等。

岭南民间舞蹈除了龙舞、狮舞、英歌舞外，还有马鹿舞（粤北山区）、五马巡城舞（封开）、舞火狗（龙门）、凤舞（新丰）、船灯舞（平远）、龙鱼舞（怀集）、竹马舞（五华）、锣花舞（五华）、鱼灯舞（深圳沙头角）、杯花舞（兴宁）、闹花灯（英德沙口镇）、凤鸡舞（珠海香洲区）、春牛舞（粤北及粤西地区）、蜈蚣舞（汕头澄海等）、鲤鱼舞（梅汕地区）、鹤舞（珠海、中山等）、布马舞（饶平）、麒麟舞（客家地区），等等。

总之，岭南各地的音乐舞蹈体现出岭南人的艺术生活既"接地气"又富于变化,林林总总,多姿多彩。

一、流行广府地区的广东音乐

广东音乐是流行于以广州为中心的珠江三角洲及广府方言区的传统丝竹乐种,它以轻、柔、华、细、浓的特点和清新流畅、悠扬动听的岭南风格备受民众喜爱,影响遍及大江南北,而且还流行于世界各地的华人社区。

"广东音乐"一词,并非代表了"广东"各地的"音乐",它与广义的广东省内各民族的民间音乐并不"对应";这一称谓原为外省人所赋予,是"广东音乐"在上世纪三四十年代因灌录唱片而流行于上海及全国各地并产生深远影响的结果。在外省或是有侨胞的国外,人们见此种音乐从广东传来,就称之为"广东音乐",并沿用至今。

广东音乐承载了岭南文化尤其是广府文化的人文内涵,孕育于岭南深厚的物质文明与精神文明的基础之上。它的形成与发展经历了漫长的过程。关于广东音乐的起源,众说纷纭,有源于粤剧的"过场谱子""过场音乐""谱子""小曲"等之说,也有源于中原古乐、昆曲牌子、江南小曲与广东民间艺术交融结合等之说,虽未有定论,但都言而有据,可见其孕育和形成过程的复杂性。而在上个世纪初,出现了何博众、严老烈、丘鹤俦等名家创作及改编的一批曲子,如《旱天雷》《连环扣》《雨打芭蕉》《娱乐升平》等地方色彩浓厚、具有生动鲜明的音乐形象的曲子。这些曲目的出现,被认为是广东音乐成为一个乐种的标志。但当时广东音乐仍被称为"谱子"或"过场曲",而称作"广东音乐",大概是上世纪三四十年代的事情。

扬琴

广东音乐的乐队有多种组合,最典型的是上世纪二三十年代的"五架头"(又称"硬弓组合",即二弦、提琴、三弦、月琴、横箫)和"三架头"(粤胡、扬琴、秦琴)。在长期的创作表演实践中,广东音乐开放性地选择、吸收了外来音乐及国内其他民间艺术的有益成分,形成了一个独特的民间音乐品种,与粤剧、岭南画派并列为"岭南三大艺术瑰宝"。

广东音乐与古琴曲的"雅致超逸"风格形成对比,"通俗性"和"平民化"是其重要特征,它传达了世俗的喜怒哀乐,映照出南方都市新兴市民阶层及一般城乡平民的生活风采,所表达的感情真切自然而形象鲜明。由于地理环境因素影响,岭南广东音乐兼受内陆文化与海洋文化的熏陶,故其艺术形态具有传统性与开放性的双重特色。

在音乐风格上,广东音乐作品具有以下特点:

(一)活泼、明快的作品占了很大比重,抒情、明朗的作品也不少,有一些作品是风趣、诙谐的或富有场面感的,也有些作品是哀怨的或带有叙事风格的,许多广东音乐作品带有一些"民族轻音乐"体裁的特色。

(二)音乐结构精短、简洁、集中乃其传统特色。

（三）调式上常用五声音阶或七声音阶的徵调式、宫调式、商调式、羽调式，而角调式较少。在这些调式中、徵调式最为多见。在调式音阶上重用微分音"7""4"的"乙凡调"特性使音乐更具神韵。

（四）多使用富于特色的五、六、八度音程的大跳，赋予音乐更强的明快、活泼的现代感。

（五）有许多精巧的加花、变奏、装饰、滑音手法。

早期的广东音乐演奏，由粤胡（又名"高胡"）、扬琴、秦琴组成的"三件（架）头"及加上洞箫、椰胡的"五件（架）头"的"软弓组合"，现仍被认为是最具特色的合奏形式。更早期的由二弦、唢呐、喉管、三弦、竹提胡及打击乐器组成的乐队组合则称之为"硬弓组合"。在1920年前后引进一些如木琴、夏威夷吉他、萨克斯管等西洋乐器将其演奏技法广东音乐化（或西洋乐器演奏技法民族化），这是中西文化结合的典型例子。

广东音乐拥有一批杰出的作曲家、演奏家和代表性乐器，曲名和乐谱可稽的广东音乐乐曲现有500多首，代表性曲目有《饿马摇铃》《雨打芭蕉》《旱天雷》《步步高》《平湖秋月》《娱乐升平》《赛龙夺锦》等。其中，广东音乐最早有作者署名的是《旱天雷》《倒垂帘》《连环扣》《到春雷》《归来燕》等，作者是严老烈（生卒年不详，原名严兴堂，广东音乐演奏家，尤其擅长扬琴演奏，首创扬琴右手奏重音、左手奏轻音或助音的演奏技法）。

洞箫

在上世纪二三十年代，以何柳堂、何大傻、吕文成、尹自重、程岳威、易剑泉等为代表的一大批音乐家，开创了广东音乐的全盛时期。他们创作并演奏了大量曲目，不少作品抒发了对社会丑恶事物的不满，对新生活的期待和展望，对自然风光的赞美，如《双声恨》《赛龙夺锦》《平湖秋月》等。三四十年代由于受到西洋技法的影响，广东音乐又出现了《步步高》《惊涛》等具有轻音乐性质的乐曲；又因时势动荡，国恨家仇，便有《禅院钟声》《泣长城》《醒狮》等表现感伤或激奋的乐曲问世。

在这里，介绍几位广东音乐大家：

何柳堂（1872—1933），出生于番禺沙湾的何氏大家族，其祖父何博众擅长琵琶演奏，技艺出众；何柳堂自幼随祖父学习民族乐器，掌握了祖父的琵琶演奏技巧，又全盘继承了何氏祖传的曲谱。何柳堂的一生都献给了广东音乐，而他所活跃的时期即上世纪的二三十年代，这正是广东音乐发展史上的辉煌阶段，当时，以何柳堂为中心形成了广东音乐家"众星荟萃"的局面，如何与年、何少霞、尹自重、何大傻、钱广仁、吕文成等，他们或是何柳堂的亲戚兼学生，或是其交往颇深的朋友。其中，何与年、何少霞均是沙湾何氏家族成员，他们与何柳堂合称"何氏三杰"，三人曾在上海共同录制了《赛龙夺锦》《雨打芭蕉》《饿马摇铃》《七星伴月》等广东音乐名曲，可谓一时之盛事。其中，《赛龙夺锦》《雨打芭蕉》《饿马摇铃》原有祖传乐谱，又经过了何柳堂的整理和再创作，成为人们耳熟能详的经典之作。

何大傻（1896—1957），原名何福如，又名何泽民，三水人，既是广东音乐的演奏家、作曲家，又是粤剧唱家和电影演员，因其所唱之曲的曲名以"谐趣"居多，又多有"大傻"二字（如《大傻卖猪》《大傻占卜》《大傻偷鸡》等），遂以"大傻"为绰号。他曾和吕文成等名家联合到国内外巡回演出，享誉乐坛。他能弹、能唱、能演，还能作曲作词，是乐坛和演艺界的多面手。在上世纪40年代前期的广州，他和尹自重、吕文成、程岳威（后期是何浪萍）组成乐队在长堤一带的茶座演出，他们的技艺和乐感均达到炉火纯青的境界，合称广东音乐的"四大天王"。何大傻师从何柳堂，他为何柳堂的《琵琶乐谱》（何氏家传秘本）一书题写"琵琶精义"四字，又为之写跋语，其中说："予于十数年前曾得何公柳堂传授十指琵琶之诀，每一奏弄，妙趣横生。"这也可以从一个侧面反映出何大傻的师承关系以及何柳堂对广东音乐的重要影响。

吕文成（1898—1981），香山（今中山）人，幼年跟随其父亲到上海谋生，做过银匠店的童工；他有音乐天赋，酷爱民间音乐，自学成才，20岁时已经有一定的名声；在上海，吕文成既受到江南音乐的熏陶，又熟悉粤人传到沪上的广东音乐，两相结合，这对他的音乐风格的形成具有不可忽视的意义；后于上世纪20年代末返回广东，从事广东音乐的创作和演奏，创造性地将二胡进行了"改装",将二胡的外弦由丝弦换为钢弦,并采用两腿夹持琴筒的演奏方法;其"改装"后的二胡是"高音二胡",简称"高胡",改进了二胡的音色、音量和音域,使之成为广东音乐颇具特色的独奏乐器。吕文成的代表作品有《平湖秋月》《步步高》《醒狮》《蕉石鸣琴》等。

尹自重(1903—1985),东莞人,广东音乐演奏家。从小跟随父亲旅居香港,而其父是业余的广东音乐"玩家"。受到家庭的影响,尹自重自小喜爱音乐,后拜何柳堂为师,11岁时已经能够登台演出。尹自重擅长拉小提琴,曾是粤剧大师薛觉先领衔的"觉先声剧团"的首席音乐员,还与薛觉先结拜为兄弟。薛觉先"薛腔"的形成与尹自重的伴奏配合有关系,他们"一兜一搭"互成默契,尹自重对薛觉先演唱艺术的提升是有贡献的。此外,尹自重领导的乐队引进了西洋乐器如小提琴、萨克斯管、吉他等,丰富了粤剧的"棚面"(伴奏乐队),在粤剧发展史上也有不可忽视的意义。尹自重演奏的代表曲目有《小桃红》《凯旋》《昭君怨》等,创作的曲目有《夜合明珠》《华胄英雄》《朝天子》等。

至于"四大天王"之一的程岳威,资料欠缺,其生平不详,上世纪40年代后期在香港生活,据闻50年代在港因债务问题而自杀。①

易剑泉(1896—1971),鹤山人,世居广州。他也是广东音乐创作和演奏的杰出人物,曾于上世纪的20年

① 关于广东音乐代表性人物的介绍,参考陆键东《从近世广东人文精神看广东音乐》一文,载《广东音乐研究》2018年第1期。

代在北京结交梅兰芳、欧阳予倩,跟他们学习京剧。他曾担任广东戏剧研究所歌剧部主任。其最重要的作品是广东音乐《鸟投林》,可以说此曲蜚声中外,深受大众喜爱;其他作品还有《春曲》《夏曲》《秋曲》《冬曲》《万紫千红》等。易剑泉还是著名的音乐教育家,上世纪60年代出任广州音乐专科学校(星海音乐学院的前身)民乐系的系主任,直到逝世。

此外,还有一位人物值得重视,他是丘鹤俦。丘鹤俦(1880—1942),台山人,是广东音乐史上第一部专著《弦歌必读》的作者。此书初版于1916年,被誉为研究广东音乐的"开山之作"。丘鹤俦于1921年新刊《增刻弦歌必读》和《琴学新编》二书。他精研广东音乐主要乐器之一的扬琴的演奏技法,其实践和探索为形成广东流派的扬琴演奏艺术奠定了厚实的基础。他创作的曲目有《娱乐升平》《狮子滚球》《双龙戏珠》等。丘鹤俦与何博众、严老烈并称"广东音乐启蒙者"。

上世纪60年代,刘天一、黄锦培、朱海、陈德钜、方汉、梁秋等音乐家创作、演奏了一批优美活泼的乐曲,抒发了人们生活在新时代的愉悦心情,如高胡独奏《春到田间》《鱼游春水》,合奏《春郊试马》《月圆曲》等。七八十年代以来,比较优秀的乐曲有合奏《织出彩虹万里长》《山乡春早》《喜开镰》,高胡独奏《思念》,喉管竹独奏《雁南归》,高胡协奏曲《琴诗》,笛子独奏《咫尺天涯》,扬琴独奏《流云》,等等。其中,高胡演奏是广东音乐的"重头戏"之一,在

[岭南文化读本] 岭南文学艺术

广东音乐演奏

广东音乐发展史上先后出现了三代高胡演奏家的杰出代表，他们是吕文成、刘天一以及自上世纪80年代以来十分活跃的余其伟。余其伟高胡演奏《春到田间》等曲目深入人心，广受喜爱。此外，上世纪90年代以来比较著名的乐曲还有高胡与乐队合奏《出海》、扬琴独奏《云山春色》、合奏《春满羊城》、高胡协奏《粤魂》、唢呐独奏《腾飞》等。这些曲子，有的表现人的敏锐情思，有的呈现人在现实生活中的情景感受，风格多样，或欢快，或昂扬，或沉郁，旋律动听悦耳，音乐形象饱满丰富，活像音乐中的"小品文"。

广东音乐经过百年的传承发展，不仅深深植根于广府地区，而且广泛流传于港澳台及海外华人聚居的地区，被尊称为"国乐"，其覆盖面和影响力均呈现出越来越大的趋势。

二、流行潮汕地区的潮州音乐

潮州音乐是对在潮汕方言区流传的民间音乐的称谓。潮州音乐，广义上包括本地区器乐、歌乐、戏乐、舞乐和庙堂乐等所有民间音乐形式，即"潮州的音乐"；狭义上则专指潮汕方言区的器乐演奏形式。本文所述的主要为狭义的"潮州音乐"。除潮汕地区外，潮州音乐还广泛流行于闽南、粤东、广州、上海、台湾、香港、澳门各地及东南亚各国和海外潮人聚居地。如今的潮州市是潮州音乐的中心和发祥地，其源头可追溯到唐宋之际，至明清时期发展成熟。

潮州音乐之"潮州"为历史上的潮州府的地理区域概念，其辖区涵盖如今的潮州、汕头、揭阳三市，即目前普遍统称的潮汕地区。从行政区域的角度，近些年，在诸多文献论著中已有诸多学者使用"潮汕音乐"的说法，并提出将"潮州音乐"改名为"潮汕音乐"；但"从历史和文化的角度，文化概念有别于行政区域概念，从'潮州音乐'，我们可以追溯潮州音乐文化的历史根源与文化脉络"，再加上历史文献中所使用的"潮州音乐"已然不能进行变更。故此，仍然采取已经约定俗成的"潮州音乐"的说法。

广义的潮州音乐如同一个庞大的同宗氏族，其内容丰富多样，有些乐种甚至相互交叉，研究潮州音乐的学者难免为之感到困惑。长期以来，众多的民间音乐人与专家学者从不同的角度，用不同的方法对其进行分类。

目前，比较有代表性的分类有：按照音乐的性质分为民俗音乐、文人音乐、宫廷音乐和宗教音乐四大类，四个类别之下又包括不同的音乐表演形式（郑志伟《潮州民间音乐考》）；根据潮汕老一辈民间艺人对潮州音乐的归类，从"乐种"角度将潮州音乐分为锣鼓乐类、丝弦乐类、庙堂乐类、民歌民谣类、曲艺音乐类、戏剧音乐类和歌舞音乐类（余亦文先生）；出于"唯求比较清晰和不要遗漏"的原则，采用乐种和形式混合的办法，对潮州音乐进行了分类（陈天国、苏妙筝先生）。以上三种分类各有其优点及不足之处。也有学者在综合前人三种分类的基础上，对潮州音乐进行了归类与重组，其中将器乐部分划分为潮州锣鼓乐、潮州丝弦乐和潮阳笛套乐三大类（张曦《潮州音乐分类新探》）。兹对此三大类略作介绍：

（一）潮州锣鼓乐

潮州锣鼓乐类有潮州大锣鼓、潮州小锣鼓、潮州苏锣鼓和花灯锣鼓。

潮州大锣鼓是以打击乐为主并配以管弦乐的一种合奏形式。大锣鼓在潮州音乐中最为普及，流传面最广。按传统习惯分文套、武套两类。文套多为叙事性的抒情乐曲，武套大多描绘战争场景。大锣鼓除了大鼓外，锣器较有特色的有钦锣、深波、斗锣，其次有苏锣、亢锣、月锣、大钹、小钹等。由于锣器各有固定音高，音响饱满、协调，甚至有简单的和声效果，与管弦乐合奏时刚柔相济、动静得宜。传统乐曲有许多是表现历史战争题材的，很有气魄。著名的传统曲目有十八套，即《关公过五关》《双咬鹅》《红迈追舟》《十仙蟠桃会》《岳飞大战牛头山》《复中兴》《六国封相》《抛网捕鱼》《陈生告官》《三休樊梨花》《薛刚祭坟》《十八家妇征西》《秦琼倒铜旗》《黄飞虎反朝歌》《绿袍相掷钗》《八仙庆寿》《天官赐福》《闹鸡》。

潮州小锣鼓是大锣鼓去除斗锣、苏锣等强烈而声浊的打击乐器后派生出来的一种合奏形式，具有轻快、明朗的特色，代表性的乐曲有《画眉跳架》。它是经过融汇、吸收潮剧锣鼓音乐而形成的一种锣鼓乐。它运用了潮剧常用的"介头""锣鼓点"，轻敲细击，伴以管弦乐旋律。潮州小锣鼓演奏形式较灵活，没有严格的表现形式和固定的牌子曲，主要擅于表现活泼、轻快情绪的乐曲。一般是用以小锣鼓的打击乐、传统的唢呐曲或传统的潮州弦诗乐；有时也会出现在成套的潮州大锣鼓牌子套曲中的某一段中，借小锣鼓的音响与大锣鼓的音响形成对比，更好地渲染乐曲的气氛。

潮州苏锣鼓又名"八音"，主要流传于潮阳、揭阳、汕头、澄海等地。它吸收融合了潮汕地区双剧锣鼓伴奏而形成。其特点是以汉剧中的苏鼓、哲鼓、苏锣为主，不用深波、斗锣，其他编制与大锣鼓同。其曲目多奏汉剧吹打牌子，改编曲目有《万里江山春一色》。

潮州花灯锣鼓盛行于清末民初，是潮州民俗游赛花灯队伍的鼓乐班。由大锣鼓班打头阵，叫"龙头"，花灯锣鼓班随后,叫"凤尾",俗称"龙头凤尾"。花灯锣鼓班的规模可大可小,小的以击鼓者自背自击小鼓,伴以小钹、月锣,主要演奏"长行鼓点"之类;大的则外加四面锣、二钹,还有唢呐、竹笛等乐器,奏"二板吹套"。

(二)潮州丝弦乐

潮州丝弦乐类中,有潮州弦诗乐、潮州细乐和潮州外江乐。

潮州弦诗乐是潮州民间丝弦、弹拨乐器组合的一种传统合奏形式。它的乐队建制可大可小,大者有十几件乐器的合奏,小者有三五件乐器的小组奏;常用的乐器有二弦、椰胡、提胡、琵琶、秦琴、扬琴、小三弦、小笛等。弦诗乐的乐曲丰富,在群众中广为流传,是潮州音乐的主要代表乐种。

潮州细乐是丝弦乐中以琵琶、筝、三弦为主的小型弹拨乐合奏,有时也加上洞箫、椰胡或竹弦等乐器。其风格细腻柔润,尤其是琵琶、筝、三弦的合奏更显和谐悦耳。这是民间按乐器组合的小型化特点来分类命名的演奏形式。

潮州外江乐(又称"外江调")主要为传入潮州的汉调音乐,它的主要乐器有外江头弦、三弦、月弦、琵琶、笛子、胡琴等。这类乐曲在潮汕的流传过程中逐渐被潮州民间承认,故被归类在潮州音乐的丝弦乐之中。

椰胡

(三)潮阳笛套乐

潮阳笛套乐作为一个完整的体系,被划分成一个独立的类别,它的下属有笛套古乐、笛套锣鼓乐和笛套外江乐。潮阳笛套音乐有狭义和广义两种概念。

狭义的笛套音乐,专指以笛为领奏乐器,伴以笙、箫、管及其他弹拨和弓弦乐器,加上磬、木鱼、丹音(铛子)、介钹、哲鼓、木板、五音锣、响盏(合称"小八音")的打击乐器,演奏的是一些传统流传下来的专用套曲。这种形式就是正牌的传统笛套,也称"潮阳笛套古乐",用以演奏宋明时代流传入潮阳,并且一直保留至今的唐宋以来的宫廷古乐曲,如《灯楼》《四大景》《闾欢》《山坡羊》等。此外,潮阳硬软套古乐也是潮阳笛套古乐特有的演奏形式,以古筝、琵琶、三弦等古代弹拨乐器演奏套曲,也称"三弹古套"。因其高雅细致之故,这种形式在潮州其他地方被称为"细乐"。

广义的潮阳笛套音乐,则是泛指潮阳的器乐音乐,是以笛套古乐为主干,结合当地的其他民间音乐形式,互相渗透而形成的多种音乐形式。主要有两种:

1. 笛套锣鼓乐。因打击乐器的配置不同,分笛套大锣鼓、笛套苏锣鼓、笛套细锣鼓,也有这三种形式的混合型。笛套大锣鼓,以笛套乐为"文畔",潮州大锣鼓为"武畔",演奏笛套乐曲及其故事情节;笛套苏锣鼓,以笛套乐为"文畔",潮州苏锣鼓为"武畔",演奏外江戏曲音乐；笛套细锣鼓，在笛套大锣鼓的"武畔"乐器中，减去大锣，以较文静、细致地表现较抒情内容，因只是配器上的差异，故不另立曲目。

2. 笛套外江乐。外江乐本来有它自己的乐器组成，除了头弦为领奏乐器，其他乐器与潮州音乐差别不大。外江头弦的构造及形状，与潮州二弦也差不多，只是定弦不同而已。潮阳乐人以笛套古乐的乐器来演奏外江乐曲，则被称为笛套外江乐。

潮阳笛套乐的特点是，由不同板式的若干首乐曲连成一套，其中每首乐曲都不反复。板式一般都依"头板加赠板（8/4）—头板（4/4）—二板（2/4）—三板（1/4）"的次序进行连接，速度由慢而趋快。其结构较庞大而严整，绝非民间俚俗歌谣所能比拟，这充分反映了它那宫廷音乐的特性。

潮州音乐曲调丰富，既能表现小桥流水式的趣味，又能演绎气壮山河的史诗。潮州音乐所独有的"二四谱"是十分古老的谱式，在奇特的律制中，"7""4"二音的灵活变化体现了潮州音乐独特的韵味，同时构成潮州音乐轻六、重六、活五、反线等多种调式以及演奏上强调充分发挥作韵和即兴加花的两种技法。潮州音乐以五声骨干音为主，虽有六声、七声的运用，但实质是"奉五音"的关系。乐律基本上是用三分损益律，但在七声音阶中，由于"7"音偏低而"4"音偏高，常出现3/4全音和1/2半音，所谓中立四度、中立七度的中立音程，又越出了三分损益律的局限。由于某些音级在音高上的微升、微降和游移现象，旋法极讲究润饰和作韵，使调式色彩产生种种之变幻，令人回味无穷。实际上起着类似调号的作用。这些调皆出自"二四谱"的易音变奏而得名，并各自体现特定的情绪气氛。相对而言，"轻六"表现轻松愉快，"重六"表现深情激越，"活五"表现缠绵悱恻，"轻三重六"表现忧闷思恋，"反线"表现逸畅谐趣。这些音符调式的变幻，也就是潮州音乐色彩变奏的体现，极富表情意义，使调式加强对比变化，又巧妙地运用了综合调式性的表现手法，故形成独特的风格。

总而言之，潮州音乐的内容内涵、乐器组合、演奏技巧、调式调性、曲式结构、变奏手法等都具有独特的章法和美学依据，是一笔非常宝贵的音乐文化遗产。

三、流行客家地区的广东汉乐

广东汉乐历史悠久。自公元4世纪以来，汉族就发生过多次大规模南迁，到粤东、闽西、赣南等地定居，被当地人称为"客家"。客家人不仅带来了异乡习俗，还带来了《中州古调》《汉皋旧谱》等中原古汉乐乐谱，与客居地的民间音乐、庙堂音乐等乐种融合，形成具有地方特色的音乐流派——广东汉乐。

广东汉乐传承宋元明清以来的古韵遗风，历史上曾有"国乐""中州古韵""客家音乐""外江弦""汉调音乐""锣鼓吹"之称，称谓不一。1962年"羊城音乐花会"期间,由音乐界人士共同定名为"广东汉乐"。

据《辞海》"客家"条目记载:相传在西晋末年永嘉元年(307),一些祖居黄河流域的汉人,因逃避战乱,南涉渡江。至唐末(9世纪末),以及南宋末年(13世纪末),中原内地的居民又大批南下至赣、闽以及粤东等地,被当地人称为"客家",后遂相沿而成为南迁汉人的通称。现今梅县、大埔一带客家人仍居十之八九,成为广东汉乐最为流行的地区之一。由于中原汉人的南迁,也将中原地区的文化习俗带至当地,并得以不断流传发展和演变。自明清以来,在大埔的地方志中,关于"埔之在潮,弦诵媲邹鲁"以及客家人"家诵户弦"的风俗史料记载翔实,历历可考,由此不难看出,广东汉乐的历史源远流长,是研究宋元明清音乐文化的宝贵资料之一。

按照传统的演奏形式、长期沿革的演奏习惯及不同用途,广东汉乐分成五个类别。一是丝弦乐,俗称"和弦索"。它是用头弦或提胡领奏,由琵琶、扬琴、三弦、笛子、椰胡等乐器组成丝竹合奏的演奏形式,是广东汉乐中最普及、最大众化的演奏形式。二是清乐,又称"儒乐"。它是指用古筝、椰胡、洞箫等乐器组成小型的丝竹乐。它追求比较高雅的演奏形式,为文人雅士所偏好。古筝独奏是突显其艺术品位的演奏形式,演奏风格独树一帜,在全国成为岭南古筝艺术的一大流派,称"客家筝"。三是锣鼓吹,又称"八音"。它主要应用于民间迎神赛会或闹元宵等客家传统节日。演奏时以唢呐主奏,另辅以大鼓、苏锣、大小钹、碗锣、铜金、小锣、马锣等打击乐器。四是中军班音乐。历史上它主要由职业或半职业的民间音乐班社演奏,作为仪仗性质的音乐,主要用于民间的婚丧喜庆活动。常以唢呐为主奏乐器,配以打击乐和若干丝弦乐器助奏或合奏。五是庙堂音乐。它是举行宗教法事时演奏的吹打音乐,演奏以唢呐为主,配以打击乐和若干丝弦乐。

广东汉乐具有"典雅优美、古朴大方"的演奏风格,其成因与中原汉人南迁为客,将中原地区的文化传统、民俗风情随播入粤,并与当地乡土文化相互融合的文化背景紧密相关。其独特的音乐风格主要表现在三个方面:

(一)曲调类别与标题特征

在广东汉乐"和弦索"和"清乐"中,历来有"大调"和"串调"之分。"大调"是指乐曲长度在68板并属于八板系统的乐曲。"串调"是指在戏曲音乐(汉剧)中用以配合剧情和舞台表演,以及渲染、烘托舞台气氛的开场和过场音乐。串调乐曲长短不一,多则数十板,少则十几板。

由于广东汉乐基本上属于有标题的曲牌类民间器乐曲,在不少"大调"乐曲中,通过标题揭示乐曲的意境和情感,反映一定的思想内容和情趣,如《出水莲》《昭君怨》《崖山哀》《怀古》等;但也有不少乐曲虽

琵琶

有标题曲名，也表达某种情绪，但并不表现特定的音乐形象，如《南进宫》《北进宫》等；有的只表明乐曲的来历和出处，或略示其音乐的某些特点和用途，如《单点头》《乱插花》等。

（二）音阶调式与特性音

广东汉乐基本上可分为两种调式音阶，一种是以"5、6、1、2、3"五音为骨干音，增加"4、7"两个偏音作为装饰性辅助音，构成七声徵调式，在广东汉乐中常称作"硬套"或"硬线"乐曲，与潮乐中的"轻三六"调及粤曲中的"正线"调基本相同，是广东汉乐音阶的基础。另一种是以"5、7、1、2、4"五音为骨干音，增"6、3"两个偏音作为装饰辅助音，构成带有特性音的七声徵调式，其中"7、4"两音在"6、7、1"和"3、4、6"的三音列中，其音高近似一个中间音，通常称为"特性音"或"中立音"；"7、4"两音构成纯正五度音程，在广东汉乐中常称为"软套"或"软线"乐曲，与潮乐中的"重三六"调及粤曲中的"乙凡调"基本相同，是广东汉乐曲调风格富有特色的一种音阶。由于广东汉乐存在两种不同的音阶组合方式，因此在广东汉乐中便形成了"软线"和"硬线"两类不同风格韵味的乐曲。在长期的演奏实践中，"软线"与"硬线"乐曲之间还具有相互转换的特点，即将"硬线"乐曲中的"6、3"分别转换为"7、4"，即为"软线"乐曲；反之，将"软线"乐曲中的"7、4"分别转换为"6、3",即为"硬线"乐曲。

(三)套曲联奏及变奏特点

广东汉乐属曲牌体音乐,是套曲结构或称曲牌联奏体结构。在传统演奏中,有的乐曲慢板转快板变奏是同一首乐曲,而有的乐曲慢板转快板是另一首乐曲的联奏,即为套曲形式。此外,还有由同宫系统的若干首乐曲组成套曲联奏形式,构成联套式结构,演奏时按照慢板、中板、快板依次演奏,但均严格保持"同宫到底",以求得调式调性上的统一。一般是"软线"接"软线"乐曲,"硬线"接"硬线"乐曲。按照传统的演奏习惯,如《出水莲》后面多接《昭君怨》和《崖山哀》联为套曲,又如《玉连环》后面多接《绊马索》和《落地金钱》联为套曲等。

广东汉乐曲目丰富,从已整理出版的《广东汉乐曲目集》来看,共有曲目612首,其中丝弦乐430首、清乐56首、汉乐大鼓23首、中军班音乐62首、庙堂音乐31首、其余曲目10首。其代表曲目有丝弦曲《单点尾》《玉山坡》《思夫》,唢呐曲《粉叠》《普天乐》《玉芙蓉》,庙堂音乐《一封书》《水底鱼》,等等。

目前,广东汉乐主要流行于广东、福建、江西、台湾等客家地区和海外客家华侨聚居地。其中,尤以广东梅州大埔县汉乐人才辈出,群众根基相当深厚。

四、活泼敏捷的龙舞

龙舞,也称为"舞龙",民间又叫"耍龙""耍龙灯"或"舞龙灯",在全国各地和各民族间广泛分布。其形式品种多样,是任何其他民间舞都无法比拟的。早在商代的甲骨文中,已出现数人集体求雨的文字;汉代董仲舒《春秋繁露》中已有明确的各种舞龙求雨的记载;此后历朝历代记录宫廷或民间舞龙的文字屡见不鲜。龙舞有南北方之分。北方龙舞的制作一般高大粗重,风格古朴刚劲;南方龙舞则精巧细致,活泼敏捷。龙舞从色彩上可分为黄、白、青、红、黑等,以黄龙最为尊贵。龙舞的最基本表现手段是其道具造型、构图变化和动作套路。龙舞的构图和动作一般具有圆曲、翻滚、绞缠、穿插、蹿跃等特征。龙舞的传统表演程序一般为请龙、出龙、舞龙和送龙。民间舞龙的内涵多是祈雨祈福、娱神娱己、彰力显威、兴旺人丁、辟邪纳福等。象征着吉祥喜庆、欢乐幸福的舞龙,现已成为广大城乡喜庆佳节最具代表性的民俗活动。以下介绍具有代表性的广东龙舞:

(一)人龙舞

人龙舞是一种大型的广场舞蹈,也是国内较有名气的民间娱乐活动。之所以被称为"人龙舞",主要是因为其独特的表现形式及其基本结构。人龙舞与其他舞龙表演形式的区别,主要在于人龙舞不需要借用其他道具或媒介，而是由精壮汉子和孩童按一定的次序排列组成，并依靠人与人之间的连接而构成"龙"形，即龙是人，人是龙。"人龙"的龙身巨长，一般由五六十人组成，甚至多达数百人。其气势宏伟壮观，让观者无不感受到一种化人为龙、龙舞传神的绝妙境界。

人龙舞是一种集武术、舞蹈、音乐等综合元素的传统民间艺术，通过鼓乐的击打节奏将武术技术和舞蹈艺术有机结合起来，在变化多端的节奏中，舞龙者利用人体多种姿态，在动态行进和静态造型中将力度、幅度、速度、耐力等糅合到舞龙技巧当中，完成各种高难、优美的动作。

目前，广东有几个地区的人龙舞尤为突出，分别是湛江东海岛东山镇的人龙舞、佛山顺德区杏坛镇光华村的人龙舞和茂名电白旦场镇旦场村的人龙舞，它们具有相同的表演形式却又有各自的特色。

1. 湛江人龙舞

湛江市东海岛开发区东山镇的人龙舞，具有"东海一绝"的美誉，是中华民族龙文化中的一支绚丽的奇葩。湛江人龙舞产生于游戏。据传，明朝某年，明军打了败仗，撤退到雷州半岛的东海岛，适逢中秋，当地乡绅为了让士兵能够过中秋，庆祝佳节，鼓舞明军士气，就把流传于孩子中间的一种杂耍游戏组织起来进行表演，从而形成人龙舞的雏形。传统的人龙舞演出时间主要为农历八月十五，演出场地集中在海边、圩镇小街等。后来,随着影响的扩大,人龙舞逐渐走出海岛,演出时间也不再限八月十五,只要有节日或重大庆典就舞动起来。

湛江的人龙分龙头、龙身、龙尾三部分。龙头是最重要的部分,由3个小孩和壮汉组成。一个小孩后仰躺在龙头者胸前的红布肚兜上充当"龙"的舌头;一个小孩坐在龙头者肩上,挂着一对闪闪发光的灯笼或电筒充当"龙眼",两手举起道具充当"龙角";一个小孩将腿搭在龙头者肩上,后仰双手扣住后面大人的头颈,将第二节连接起来。演龙头的大人必须身高力大,基本功好,表演技巧熟练。龙身是龙的主体部分,每个大人的肩上支撑着相继做俯仰动作的小孩。小孩身穿龙服,头戴龙缨、龙冠,分节架接而成。龙尾的大人也肩负一名头上戴有"龙尾"饰物的小孩。人龙起舞时,由锣、

人龙舞

钹、鼓等敲击乐器有节奏地配合，龙头上双眼闪光，龙身左盘右旋、一起一伏随着龙头缓缓前进，龙尾不时摆动。整条龙的立体感强，威武雄壮，充分显示了龙的威猛精神，也体现了不可战胜的群体力量，具有浓郁的乡土气息。

2. 佛山人龙舞

佛山人龙舞活跃于佛山市顺德区杏坛镇光华村，是在南派武术基础上产生，吸收民间舞蹈元素，由历史喜庆事件发展而成。相传在清朝同治年间，佛山杏坛镇光华村就已兴起人龙舞，距今有100多年了。同治十年（1871），光华村人梁耀枢金榜题名，高中状元。为迎接状元荣归故里，林升辉师傅与村里的武功高手发起由180人表演的人龙舞。佛山光华村人龙舞在每年春节、元宵、五月初八龙母诞以及其他大大小小喜庆节日，都是必不可少的节目，此习俗世代流传下来。

佛山的人龙分为龙趸（龙的底部）和龙身（龙面）两部分。饰龙趸的队员头戴英雄巾，身穿黄色武术服，以肩部和腰部承托饰龙身的队员；饰龙身的队员两手持红色绸带，双手挥动红绸带做龙爪，身着印有金红色鳞片的衣服，骑在龙趸队员肩上，从前至后，后仰躺下，头靠着后一节"龙身"的肩上，节节紧扣，成了一条长长的龙身。龙头由3人或5人饰演，通常是一个成年队员和两个小孩进行组合，成年队员肩膀上的孩子手持道具充当龙角，缠在腰部的孩子双手伸直张开充当龙头；另一种组合就是在左右手臂加上的两个孩子充当龙腮，龙尾则由3人组成，一名小孩双手持"龙尾"道具骑坐后仰躺在两龙趸者之间，最后的龙趸队员用头顶住其背部。

佛山杏坛人龙舞属于传统广场舞蹈。在三星锣鼓的铿锵声和龙船鼓点的强烈节奏中，舞蹈分整队待发、猛龙出世、人龙起舞、跃出龙门、翻江逐浪、人龙翻飞、双龙出海、盘龙昂首、叩门入洞、胜龙归海共10个舞段进行表演。其间，由一武术师手擎龙珠，指挥引领各舞段的起承转合、构图和路线运行，同时融入了南派咏春拳"行者棒"棍术表演。整个舞蹈队形多变，时分时合，时起时伏，构图优美，场面壮观，气势雄浑，比起实体道具的龙舞，别有一番神韵。佛山杏坛的人龙舞表演重在"神似"，突破了道具龙的表现手段，是人体力与美的体现、舞蹈与武术的结合、人的灵气与龙的精神的交融，具有独特的文化价值。

3. 电白旦场人龙舞

广东省茂名市电白旦场镇旦场村也有人龙舞活动，其形式与湛江东海岛东山镇人龙舞差别不大。据说旦场村人龙舞起源于清朝雍正年间，至今已有270多年历史。每年农历七月十四、十五、十六日，旦场村一连三晚举行人龙舞祈福活动，场面十分壮观。其时，整个村庄锣鼓喧天，气氛热烈。如今，这已成为该村约定俗成的节日。

关于旦场村人龙舞的形成，相传是过去村人在池塘中游泳，觉得纯粹的游泳已缺乏趣味，于是分成两队人马，双方进行"战斗"。战斗的规矩是双方都有大人和小孩参与，大人站在水中，将小孩托在肩上，让小孩对打，前面的小孩被打入水中之后，后面的小孩迅速补上，继续战斗，直到有一队小孩被完全打倒为止。后来慢慢就形成现在这种形式的人龙，即大人抬着仰卧的小孩，一个接一个，组成龙身，前面一个小孩坐立在大人肩上宛如龙头。人龙舞经过不断改进，在动作、节奏、斗龙技术等方面日益完善。

如今，旦场村节日庆典，仍然舞动人龙，锣鼓喧天，千人齐呼，给全村人带来欢乐喜庆的气氛，整个场面呈现一派繁荣与祥和的景象。

（二）火龙舞

火龙舞，俗称"烧龙""烟火龙"，是传统的民间舞蹈，是龙舞的形式之一。火龙舞流行于广东揭西、丰顺、韶关、江门、东莞等地。明末清初时已兴此舞，每逢元宵或盛大庆典均有烧火龙的民俗活动，以庆丰收、迎新岁，祈求风调雨顺、百业兴旺、五谷丰登，并寓有驱邪避灾之意。

广东地区埔寨火龙（梅州）、乔林烟花火龙（揭阳）、南雄香火龙（韶关）、陈山香火龙（江门）、东莞草龙舞皆为盛行，它们在表演技法、表演道具、伴奏配乐等都具有鲜明的岭南特色，又具有各自的艺术特点。

1. 梅州埔寨火龙

埔寨火龙主要分布于梅州市的丰顺埔寨，是埔寨世代沿袭相传的"烧龙"祭祀礼仪和驱邪祈福的习俗。据说埔寨张姓人氏祖先，是于清乾隆年间由福建上杭迁徙而来。同时，亦承传了闽南以草藤扎成"草龙"，赤膊跣足舞之求雨的遗风。经250年的流传和发展，舞火龙已成为埔寨民俗民风重要的表现形式。

丰顺埔寨民间传说：古时，东海龙王派其第二十一个爱孙浊龙到莲花山一带旱情严重的灾区，耕云播雨，造福人间。同时，让其在实践中磨练斗志与武功法术。谁知浊龙生来荒唐暴戾，恶性难改，竟悍然违抗老龙旨意，趁莲花山连年受旱灾之机，为非作歹，鱼肉百姓，致使乡民苦不堪言，造成饿殍遍野的惨况。老龙闻讯甚为气愤，立即派遣小女儿青凤公主前往灾区查处。青凤公主秉公执法，大义灭亲，将浊龙斩首，为民除害，并耕云播雨于灾区，拯救黎民百姓于水深火热之中。为了答谢青凤公主的恩德与义举及其赐福民间风调雨顺、五谷丰登、人畜兴旺的善事，于是，每逢正月十五元宵节春祭，乡民便用竹篾、藤条扎制"烟花火龙"，向着东南海空焚龙举舞，以祈拜青凤神龙公主、驱邪避灾和迎祥纳福。几百年来，沿袭成俗，历久不衰。元宵节当天，各家各户宰鸡杀鸭、鸣放鞭炮、烧香敬佛，并盛情接待前来观看烟花火龙的嘉宾与亲友。临近黄昏时，邻近乡镇的观礼人群，从四面八方络绎不绝地涌向燃烧火龙的村寨广场。

表演时，年轻力壮的舞龙人头戴小竹笠，赤膊跣足，下身穿中式短裤衩（旧时围潮汕水布），手擎火龙轮番舞蹈，俗称"烧活龙"，场面远比"烧死龙"生动壮观。按当地俗规，火龙舞分三段套路进行。

第一段是"出龙"。出龙时，首先要举龙向本氏宗祠神祇叩拜，届时，锣鼓喧天，铁炮与爆竹齐鸣。祠堂大门外广场上必先燃放"烟架"（以竹篾扎成方形框架，红纸裱糊，共12个）、"火斗"（以竹篾扎成方斗形框架，红纸裱糊，共5个）以示迎火龙出游。烟架、火斗烧完后，九声震天铁铳炮响，在锣鼓、鞭炮声中，3名轻便锣鼓手（小锣、小鼓、小钹）和18名火蛇队员手执篾缆火炬，从祠堂奔出，于祠堂门口至广场来回穿梭3次，以示驱邪引路，请龙出游之意。接着，24名喜炮队员手执挂有一二丈长鞭炮的竹竿，由20多人组成

火龙舞

的潮州锣鼓队为前导，紧跟的是龙珠，引着11节金红色的"烟花火龙"，接着是7条小龙、鳌鱼、鲤鱼、虾、蟹、蚌、龟等众水族簇拥火龙出游。火龙队浩浩荡荡到村寨外广场后，顺时针绕场3周，向四周观众致意。

　　第二段是"烧龙"。火龙直线面向东方，待一番紧锣密鼓、铁铳炮轰鸣后，首先点燃7条小龙头部烟花、火箭、鞭炮的引线。舞龙人不停地上下舞动，引线蔓延逐节点燃龙身烟花，瞬间，7条小龙变为金光闪闪、银花飞溅的金龙。紧接着，龙珠烟花引火，点燃龙头和串连各节龙身的引线，龙头首先喷射出彩光艳珠，龙身与龙尾也依次相继疾速发出金焰流星，五彩缤纷的火箭从直、横、斜不同角度射向夜空。"喜炮队"的爆竹串绕竹竿燃爆，犹如银珠闪烁、金光射耀，整条蛟龙变成金光灿灿的火龙，又有鱼、虾、蟹等水族的加入，营构起离奇变幻之景象。舞龙人在七彩光焰喷射和青烟浓雾之中酣舞、疾行、穿梭、呼啸、腾飞。烟花火龙与众水族在五光十色的焰火阵势中，时隐时现，飞腾翻舞，气势十分雄伟，场面蔚为壮观。

　　第三段是"回龙"。"烧龙"后，火龙队绕场一周，向东南方向叩拜；接着，将火龙迎回至祠堂，以三进三退躬身参拜祖先灵位。在锣鼓喧天、爆竹齐鸣和众人的"呦！嗨！"欢呼声中，人们一起欢庆火龙迎来祥瑞之气，祈求新的一年风调雨顺、五谷丰登、六畜兴旺、国泰民安。

　　埔寨火龙是当地民间传说和民间风俗相结合的产

物，更是我国古老的焰火技艺和龙舞相融合的独特创造，也是民间人本思想和善恶观念的形象表达，对龙舞和龙文化在岭南客家地区流变和发展具有宝贵的研究价值。

2. 揭阳乔林烟花火龙

乔林烟花火龙，俗称"烧龙"，是乔林人成功抗击暴力和外来势力侵略后欢庆胜利的一种方式，表达了风调雨顺、国泰民安的美好祝愿，现主要分布于揭阳市东山区乔林乡的乔东、乔西和乔南村及其周边地区。相传明代少年神箭手林小龙曾以一支火箭击退贼兵，乔林寨乡民便以"烟花火龙"的方式进行庆祝，从此衍变为习俗，在当地世代相传。

每年农历十二月，乔林乡民便开始扎制火龙，用粗竹篾扎成骨架，糊上半透明棉丝纸，用色彩绘上鳞甲、云朵，项下画太极，各节绘八宝（葫芦、蕉叶等"八仙"之宝）。火龙整体分头、身、尾三部分：龙头高昂，有两角、十二鬣、两大触须，张口露牙，舌头能摆动，颌下有须，长约5尺，眼鼻俱全，前后配以四足，右前足似捋须，其他三足似踏云；最大的龙身分9节，小的龙身也有7节或5节，每节4.5尺长，中空，直径1.5尺左右（长度与体形大小成一定比例），可安放3支灯烛，节与节之间配以软节（用棉丝纸卷成相应圆筒），使其能转动，然后再绘上鳞甲、宝物及云彩；龙尾高翘，约1丈长，涂以彩绘。由此，便构成一条10丈长的气势雄伟、栩栩如生的蛟龙。火龙每节各用一支长竿扎紧，并用麻索牵连，以之擎着游行、舞动。

正月初五至初九对龙身进行"武装"。村民购来大量烟花，由擅长装烟花者在龙身上安插各式烟花。龙珠上安装上五色烟花，龙身火箭向天，斜挂两旁，明坠（一种烟火）排吊于龙体硬节内，在龙喉上安装一大型吐珠烟花，龙目装上两颗硫黄球，龙尾装上垂柳烟花。每节除安装上各式烟花外，上边还安装一个"火斗"，龙头则安装两个。

正月初一开始舞龙，由体壮的青年擎着，根据其舞动时的形态特征分为"8"字舞龙动作、游龙动作、穿腾动作、翻滚动作、组图造型动作等。"8"字舞龙动作将龙体在人左右两侧交替"8"字环绕舞动，可快可慢，可原地，可行进，也可利用人体组成多种姿态、多种方法做"8"字形状舞动；游龙动作，需舞龙者较大幅度地奔跑游走，通过龙体快慢有致、高低、左右的起伏行进，展现婉转回旋、左右盘翻、屈伸绵延等龙的动态特征，根据龙体运动循着圆、曲、弧线的规律，舞龙者彼此间协调地随龙体的起伏进行；穿腾动作，龙形必须饱满，速度均匀，动作利索，根据路线呈纵横交叉形式，龙珠、龙头、龙节依次在龙身下穿越、腾越，穿腾动作轻松利索，不碰踩龙体，不拖地，不停顿；翻滚动作，必须在不影响龙体运动速度、幅度和美感的前提下完成，难度较大，龙体呈立圆或斜圆运动，展现龙的腾跃、缠绞动态，当龙身运动到舞龙者脚下时，舞龙

烧花大龙

者迅速向上腾起依次跳过龙身，是为"跳龙"，龙体同时依次做360度翻转，舞龙者利用滚翻、手翻等方法越过龙身，称"翻滚动作"；组图造型动作，活动的构图清晰，静止的形象逼真，以形传神，以形传意，龙珠配合协调，组图造型连接，解脱紧凑、利索，展现了龙在运动中组成活动的图案和相对静止的造型。从龙头到龙尾，每节一人，追随着前面的"龙珠"，配上锣鼓、弦乐，左右翻旋，来回环绕，做蛟龙夺珠之状，场面颇为壮观。

正月初四夜间游龙灯，用粗竹篾扎成骨架，制成能灵活转动的彩龙，各节点上灯烛，龙身通体透明，色彩鲜艳夺目。游龙在前面游动，龙后锣鼓、弦乐队伴奏，穿街过巷，乐韵悠扬。路上，爆竹噼啪，锣鼓铿锵，唢呐声喧，笛音悦耳。每当停下来时，便奏贺春乐曲，诚心的妇女就到龙前上香，恭请龙头烛回家，以祈求添丁发财。这一晚，好几条龙灯游遍全乡，场面壮观，到处喜气洋洋。

正月初十，在乡中广场设置3个烧龙场，中央安放着各式各样的烟花，四周挂着一串串鞭炮。夜幕降临，烧龙埕（烧龙广场）四周人山人海，男女老少，艳装丽服，个个肃静屏气。当三声巨炮响后，烧龙场内各式各样烟花便开始大显英姿，夜空顿时被烟火点亮。整个烧龙场笼罩在一片光怪离奇、五颜六色的幻境之中。接着，由锣鼓队和弦乐队伴送各色各样填满火药、烟花的龙，在绕场3周后，由乡中长者点燃火线，每节龙身也同时点火，接着由8名壮汉举龙在场内飞舞。这时，龙珠在前面引路，彩龙口吐火星、火珠，龙眼射出青色光束，龙身四处频频直冒火星，龙尾横喷出五光十色的火花，一路上响声如雷，烟雾缭绕，火光闪闪……

当地俗语有云："烧龙锣鼓响，心蓬厂（'蓬厂'，方言，激动之意）；烧龙烟花起，心欢喜。"可见乔林烟花火龙在当地民间的影响力。

3. 南雄香火龙

韶关南雄香火龙是当地村民每逢春节年初二到元宵节都要举行的盛大活动，当地人称为"闹春"。韶关地区的香火龙发源于南雄市百顺镇白竹片村，距今已有300多年的历史。相传在清代初期，白竹片村的祖先从江西大余县迁至百顺。康熙年间，有一年百顺一带大旱，蝗虫肆虐，瘟疫流行，人心惶惶。村中一老人梦见村边响水塘飞起两条金龙，四处游走，金龙所到之处，灾愆尽除。老人将梦中所见告诉村里人，并同他们去响水塘地方察看，只看见那地方堆着两堆干稻草，是村民用来烧灰施肥用的。受此启发，老人便倡导村民以稻草扎成两条草龙，并在草龙身上插满燃香，让身强力壮的青年舞着香火龙在村里各处游走，以此驱灾祈福。不久，果然天降甘霖，旱情解除，疫害尽消。从此，村里便有舞香火龙之举，并世代相传下来。

韶关南雄香火龙表演为双龙对舞，以"龙珠"做引子，在夜幕中表演各种套路，点点香火构成金色的龙身，舞动时动作流畅、迅捷。香火缭绕中，火龙飞舞翻滚，星光闪烁，流光溢彩，宛如彩练腾空，熠熠生辉，动感十分强烈。

香火龙是由竹篾、树丫编扎成骨架，用稻草扎上龙身的。香火龙有"公龙""母龙"之分，公龙体长9.9米，母龙稍短约9米。插香完毕，龙身似星光闪烁，香火缭绕。开始表演时，伴随着锣鼓声、鞭炮声和欢笑声，一老者站在场地中央舞动龙珠（火球），逗引双龙入场，两列舞龙者举着火龙，脚下按方位踩着"龙""虾"步法，缓缓登场。舞龙套路有双龙戏珠、跳跃龙门、双龙出海、云游四海等。表演场上，飞舞翻浪，争相斗艳的双龙显得灵活异常；夜幕之下，只见香火不见人，蔚为壮观。舞香火龙同时还伴有打击乐，乐器有大鼓、高边锣、苏锣、小锣、大钹、小钹等。其曲谱有滚龙鼓点和摆龙鼓点。它有别于其他舞龙民俗活动，舞蹈语言明确，有一整套舞蹈动作，且舞蹈动律十分强烈，群众性很强，同时又含有较为独特的寓意。

五、威武刚健的狮舞

广东地区的狮舞遍布各地，可以说是最为普及的一项群众艺术活动。

狮舞，即舞狮，是在我国广泛流传的一项健康有趣的民间传统娱乐活动，具有独特的民族风格和深厚的文化底蕴，集武术、舞蹈、色彩、音律等为一体，有较强的竞技性、健身性、娱乐性和观赏表演性。经过长久的传承演变，出现了多种狮子类型：按狮子制作质料可分为毛狮、布狮等，按狮头造型可分为蚱蜢头、鲶鱼头、大头狮、鸡公狮、鸭嘴狮等，按表演方法有露脚狮、高脚狮、矮脚狮等，按地域和流派则分为南狮和北狮。

广东乡村大都有舞狮队，多以堂口或武馆为单位组织，有些地方每个自然村都有一堂狮。除春节、元宵串村拜年和作为神诞会队伍之一参加游行表演外，新屋落成、大桥通车、商店开业等，也可以看到舞狮队的身影。除最具代表性的南狮外，各地还有许多形式内容或道具都独具地方特色的狮舞类型。以下介绍几种具有代表性的狮舞：

（一）醒狮

广东是南狮的主要流传地区，也是南狮技艺最具代表性的地区。传统的广东狮舞又被称作"醒狮"。与北狮不同，醒狮讲究的是神似和意在，"舞"与"武"结合，形成了具有"采青""破阵"等独具特色的岭南舞狮文化，自成体系，广泛流传于广东各地，又以珠三角的佛山、广州、深圳、东莞以及揭阳、湛江等地尤为突出。

以狮头的造型来分，醒狮可分为佛山狮与鹤山狮两大类。佛山狮创自佛山，其外形口大身高，步法阔大；鹤山狮创自鹤山，狮嘴椭圆形，显得长而扁。其中，佛山狮又分为七彩狮（文狮）和黑白狮（武狮）两种。七彩狮是"狮姆"，色彩艳丽，白眉红须；黑白狮是"狮王"，青鼻铁角，挂满绒球，贴满铜镜，光彩照人。按照行规，在耍舞过程中，黑白、七彩两狮相遇，七彩狮要主动让路，向狮王致礼。

兹介绍几种较有代表性的醒狮表演样式：

1. 佛山醒狮

佛山是广东醒狮的发源地。明代初期，佛山就已经有专门制作醒狮狮头、狮被和锣、鼓、钹的能工巧匠，在佛山镇的附近圩集、村落，醒狮舞也已是民间的传统体育项目，每当逢年过节，或遇有重大喜庆事件（如乡人中举、新建祠堂落成等），肯定要出动醒狮助兴。其后，这一民间传统活动，逐渐遍及整个南国，每逢喜庆佳节、迎春赛会、开张庆典，必敲锣打鼓，舞狮助兴。

这个习俗历久不衰，并不断有新的发展，成为群众自娱自乐、练武强身的游艺活动。

醒狮由两人组合表演，一人舞狮头，一人舞狮尾。其舞法重在神似，通过夸张的装饰造型和刚健有力的动作，表现醒狮的内在神韵气质。醒狮技艺融南派武功于舞蹈之中，采用南派武功刚、劲、猛、快、巧的手势和四平马、丁八马、吊马、麒麟步等技巧，传统舞法有开桩、出洞、上山、巡山会狮、采青、入洞、收式等。以采青舞技最丰富，有采高青、水青、地青、登青等。传统技艺表演还有狮子上楼台、狮子吐球、大头佛引狮等。佛山石湾中窑还有"狮子花灯"——将竹篾或藤条扎成数层的滚球状，花灯中央点燃灯烛，使其保持燃烧

醒狮表演

而不熄灭，舞者要跃过1丈多高的门楼，随着花灯抛过而着地。此外，舞狮的鼓法有三星、五星、七星之分，还有"混合鼓"的打法。

2. 广州沙湾醒狮

广州沙湾醒狮与佛山、南海醒狮一脉相承，又创造性地将"刘关张桃园结义"的故事融入到醒狮的舞蹈中，发展了一些特技动作，以表现醒狮的威、猛、勇，让舞狮表演得更加紧张刺激。

原来高桩上的表演只是单狮，现在"刘关张"三狮同时在高桩上集体表演，更加精彩刺激。沙湾醒狮是在原有的南派醒狮套路的基础上进行创新，通过对舞狮的轻重、缓急以及狮子的表情变化和动态，配合着在传统鼓法基础上重新加以调整的鼓、锣、钹的明快节奏，在梅花桩上通过腾、挪、闪、扑等动作来表现狮子的喜、怒、哀、乐、动、静、惊、疑等各神态，刚柔相济，一气呵成，武技与艺术兼收并蓄。沙湾狮舞中最令人赞叹的是醒狮凌空飞跃高度和跨度达2~8米的高桩，一气呵成，堪称狮艺一绝。

3. 江门鹤山醒狮

鹤山狮嘴形俗称"蛤蛄嘴"，它在佛山醒狮的狮头上加以改进，形体略小于佛山狮，狮被七彩缤纷，嘴部椭圆形，额角与眼睛不怒而威，狮头较轻便，狮尾略短，使之舞动时的配合和转动较为方便。

鹤山狮与佛山狮舞动规程基本相同。表演时，舞舞狮头者将狮头道具托起套在头上，身体用狮被遮掩，双手紧握狮头内把手；舞狮尾者钻入狮被内，将尾部两条布带紧系于腰部，上身前俯，双手前伸执狮被两侧不时抖动，根据套路需要，有时抓住舞狮头者的腰带，将其上举下抛，左旋右转。基本步法有大八字半蹲步、右丁字马步、四平马步、麒麟步、捕鼠捉鸟步、戏鼠玩鸟步、高蹿低伏步、跳跃翻滚步等；表演神情动态有喜悦抃舞、怒容可掬、惊恐失措、乐而忘返、疑云满腹、醉意朦胧、睡眼惺忪、醒悟明慧等。将狮与猫的特性有机地结合，构成了鹤山舞狮见物必疑、见青必喜、见红必惊、见桩必咬、见木必拔、见水必戏、见台阶必上以及反复闪缩、进退有度的艺术特色。醒狮采青套路有天空青、桥底青、岩石青、标旗青、椰子青、螃蟹青、鲤鱼青、百足青、毒蛇拦路青、岭上梅花青、井底捞月青、金钱吊芙蓉青、八卦青、五福临门青、二龙争珠青、百鸟归巢青、七星伴月青、水月照英雄青、五行青、阴阳青等。鹤山醒狮还有很多具有故事情节的狮艺表演，如少侠战双狮救樵夫、顽童得珠戏蛮狮、喜神戏雄狮、双狮戏绣球、雄狮庆丰年等，丰富多样。

4. 东莞醒狮

东莞醒狮在传统广东醒狮采青和踩梅花桩套路的基础上发展创新，充分发挥了醒狮道具的特有功能，由单狮踩梅花桩表演发展为6只金狮烘托1只银狮表演踩高桩，由踩单个梅花桩革新为踩钢丝和连续踩一排（约5.5

丈长，3～9尺高）多组高难度梅花桩，表演新创编的群狮震威、险走钢丝、攀登高桩、飞跃高桩、高桩采青、欢庆吉祥等套路。动作有拜狮、麒麟步、抛狮、仆步、上单膝、踩背、跳罗汉、坐头、探桩、上桩、滑桩、观桩、蜻蜓点水、单蹄探桩、飞越连环桩、高桩采青等。既具有"文狮"细腻、柔和而稳重的表情，如舔毛、抖毛、挠痒、打滚等狮子温驯的性格特征，又具有"武狮"高超武功技巧，如跳跃、跌扑、翻腾、直立，以及飞越梅花桩、攀登桩顶等高难动作。

舞狮时以打击乐伴奏。乐器有大鼓、大锣、大钹。鼓谱有三星鼓（狮舞情绪平稳时用）、五星鼓（狮舞情绪高昂时用）、七星鼓（又称"行街鼓""高桩鼓"）、九星鼓（为收锣鼓点）。根据舞狮的动作、情节，渲染、营造各种气氛，默契配合，灵活掌握。

5. 湛江遂溪醒狮

湛江遂溪醒狮表演独具一格，融合了南北狮表演之长，在吸收南北狮精华的基础上创新，在套路、难度、鼓点、表演动作、表演形式等方面不断推陈出新，从单狮到双狮到多狮、从地狮到凳狮到高桩狮、从普狮到光狮、从男狮到女狮、从大狮到幼狮等。其中，高桩狮所用的桩，最高的近3米，醒狮飞跃跨度最大达3.7米索桩，充分体现了"新、高、难、险"的特色，被誉为"中华一绝"。2003年12月，遂溪县被命名为"中国醒狮之乡"，为全国唯一的县级醒狮之乡。

遂溪醒狮坚持传统的新狮"点睛开光"仪式。凡新扎好的彩狮，须择定良辰吉日，设台焚香，由舞者系戴好伏于案前，由乡里选一位德高望重之人点睛开光。点睛者捧酒向东南方向参拜、奠酒后，手执柚叶或樟树叶为新狮拂扫头、背，再用红绸为狮角结球缠饰，谓"额角红光"之意，然后用毛笔蘸朱砂在狮的左眼和右眼各点一下，并用手轻抚狮头拍三下。新狮开始在地上蠕动、眨眼、动耳、摆尾，蓦然腾立起步，向前、左、右方向分别参拜，合着鼓点扑跃腾挪舞动，仪式结束。

目前，遂溪民间醒狮团有200多个，参演人数达1万多人，活跃于国内外，并屡获国际国内醒狮表演、竞技大赛奖项。

（二）从化客家猫头狮

从化客家狮，又叫"猫头狮""獬""豸"，是古代遗存于民间的一种少见的狮子舞，流传于从化客家人群中，是从化独有的狮舞品种。其击鼓节拍、方式和音质，以及舞步、舞法，与常见的北方狮舞、本地南方狮舞大不相同，别有一番风味。

相传，古时有一对狮子横行天地，无恶不作，伤噬万类，令生灵涂炭。佛祖为普救苍生，便指派卷帘大将下凡来降伏恶狮。卷帘大将降伏了狮子，并度其皈依佛门，在途经东海时遇到了风浪。见此状况，雄狮因英勇地下海探明情况而被大水淹死，而母狮则因为胆怯，涉水未深而被救起，因而流传下来的从化客家猫头狮就只有雌狮而没有雄狮。多年后，唐僧往西天取经的途中遭遇毒瘴，听说这母狮子能避险祛邪，于是吩咐弟子无论使出什么招数，都要把狮子请出来消灾避邪。这故事一直在民间流传，舞猫头师的传统也在客家人群中渐渐流行起来。

从化猫头狮的表演风趣幽默而细腻，一般由24人组成，4人一组轮流上场，全套动作可舞两个多小时。功夫好、经验足的长者戴上佛头扮唐僧；在狮子前后玩耍的是戴猴头面具的孙悟空，他搔首弄眉，东摸西挠，一刻都不能停下来；唐僧与孙悟空皆身穿红衣，舞狮人则罩着镶满红、黑两色边的碎花红底棉布狮被。舞狮时，舞狮者一人举狮头，一人操狮尾；另有二人分别戴上佛头（代表唐僧）、猴头（代表孙悟空）等面具，踏着"咚呛"的鼓点出场，向四周观众绕场拜礼（同时也拜

猫头狮表演

四方神灵）。拜毕，唐僧收徒，赏红带（即香包）。大头佛摇摆着香包和绿树枝，碎步引狮起舞；狮子围绕着香包团团转，眼珠闪动，作垂涎欲滴状；猴子突然将香包抢走，机灵地钻入狮被内。大头佛到处寻不到猴子，掐指算出它躲入狮被内而捉住小猴子，师徒争夺香包，相持不下；狮子趁其不备，一口把香包吞入肚中。佛、猴互相怪罪指责而拉扯不休，狮子则在旁洋洋得意，翩然起舞。师徒经过一番互相埋怨指责后统一了意见，达成共识，齐心协力地将狮子灌饱，逼其吐出香包。这是猫头狮表演的大致套路。

客家猫头狮的狮头形状像猫，造型比一般本地狮个头要小，头顶上插着两束青葱的麦草。镶嵌在狮子额前的圆镜，犹如古代武将的护心镜。狮子双目突出如金鱼眼，有别于南方狮的倒"八"字。狮头下方的大口呈扁圆形，一直延伸到双耳下，虽有"狮子大开口"之状，但却不凶不怒，与双眼构成猫头狮温驯厚道、憨态可掬的独有气质。

舞猫头狮在从化良口镇部分村落以及一些客家人聚居的村落流行较广，多在春节及其他传统节日里，或在家祠宗族礼仪、神庙坛头祭祀、贺寿、新屋落成、店铺开张等喜庆场合中表演助兴。

（三）席狮舞

狮舞是一种传统舞蹈形式，而用席子作为道具的席狮舞是客家地区独有的一种狮舞形式。席狮舞，也称

"打席狮"，流行于梅州市的蕉岭、兴宁、梅县一带。席狮舞是当地客家人在丧礼中做佛事时的重要表演项目，带有宗教舞蹈的明显特征，与佛教在粤东客家地区的流传有着密切关系。席狮舞具有浓厚的梅州客家地区特色，其作为"香花佛事"中的一项特殊活动，在民间丧礼习俗中有着特殊功能，表现形式也甚为独特。其对佛教传播、人生礼俗、社会心理和狮舞流变的研究，都具有一定的历史研究价值。

关于席狮舞的起源说法不一。一说早在唐文宗太和年间（827—835年），佛教传入古梅州地区，后被称为"香花佛教"，僧尼的佛事活动就称为"香花佛事"。因客家人喜爱舞狮，僧尼便在民间的丧礼道场中，引入舞狮配合禅器敲击，舞狮就在香花佛事中逐渐衍化为一种独特的舞蹈形式。一说是在抗日战争时期，由蕉岭县释基尧创编。他仿效民间喜闻乐见的舞狮形式，就地取材，利用一张席子巧妙地折叠成狮头模样，便活灵活现地舞弄起来，在佛事活动中穿插表演，以后又吸收糅进了木偶戏和民间杂耍的表演特点，逐步形成了如今的"席狮舞"。

席狮舞表演的一大特色是以一张草席扮作狮子，角色分"席狮扮演者"和"沙僧"两人。两人穿着相同，都是穿深灰色棉布（俗称"和尚布"）对襟上衣、中式裤，扎黑色布腰带，脚穿草鞋或布鞋。席狮扮演者双脚走动的步法一步一顿，比较沉稳。沙僧扮演者除规定动作外，主要是依情节随意发挥，但经常向前弯腰，表演较为风趣。在舞蹈开始时，由席狮扮演者将草席卷为长筒状，并在上端反复绕成"∞"字形作为狮头，下部作为狮被，随即披在身上起舞；沙僧则一手拿长命草做"青"，一手持扇伴舞。表演的主要动作有起狮扮狮、狮子摇头、狮脖伸缩、参狮、蹲狮、睡狮、卧狮、摇扇跳步、逗狮退步等，节拍比较自由；还有引狮、出狮、舞狮、偷青、抢青、逗狮、入狮等程式和套路。整个舞蹈似狮非狮，即道具造型并不像狮子，而表演动态却酷似狮子，达到了神似的效果。

席狮舞音乐分为前奏、锣鼓点一以及锣鼓点二。一般席狮的表演过程是："前奏"以后，在反复的锣鼓点二音乐中，席狮扮演者先摆席卷上场，做"舞席卷"动作，而后跑至台前背向观众做"起狮扮狮"动作扮成狮子，再面向观众做"参狮"致意；击乐转为锣鼓点一无限反复，沙僧做"摇扇跳步"上场，至狮子面前，做"逗狮退步"动作逗引狮子，引狮子绕场一周后，可反复逗引狮子吃青；狮子做"狮子摇头""狮脖伸缩"等动作与之呼应。随后，狮子背向观众做"睡狮"动作，沙僧至狮子背后，做替狮子挖耳、捉虱、扇风等动作；狮子配合动身动头，做舒服状。沙僧将青置于台中，狮子做"卧狮"、抢青、食青动作，随后又做"蹲狮"动作，做狮子食吞饮水状。最后狮子在沙僧的逗引下退场。

席狮舞的表演和伴奏均由寺庙的僧人进行，所用乐器皆为堂鼓、铜锣、小钹等佛家神器，乐曲较为简单沉闷。在丧事的特定场合，进行超度亡灵的佛事中穿插席狮舞表演，象征驱凶辟邪、降瑞迎祥，不但可让死者亲属寄托哀思，又可让亲属在悲痛中得到精神慰藉。

六、"再现"梁山好汉的英歌舞

英歌舞具有悠久的历史，它是潮汕人民在长久的劳动生活中创造出来的一朵民间奇葩，是潮汕文化的重要组成部分。

英歌舞，俗称"唱英歌"或"扣英歌"，又称"因歌""秧歌""莺歌"，是一种汉族民间大型集体舞蹈。舞者绘脸谱，双手各持一根木槌，上下左右对击，动作雄健有力，节奏感强烈。它盛行于潮汕地区，尤其是揭阳的普宁、神泉，以及汕头的潮阳、汕尾陆丰的甲子等地，已成为群众喜闻乐见的民间舞蹈艺术。

至于其成因，说法不一。一说从祭孔仪式演化而来；一说因农民练武习艺，反抗官府欺压而起；一说起源于古代傩舞；而更多的一种说法是，它受300多年以前戏曲传入潮汕地区的影响所致，人们以《水浒传》中梁山好汉乔装攻打大名府营救卢俊义的故事为背景，用歌舞表演的形式来描绘108个英雄好汉的形象。英歌舞着力歌颂的是扶正压邪、团结战斗和勇敢拼搏的英雄气概，这是潮汕人民社会生活中不可缺少的精神元素。

潮汕人通过英歌舞来祈求平安吉祥，表达爱憎，抒发斗志。从最初的游神赛会，到今天的节日盛会、商户开业、楼宇落成、大桥通车、华侨观光等活动，无不请英歌队到场表演助兴。英歌舞又是增进乡谊、邻谊、侨胞和睦团结的重要纽带，它与人们的社会生活密不可分，在构建和谐社会中发挥着积极的作用。

英歌舞完整的表演程式，一般分为前棚、中棚、后棚三部分。前棚为男子群体舞蹈，中棚由小演唱、小戏或戏曲片段表演等组成，后棚为武术表演。

前棚部分为"唱英歌"，现称"英歌"，即舞棒及小鼓部分。表演道具为短棒和小鼓。表演者的装扮，是按梁山好汉的形象来打扮的。表演人数各队不一，有24人，有36人（俗称"三十六天罡"）或72人（俗称"七十二地煞"），最多至108人，主要视本村青壮年男子多寡而定，一般为偶数（玩蛇者不计），执棒及持小鼓者各占一半，现在也有全部使用短棒的。全体成员分作左右两队，领头的队员俗称"头槌""二槌"，头槌为黑脸挂黑须的"李逵"或"秦明"，二槌为红脸挂红须的"关胜"或"杨志"，再往后是"鲁智深""武松"，男扮女装的"孙二娘""扈三娘"。充当队伍前导的玩蛇人为"时迁"，锣鼓队中的司鼓装扮成"宋江"。其余队员也画脸谱，但并不明确是何人物。也有的英歌队员腰挂写有水浒人物名字的腰牌，背挂装饰性的各式兵器。英歌队员或每人双手各握一支短木槌，或一半人握槌、一半人执鼓。表演时，英歌队成二路纵队前进，至场地宽阔处，即变换各种队形，并在构图中舞出许多不同的动作套式。

中棚部分由小戏、杂耍、武术等表演项目组成，传统节目有13个，内容多是民间趣闻轶事，有《洗佛》《牵猪哥》《徐大江拖车》《钓鱼》《双摇槽》《桃花过渡》等。这些节目内容丰富，需众多技艺高超的艺人扮演，一般英歌队往往只能有所选择地表演其中的一部分。

后棚表演也无一定之数，通常由16人、24人或36人组成。他们轮番上场，表演各式套路的武术，以展示该英歌队伍的武功实力。其中，有拳术单打、双打、混合打，也有各种器械的对打，刀光剑影，扣人心弦。最后的压轴戏，俗称"打布马"。所谓"打布马"，是由一身穿着清朝服装，头戴红缨帽，脸挂鼻须，手执双锏，腰间装着一头布马作骑马姿态的"老爹"，与一和尚装扮、手持长棍者进行对打。后来有的还加进若干武术人员做徒手、刀、剑、棍等单打、对打的武术表演。最后以"老爹"被打得狼狈而逃来结束英歌舞的整个活动。

中后棚的演出程式比较繁杂，为了便于演出，现在的英歌舞则大多去掉了演小戏、比武艺的中后棚，只保留了最能体现英歌舞特色的前棚部分。

英歌舞熔戏剧、舞蹈、武术于一炉，具有独特的步法、身法、槌法、阵法。它以刚劲、雄浑、粗犷、奔放的舞姿，营造出磅礴、威武、强壮、豪迈的气势，给人以力与美的震撼。英歌舞所表演的角色均为《水浒传》中的英雄豪杰，表现手法十分概括写意，既不叙述故事情节也不表现人物，更多的是渲染战斗情景和热烈气氛，塑造英雄整体的形象。通过人物造型、服饰道具、形体动态、音响节奏等艺术处理，从整体上体现一种男性的刚健之美。

英歌舞由动作、套路、队形图案（阵式）、移动调度的组合变化构成了它的表演程式，从而也形成不同的特色和流派。英歌舞动作的基础是"耍槌花"和"击槌"。熟练地掌握"耍槌花"和"击槌"是做好所有动作的基础。英歌舞动作的构成，除了耍槌花、击槌，还包括腿脚步法。英歌舞的腿脚步法多采用马步、弓步、单腿站立、蹲跪步等，民间有的将上述动作称为"大战马""弓箭步""金鸡独立""坐莲步"等，步法要求稳健有力。将一个个动作，依照一定的方法和规律进行组合就成了套路，套路一旦形成，就会相对稳定地固定下来。每一个英歌队都能编排出两三个或多个套路。经过表演实践，好的套路便成了该英歌队的传统套路，代代相传。英歌队的队形图案的形成以及变化，是按一定的规律移动调度来进行的，多采用直线、斜线、弧线运动，并且是对称的，即两对或相向，或交替，或反向，或并排运动。这些队形图案和移动调度，各呈现不同的情绪氛围和情感指向，同时又具有不同的美感。

由于英歌舞历史久远、流传广泛，以及经过各地民间艺人不同的创造，因而形成了不同的风格特点。按节奏板式划分，英歌舞可分为慢板英歌、中板英歌和快板英歌。慢板英歌，又分对打套式、文派和武派，主要特点是动作刚劲雄浑、粗犷奔放、威武豪迈，场面恢宏壮观。中板英歌的锣鼓敲击比较简单，节奏变化不多。快板英歌相对前两种，节奏更加快，鼓点更紧密，队形变化丰富，动作的幅度增大增强。

英歌舞表演除了可以在广场、空阔地或固定场所进行外，还可以在街巷中游行表演。英歌舞所用道具主要有队旗、布蛇、槌、鼓等。伴奏乐队为大鼓、月锣、苏锣、大钹、小钹、钦仔等乐器组成的锣鼓队。锣鼓队员的服饰除司鼓演奏员按宋江装扮外，其余均着武士服饰。英歌队表演者大部分绘有脸谱，既有对戏曲脸谱的借鉴，又有自己的本土特色，经过长时间的流传演变，成为具有潮汕风格的民间艺术脸谱。脸谱多以黑、白、红为主色，配以青、蓝、黄等色，色彩鲜艳，对比鲜明。

英歌舞从组织队伍、筹备经费，到集中训练，再到演出，在民间都有一定的组织形式。最早的组织形式大多是个体组织，以家庭为核心组织英歌班，并起有吉祥的名字。如潮阳的"英兴""发顺""顺兴"英歌班，如普宁新坛历史上就有"正和兴（老寨内）""和顺兴（后壁园）""新顺兴（下新厝）""新兴（新祠堂）"四个英歌班。

在英歌舞中，潮阳英歌舞较有代表性，兹介绍如下：

潮阳英歌舞以豪放、遒劲闻名遐迩，被誉为"中国汉族男子汉典型舞蹈"。在潮汕普遍的民俗祭祀、喜庆节日的群众性观赏活动中，潮阳英歌舞以其驱邪除恶、祈福迎祥的独特功能而得到格外青睐。潮阳英歌舞把南派武术、潮剧、潮汕民间舞蹈、潮州音乐等地方艺术门类有机地融为一体，使这一群体广场舞蹈显得丰姿多彩，美不胜收。

潮阳英歌舞在实践中流传、变化，形成了不同的英歌舞风格。若按舞蹈节奏的板式划分，大致分为慢板英歌、中板英歌和快板英歌三种。

慢板英歌节奏较慢，所用舞槌比其他流派长。其基本舞法是击槌3下或4下构成一组动作，慢中见势，势中显气，凝重古朴而又舒展优美。此外，还有"醉槌"英歌，舞时舞者形似醉汉，别具神韵。慢板英歌主要流传于文光、棉北、城南一带。

中板英歌的节奏较之慢板英歌略快，基本舞法有打5槌、打7槌构成一组动作的，也有打8槌、打10槌、打

英歌舞

11槌、打13槌构成一组动作的；锣鼓点与慢板英歌有明显的不同，前者鼓点中间有停顿和拉长，后者则是连续敲点。中板英歌主要也流传于文光、棉北、城南一带，其特点是稳健中见潇洒，古朴中见圆活。

潮阳英歌舞队员，大多数从脸谱到衣饰，都按梁山好汉的形象进行装扮，队伍当中还有由男性扮演的"顾大嫂""孙二娘""扈三娘"；司大鼓者，有作"宋江"打扮的，也有作其他梁山泊好汉打扮的；领头的两名舞槌者（俗称"头槌""二槌"，即左右两舞蹈队的领头者），左队通常是挂黑须的"李逵"（或"呼延灼"），右队一般是挂红须的"关胜"。当前导、做指挥的"耍蛇人"，一般是扮作"鼓上蚤"时迁。也有部分英歌队除几位主角被赋予水浒英雄名字外，大部分无名，脸谱是"鬼谱"，多显凶杀之气。少年英歌队、女子英歌队，则一律作戏曲中的"武生""武旦"打扮。

女子英歌舞使用的舞槌长约1.2尺，动作矫健优美。其舞法是在吸取男英歌舞的基本步法和动作的基础上，糅合戏剧舞蹈的一些舞步造型，动作不受固定形式限制；舞槌的运动幅度较小，一般不高于头部，节奏近似中板英歌。

潮阳英歌舞不仅是古傩文化的遗存，而且融合了北方大鼓子秧歌舞的特点，对研究潮阳古代民间文化以及南北文化的交融具有一定的史学和民俗学价值。①

---

① 此章的内容，主要参考了广东省人民政府文史研究馆编《广东省民间艺术志》第四章、第五章（中山大学出版社2016年版）。谨此说明，并致谢意！

小 结

岭南音乐舞蹈是一个艺术宝库，除了上面介绍的以外，涉及音乐范畴的，还有各地的民间曲艺，如东莞木鱼歌、乐昌渔鼓、顺德龙舟说唱、潮州歌册等；在舞蹈的范畴内，还有各地的民间舞蹈，如舞火狗（龙门）、龙鱼舞（怀集）、雄鸡舞（德庆）、竹马舞（客家地区）、麒麟舞（客家地区）、马鹿舞（粤北）、春牛舞（粤北、粤西）、锣花舞（粤东）、鲤鱼舞（潮梅地区）、鹤舞（中山、珠海）、鳌鱼舞（番禺、汕头）等，相当丰富多彩。可以看出，岭南的音乐舞蹈有一个漫长的形成和演化过程，其中不少的音乐元素、舞蹈元素可能是随着历代北方移民的迁入而融汇进来，与岭南本土的元素相结合，进而形成自身的特色。

第七章　岭南书画

岭南书画，发源较早而积淀丰厚，远在秦汉时期，广东的漆画艺术已经达到较高的水平，如出土于广州西村石头岗秦墓的一件椭圆形漆奁，其盖面画有朱绘云纹，图案中的云彩呈流转、灵动之势，且讲究对称之美，中间有"蕃禺"二字印文，篆书，书体端庄大方，雍容闲雅。

广州博物馆藏秦代漆奁，上有"蕃禺"二字

秦汉之后，岭南的书画艺术日益进步和丰富，如唐代韶关张九龄墓，碑文由中书侍郎徐安贞撰文，书写者佚名，字体秀雅安闲，稳健中多有变化，估计是出自本地书法家之手。又如，广东画家如今能知其名者首推晚唐时期的张洵，南海人，在当时画名甚著，其事迹见北宋郭若虚的《图画见闻志》及北宋黄休复的《益州名画录》，可以说是首个知名的、具有全国影响的岭南画家。

宋元之后，岭南的书画名家逐渐增多，著名诗人崔与之也是一位造诣颇深的书法家，崔与之曾经为四川剑阁题写了一首《水调歌头》，传剑阁蒲涧寺将此词摹勒上石，因蒲涧寺已经荡然无存，不知石上文字是否出自崔与之手笔。而崔与之的学生李昴英也工书，笔力峭劲，心正笔正，力追柳公权。宋代另一位岭南诗人葛长庚（又名白玉蟾），以画梅花闻名于世，清代画家金农《冬心画梅题记》说："白玉蟾善画梅，梅枝戌削，几类荆棘，著花甚繁，寒葩冻萼，不知有世上人。"白玉蟾又擅长大字草书，兼善篆书、隶书，书法造诣甚高，是岭南书法史、绘画史上的一位重要人物。

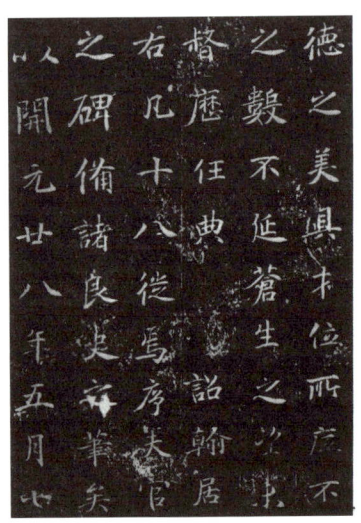

《张九龄墓志铭》（局部）

明代以来，岭南书画家留下了不少存世的书画作品，使后人能一睹其笔墨风采。明代的哲学家陈献章是一位对岭南书法有重要贡献的人物，他的书法作品"得之于心，随笔点画，自成一家"（游潜《梦蕉诗话》）。他独创了"茅龙书法"，书风为之一变，大有一种"疏野"之气，富于野趣和情致。同样是哲学家的湛若水（增城人），是陈献章的学生，其书法参合了欧阳询、杨凝式、李邕等的笔意，笔力挺拔，气势纵横。

明代的岭南书家还有黄佐、欧大任、黎民表等，他们是师生关系，黄佐是老师。黄佐的书法博采众长，气质高雅，体现了他"多闻善学"的主张。欧大任的书法取法颜真卿和苏轼，显得厚重宽博。黎民表能画善书，清初著名学者钱谦益《列朝诗集小传》称赞黎民表力学文徵明而有心得，"得其家法"，他的书法作品笔力圆劲，法度谨严，功底深厚，其大字书法尤以"奇伟"著称。

明代岭南画家颜宗，其画作是岭南现存最早的作品。而明代岭南画家中名气最盛当数林良，他是宫廷画家，其写意花鸟画艺术成就极高。及至明代中叶，岭南重要的画家有张穆，以画马著称。

清代初年，岭南书画家的杰出人物有屈大均、陈恭尹，以及终身隐居不仕的彭睿瓘。屈大均善画兰竹、山水，其书法以行草最为出色。陈恭尹有很高的书法造诣，尤其擅长隶书，以"腕力甚劲"著称。至于彭睿瓘（顺德人），因长年隐居，不求闻达，不大为人所知，

陈恭尹隶书诗轴

可是，其书法造诣之高，堪称大家，尤以草书的笔势和布局为鉴赏家所称道；他的画作，也以草书笔意入画，有一股"清刚俊逸"之气。以上三人均为明代遗民，被称为"三大遗民书家"。此外，清代初年的书法家还有著名诗人梁佩兰，以及薛起蛟（顺德人）、程可则（南海人）、王隼（番禺人）、廖燕（曲江人）等。梁佩兰的行书、薛起蛟的草书、王隼的小楷、廖燕的草书，均各有风格、各具个性，这是相当可贵的。从清朝历史的发展来看，康熙朝后期开始，士子们更加忙于科举考试，书风"时尚化"，而个性也就逐渐隐没于"时尚书体"之外。

康乾年间，岭南的黄璧在山水画、人物画等方面有突出成就，注重笔墨意韵，画意浑厚，多有巨幅之作。

在清代中叶即乾嘉年间，冯敏昌（钦州人，今属广西）、黎简（顺德人）、宋湘（嘉应人，今属梅州）、吴荣光（南海人）并称"岭南四大书家"。冯敏昌的书法得到翁方纲的高度评价，说他由褚遂良而入王羲之，对《兰亭》诸本有精深研究。冯敏昌主张多学习，但要有自己的面貌，认为"专工摹古，则为家奴"，其书法美学是"宁拙毋巧，宁苍毋秀，宁朴毋华"。黎简是著名诗人，而其书画之名也很大。他的山水画，章法新颖，格调别致；其书法则颇有魏晋气韵，谢兰生称赞他"一点一撇，皆有停顿"，既沉着又舒展，一丝不苟，清新明净。宋湘也是杰出书家，其书法学习借鉴古代多位大家如苏轼、米芾、黄庭坚、李邕、杨凝式等，

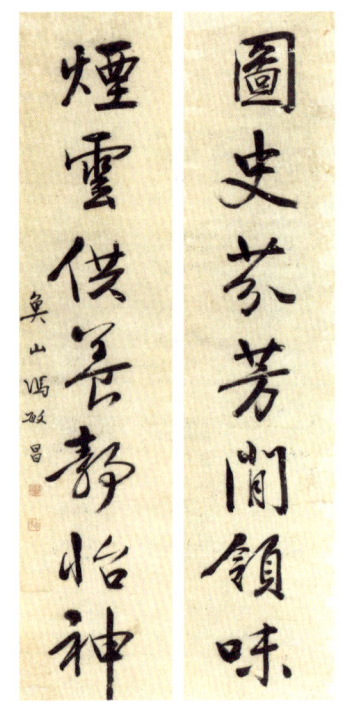

冯敏昌行书对联

第七章 岭南书画

而不主故常，尤其到了晚年，更是随意挥洒，无所束缚，笔力老到。值得一提的是，宋湘用笔，也多独创，竹叶、蔗渣、草秆均可用来书写，可谓别有情致。至于吴荣光，曾得到当时的书法大家刘墉的指点，又师从阮元、翁方纲等名家，其本人对金石之学与"帖学"均有精深的研究，著有《筠清馆金石录》，编有《筠清馆法帖》，还有书法论著《帖镜》。他的书法作品兼取欧阳询与苏轼等大家的笔意，也兼收帖学与碑学的精髓，《兰亭》与北碑结合，既"写帖而有碑味"，又能"运碑入帖"，相得益彰。

乾嘉年间还有一位书画大家兼诗人谢兰生，其作品是诗、书、画结合的佳品。张维屏《国朝诗人征略》称谢氏"画学尤深，用笔雄峻有奇气"。他的书法，也富于韵味和意态，运笔灵动而有内劲，运行着一股"清虚之气"，即便是"游丝一道"，也能够做到"盘旋不断"，真正是"顾盼生情，血脉流动"（谢兰生语）。

道光年间，同是顺德籍的书画家苏引寿、苏仁山、苏六朋合称"顺德苏氏三杰"。苏引寿、苏仁山是一对父子，书画兼善；苏引寿曾在儿子苏仁山的大幅山水画上以草书题跋，获得"流走生动"之誉。苏仁山从小就有画名，画风与书风均极具个性，他的一些书法作品有如"顽童体"，又有"画怪"之名，这与其性情旷放大有关系。他蔑视礼法，歌哭无端，又贫病交加，英年早逝。但其书画充满着个性张力，在岭南书画的发展史上占有一席之地。至于苏六朋，是一位著名的人物画家，

苏仁山《二苏图》

其画作富有历史的眼光与"知人"之妙。

及至晚清,一些岭南大学者也是书法名家,如朱次琦、陈澧的书法作品注重意态,大有学者风范。而同样是著名学者的李文田(顺德人),一生为官,却以其元史研究和西北舆地研究而闻名全国学界,著有《元秘史注》《朔方备乘札记》等。他又是一位造诣很深的书法家,据说,其书法作品还得到慈禧太后的赏识,并给予很高评价。清末著名金石学家叶昌炽称道李文田的书法"精严""遒丽",有唐贤之风,肯定了他对唐代欧阳询等书法大家的借鉴和继承。其实,李文田对汉碑、唐碑也有深入研究,其书法结体融汇了篆书、隶书和楷书诸体笔意,笔力饱满,意态雍容,同时,能够以碑意入帖,走出了一条具有岭南特色的碑派书法之路,因而被誉为"碑学名家"。此外,他曾经对传世的《定武兰亭

李文田书法扇面

陈澧行书对联

序》(当时为端方所藏;传唐欧阳询据王羲之"真迹"临摹上石,此"定武本"相当珍贵,为诸种《兰亭》刻本之冠。)提出质疑,表达了颇有学术条理的否定性意见。此意见日后得到郭沫若的重视,郭氏于1965年发表《由王谢墓志的出土论到〈兰亭序〉的真伪》一文,接受李文田的看法,并进一步发挥,认为传世《兰亭序》不是晋代遗留下来的作品的临摹,由此还引发了学术界关于《兰亭序》真伪的多次论辩,也有若干学者提出反驳郭氏的意见;正反双方的意见僵持不下,目前尚无定论。而这一书法史上关于"天下第一行书"的著名"公案"与李文田有不可忽视的关系,可见李文田的学术勇气和胆识。

近代重视"碑学"的还有康有为,他的书法以唐代欧阳询的"欧体"为底子,又博览群碑,既吸收碑意,却又将"碑学"中的方笔改为圆笔,且书风多变,其书法有"康体"之称。虽褒贬不一,但是其个人风格之特异为岭南书坛注入了活力。康有为弟子众多,能书者不在少数,如梁启超的书法,行书、楷书、隶书均有真趣,典雅大气,浑厚得体。

晚清至近代的岭南绘画,花鸟画的成就相当突出。代表性人物是世称"二居"的居巢和居廉。"二居"是堂兄弟,一般认为,居廉的成就还在居巢之上。延至清末民国,居廉的弟子高剑父及其弟高奇峰继承了居廉独特的花鸟画的画法,又东渡日本,吸收了日本画家的技法,潜心研究东西洋美术史,倡导"新国画运动";高

康有为行书对联

剑父还创办了"春睡画院",培养了一批优秀的美术人才,并形成颇具岭南特色的画风,被称之为"岭南画派"的开山人物。

一、岭南存世画作最早的画家颜宗

颜宗(?—1454),字学渊,南海人。

颜宗是明代前期的广东画家,广东存世最早的画作就是颜宗的《湖山平远图》(绘卷,长达512厘米,现藏于广东省博物馆)。换言之,颜宗是岭南美术史上一

颜宗《湖山平远图》

位具有"里程碑"意义的人物。

颜宗于明永乐二十一年（1423）中举，其生年可能在建文、永乐间。出仕后，他做过福建邵武知县、兵曹转员外郎等职，卒于景泰五年（1454）。估计他在出仕前已有一定的绘画功底，居官之余，专心从事绘画。

《湖山平远图》卷末落款是"南海颜宗写湖山平远图"，上有与颜宗同时代的陈敬宗的题跋。陈氏本是浙江慈溪人，曾任福建长汀县教谕，可能与颜宗在福建相识，跋语上说这幅绘卷是"今地官主事颜宗所作"，所谓"地官主事"显然是指绘画者的地方官员身份，一个"今"字又透露出陈氏是在颜宗完成此画创作后不久即题写了跋语，其时颜宗尚在福建任上。颜宗在明正统八年（1443）至景泰二年（1451）出任邵武知县，陈氏跋语写于景泰二年正月，以此推断，此画大概绘于此时或稍早。

我们可以从陈氏跋语的描述中感受颜宗对他主政当地的热爱之情："有平畴沃壤，春水方足，而耕者、锄者、驱牛者孜孜于稼穑之谋。亦有平湖广泽、浦溆之饶，而舟艇往来出没于波光云影之下，网者、钓者、截流而渔者，亦汲汲于鱼蟹之利。他若仙宅梵宇之参差，草木畅茂，有无穷之雅观焉。"若是联系此画的实际景象，可以说，颜宗是以散点透视的方法，将福建某地"无穷之雅观"呈现于画中。他的画作展示了当地春景：春水在上涨，各色人等在田里、湖上、河边为生计忙碌着，到处是一片生机；而远处的山上，道观、佛寺参差错落,树木葱茏,幽深玄远,似有梵钟声声,给富于动态的农事画面平添了一点静穆之趣,形成某种程度的反差。这也流露出一位文官的视角与文人的情怀。

颜宗的绘画在当时颇有影响,同是明代广东籍画家的林良就曾赞誉道:"颜老天趣,不可及也。"(汪兆镛《岭南画征略》卷一)林良眼界极高,对人不轻易许可,他对颜宗的评价自有见地。

二、擅长"翎毛花草"的林良

林良(约1426—约1500),字以善,南海人。

林良生活于明代宣德、成化、弘治年间。早年曾花钱在官府里买了一个职位,"为藩司奏差",得以接近布政使陈金。陈金喜欢书画,借来名人画作欣赏,而林良却多有"疵摘商评",陈金大怒,欲加鞭挞,而林良自称懂得绘事,请其息怒;陈金命其临写名家画作,林良的绘画才华得以展露,始令陈金大吃一惊,从此另眼相看,而林良的画名"自此腾誉缙绅间"(黄佐《广东通志》卷七十"杂事下")。原来,林良小时候曾跟同乡画家兼官员的颜宗、何寅(生卒年不详,曾任"知府")学习绘画,有"童子功",故能够遇到机会即可大显身手。当然,仅有"童子功"还不能充分说明林良之所以成为一代名画家的原因,他从小聪颖,悟性极高,天分与勤学相结合,尤其是颜宗以"天趣"为宗旨的教导对他影响颇大,培育出他超群的绘画感觉和鉴赏

第七章 岭南书画

林良《秋树聚禽图》

眼光。

林良在明天顺年间供奉内廷；弘治年间在仁智殿任职，官至锦衣卫镇抚，是一位宫廷画家。他的画风，一方面借鉴南宋院体画的笔意和布局，讲究细腻逼真；一方面又重视"天趣"，不囿于成规，为水墨写意花鸟画注入了一股清流。如《秋树聚禽图》（现藏于广州艺术博物院），苍劲的树干，将枯未枯的树叶，摇曳多姿的竹子，疏疏落落却不乏生机，站姿各异、神态有别的禽鸟虽也感受着渐渐加深的秋意，但无畏寒之态，尤其是竹子顶端还有昂然挺拔、风神特异的叶子，毫无萧瑟衰飒之感。整幅画作的主体呈S形构图，画的是秋趣，表现出流荡着的天机，图中那只站在中央偏下的鸟，泰然自若，昂头上探，一副凛然向上的样子，与上方树干上的众鸟只顾眼下的情状迥然不同，个性尤为鲜明、突出。观南宋院体画，总觉得精细有余而个性不足，林良的画作在个性化方面下的功夫值得珍视。

林良《灌木集禽图卷》（局部）

    林良以翎毛花草画见长，据说，他晚年也画白描小景，画风有所改变，但"终不及翎毛花草之工"。明代著名诗人李梦阳赞誉其画作："林良写鸟只用墨，开缣半扫风云黑。水禽陆禽各臻妙，挂出满堂皆动色。"（李梦阳《空同集》）明代哲学家陈献章曾经为林良的画题诗，有句云："烟飞水宿自成群，物性何尝不似人？"（《题林良〈林塘春晓图〉》）哲学家看画看出了"物性何尝不似人"，可谓相当精到，正好点出了林良画作的个性化特征。

    而林良的画风之所以能够独树一帜，与其较为深厚的诗学修养颇有关系。林良诗歌创作讲究个性，重视灵感，平时他喜爱作诗，由于跟当时的不少士大夫多有交往，诗艺也在不断进步。据说，有一位叫何经的都御史，作诗以敏捷著称，时常和林良一起饮酒唱和，两人你来我往，"顷刻成诗百篇"，此说或有夸张，但林良在公卿之间不仅有画名,还有诗名,这对他的知名度的提升大有帮助,画名与诗名相得益彰,故此,"(林)良由是名益显"。他成为广东首位具有全国影响的大画家,兼具了主客观条件。

三、独创"茅龙书法"的陈献章

陈献章(1428—1500),字公甫,新会白沙里人,生活于明代宣德至弘治年间。

陈献章是明代具有全国影响的著名哲学家。他将哲学思考与书法创作结合起来,自有主张,其书法作品有一种"神往气自随"的风范,是"神"与"气"合二为一的杰作。

湛若水是陈氏的得意门生,他在总结其师的书法实践经验时说:"先生初年墨迹,已得晋人笔意,而超

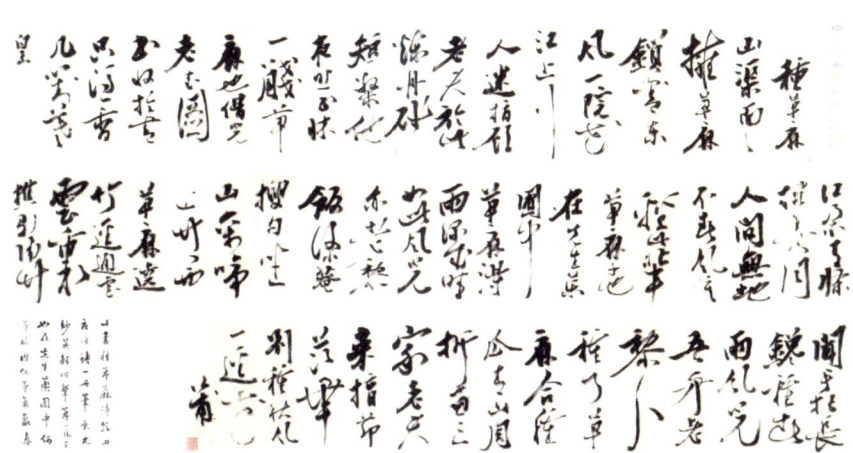
陈献章·种萆麻诗卷

然不拘拘形似，如天马行空，步骤不测。晚年造诣益自然，自谓'吾书熙熙穆穆'。有诗云：'神往气自随，氤氲觉初沐。'夫书而至于熙熙穆穆，岂非超圣入神而手与笔皆丧者乎？"（屈大均《广东新语》卷一三"白沙书"）换言之，陈氏在进入了他的"书法感觉"后浑然忘却"手与笔"的工具性，在其创作的天地里达至"熙熙穆穆"的境界。所谓"熙熙穆穆"，是哲学家用语，难以用词语精确表达；因为将"手与笔"的工具性忽略不计，故而"熙熙穆穆"大致是指"神气合一"的超越境界，是"随心所欲不逾矩"的脱俗气度，随意纵横而又不失"中正平和"，也即陈氏自称之"动上求静，放而不放，留而不留"的自在状态，这已经超越修养层面而成了明心见性的一种践行方式。

由于有"好字不论笔"的自觉意识，用哲学家的思维将笔的工具性加以消解，陈献章在书法史上有一个重要发明就是独创"茅龙笔"，他选割乡间丛生的茅草，经过捣制、浸洗，进而梳扎成笔。于是，笔成了书法家的手的延伸，贯彻着书法家的意志，体现着书法家"神""气"的变化，在"神"与"气"合一的同时也实现了人与笔的一体化。这是陈氏"茅龙书法"的独特意义之所在，可谓独步天下，前无古人。

陈氏书法以"沉雄苍劲，朴茂绝伦"著称于世，其书法的画面感是"时疾时缓，收纵有度；枯润参差，互相映带"（陈滢语）。有日本学者评论道："他那样写成的东西却是一种具有内在信念的书法，这一点与禅僧

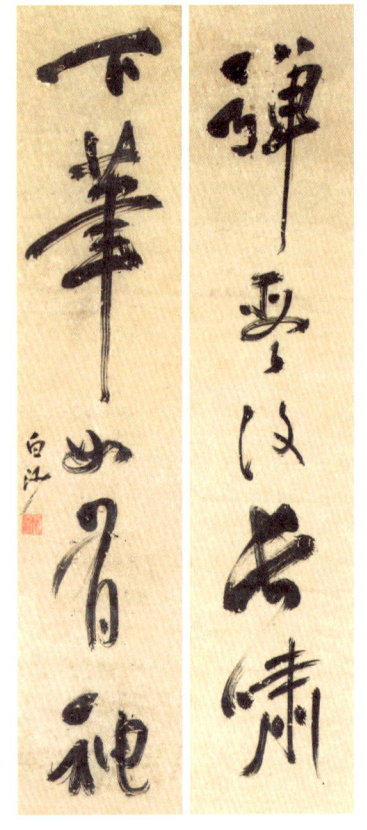

陈献章行草对联

的墨迹相似。"（伏见冲敬《中国历代书法》）说陈氏的书法有"内在信念"，正是道出了其人与笔的一体化特色。

陈献章可以说是中国书法史上的"异数"，书法史家所说"白沙先生是岭南第一位杰出的书法家"（陈永正《岭南书法史》），并非过誉之词。

四、"尤善画马"的张穆

张穆（1607—1683），字尔启，又字穆之，号铁桥道人，东莞茶山乡人。

张穆生活于明末清初，卒于康熙年间，他亲身目睹了天崩地解的大变局，其思想情感与当时的明代遗民多有相通之处，巨大的国变激发了他内心的豪侠之气。他与同样具有豪侠之气的岭南诗人屈大均是好友，两人惺惺相惜，相知颇深，故而屈大均在《送铁桥道人》一诗中写道："十二慕信陵，十三师抱朴。十五精骑射，功名志沙漠。袖中发强矢，纷如飞雨雹。章句耻不为，孙吴时间学。"（屈大均《翁山诗外》卷一）道出了张穆的志向、气质和与众不同的学养结构。屈大均的诗写于顺治十二年（1655），此时张穆已经年近半百，深知其为人的屈大均似乎有点想借此诗为朋友写"精神传记"的意思，故而一连写了三首。张穆不屑于和普通儒生那样终日皓首穷经，终老乡间，而是自觉地学习兵法、练习骑射本领，这与一度潜心于兵书的屈大均几无二致。后来，张穆投笔从戎，并在惠州、潮州一带从事"抗清"活动，这也跟一度从戎的屈大均颇为相似。明末清初的广东，有一批如屈大均、张穆这样的人物活跃于岭南岭北，洗去了书生的文弱气，表现出不输于北方汉子的刚健风姿。

与此相关，张穆作为岭南画家与别人不一样的，是其不以画岭南风物见长而以善于画马著称。屈大均在《广东新语》里专门指出："（张）穆之尤善画马，尝畜名马曰铜龙，曰鸡冠赤，与之久习，得其饮食喜怒之精神，与夫筋骨所在，故每下笔如生。"由于长年和名马共处，仔细观察，细心研究，他对于马的形体特征、生活习性、情绪变化等均能了然于胸，可谓胸有成"马"，故此，他批评唐代画马名家韩干笔下的马"骨节皆不真"，并说："凡马皆行一边，左前足与左后足先起，而右前足右后足乃随之，相交而驰，善骑者于鞍上已知其起落之处。凡骏马之驰，仅以蹄尖寸许至地，若不沾尘，然画者往往不能酷肖。"（屈大均《广东新语》卷一三"诸家画品"）可以说，张穆是心

张穆《枯木骏马图》

张穆《松溪伴马图》

中自有一本"马经"的专门家,他看过不少画马的作品,能令他满意的却不多,尤其批评那些画马的人难以画出骏马奔驰时"若不沾尘"的俊逸风采。可见他对自己画的马是相当自信的。

至于张穆的画作是何等气象,不妨看看同以"明遗民"自居的陈恭尹在其诗里的描述:"张公捉笔初无意,乱点离离墨光渍。袖手方回惨淡思,满堂忽作飞腾势。尤工画鹰与画马,岂有鬼神立其臂?是何意态奇且杰,历落高深见胸次。"(《张穆之画鹰画马歌》)陈恭尹认为,张穆画作上的鹰和马那种飞腾的气势与画家的胸次有着十分重要的对应关系,这为解读张穆画作提供了一种思路。

张穆的绘画,体现出岭南画家中少见的有如北方汉子般的气质,套用"南人北相"一语,或许可以说,张穆的作品是不可多得的"南画北相"。这是明末清初独特历史背景下的产物。

五、"构图浑厚"的山水画家黄璧

黄璧(生卒年不详),字尔易,澄海人,约生活于清康熙至乾隆年间。

黄璧是清前期粤东的杰出画家。与珠三角画家相比,黄璧画急流、绘雪景却自有偏好、自具特色。他少年时代师从画家翁铨,打下扎实的"童子功";后来,他游历名山胜地,如罗浮山、武夷山,以及杭州西湖、苏州虎丘等(谢文勇《广东画人录》),多得"江山之

黄璧《四季揽胜图》

助",涵养心胸,探索画风,自成个人面貌。

根据著录,黄璧画雪景的作品有《赏雪图》《雪景山水轴》等,美术史家评《赏雪图》曰:"古木森严,山峦玉砌,为了区分出雪峰与林木的层次关系,他耐心细致地把前后的轮廓、凹凸、光影以留白、浓淡墨渲染的方法表现出来。他很熟练地掌握了烘染的技巧,相信在清前期的广东,他对真实感的追求是无人可比的。"(李公明《广东美术史》)这也道出了黄璧在岭南美术史上的独特意义。

至于画急流,黄璧存世的作品有《急流舟上图》,纸本,纵165厘米,横89厘米,可谓巨幅。画面上,山势高耸而有飞动之态,远处的塔影与近处的小舟适成对比,构成一个巨大的山水空间,因而衬托出一弯急流呈S形冲刷而下,画面的张力感迎面扑来。黄璧独到、大胆兼大气的构图能力于此可见一斑。

世称黄璧"山水浑厚,意在梅花和尚"(汪兆镛《岭南画征略》),此"梅花和尚"即指元代四大家之一的吴镇(号"梅花道人")。吴镇的山水画,师法董源、巨然,以深厚苍郁著称于世。黄璧的构图浑厚,颇得吴镇之趣,而又每每笔意灵动、浑厚之中兼备秀逸,却也别有怀抱和追求。

六、"雄峻有奇气"的书画家谢兰生

谢兰生(1759—1831),字佩士,南海人,寓居广州。嘉庆七年（1802）进士，选翰林院庶吉士，因父亲年事已高，故未赴任。曾先后主持过粤秀、越华、端溪等书院，是一位学者和教育家，学养十分深厚。他既擅长诗文，又深于绘事，曾说："作画如学书，必专事谨严，至于熟极，乃能放笔。赵吴兴（按，即元代赵孟頫）言之再三，乃千古不磨之论。吾愿学画者必先于谨严上求之也。"他对古代绘画大师的见解多有独到的领悟，如在评论倪瓒的画论时说："云林言写画者写胸中逸气耳，此一语道尽画中妙趣，非深领其趣者不知也。"由此可知，谢兰生深谙文人画的个中三昧。学术界对他的画作有一个流传颇广的评价，说他的用笔"雄峻有奇气"，兼得吴镇、董其昌之妙。（张维屏《国朝诗人征略》）

谢兰生《层岩叠嶂图》

他的题画诗也自有一番别样的情致,如题《荔枝湾图》诗曰:"荔丹不厌再来游,上得江亭又泛舟。一曲琵琶弹未了,濡毫乘兴写芦洲。"好一幅描画羊城的"荔湾风情图",抒发了对本土风物和艺术的热爱,心中还激荡着一股南国豪情,面对眼前美景,禁不住趁着雅兴描画出来。画与诗,相得益彰,浑然一体。

谢兰生的书法,以颜真卿为底子,兼学褚遂良、李邕诸家,有唐人风韵。他在《自题临褚本兰亭》中自述道:"予写《兰亭》,多宗褚法;虽不能至,而略有依仿,不至如土木形骸。"字里行间,谦虚里见出自信,也可见他在帖学方面下了较深的功夫。

七、"奇傲天地间"的人物画家苏六朋

苏六朋(1791—1862?),字枕琴,号枕琴道人、枕琴居士、南水村佬、南溪渔隐等,顺德勒流镇南水村人。

他成长于清乾隆末年、嘉庆初期,而一生长居岭南,大部分时间在广州度过。其画作富有个性,尤以人物画见长,足迹虽未出岭南,声名却远播岭外,是清代广东具有全国影响的著名画家。

苏六朋是一位具有历史情怀的画家,他对汉唐人物颇为偏爱,如张良、韩信、萧何、苏武、李白、房玄龄、虞世南、许敬宗、陆德明、孔颖达等,都出现在他的笔下。这一系列人物,或以彪炳千古的功业为人所敬

仰，或以杰出无双的才华为后世所叹赏，苏六朋在他们身上寄寓了深情和仰慕，他以布衣之身而精心描画，其胸襟、气度和追求，不言而喻。虽僻居岭南，却也豪情万丈，卑微的身份与超拔的追想构成了苏六朋内心的张力，这是他的人物画隐含着的独具风貌的底蕴。

且看其《汉初三杰图》：张良、韩信、萧何三人的画像呈"品"字形构图，张良居上，面容姣好如女子，颇有仙气，左手抬起，执一书卷。站在张良前边的，分别是左侧的萧何和右侧的韩信。三人神态各异，颇为符合司马迁在《史记》里对他们的性格描述。而苏六朋以"铁线描"的笔法将这三个汉初历史人物描画出来，笔势时而峻急，时而舒缓，线条粗细相间，容貌勾勒各如其面，服饰及穿戴则与三人的身份、气质相吻合，"品"字形的构图，既错落有致，又浑然一体。更为关键的是，三人合成一图，并非随意凑合，而是有其内在的历史逻辑："（萧）何进言韩信，汉王（刘邦）以信为大将军"（《史记·萧相国世家》），萧何是韩信命中的"贵人"，而韩信终于被杀，又是因为"吕后用萧何计"，所谓"成也萧何，败也萧何"，萧何与韩信可谓是极为特殊的"生死之交"。韩信与张良，也有重要的交集，"汉四年，韩信破齐，而欲自立为齐王，汉王怒。张良说汉王，汉王使良授齐王信印"（《史记·留侯世家》）。设若没有张良的关说，韩信不仅做不了齐王，还可能死得更早，这何尝不也是一种"生死之交"呢？《汉初三杰图》所描绘的这三位"生死之交"，还

苏六朋《汉初三杰图》

苏六朋 太白醉酒图

有更深层次的意蕴,他们各有丰功伟绩,也各具悲剧色彩。且不说韩信死于非命,就是张良,其生命里的最后八年,其实是在吕氏的眼皮底下被软禁,所谓"吕后德留侯,乃强食之;留侯不得已,强听而食",实际上是"愿弃人间事"而不得,行动失去自由;更有甚者,张良死后,其子张不疑"坐不敬,国除",结局很惨。至于萧何,他死之前已经极为谨慎,"置田宅必居穷处,为家不治垣屋",可他死后,"后嗣以罪失侯者四世,绝"。画面上的三人,其生前之赫赫"功业"与死后之惨淡"家境",构成强烈的"历史张力",使人追怀,令人思慕,也叫人唏嘘不已。此画独特的构图别具匠心,"三人组合"易使读者引发联想,着实耐人寻味。

苏六朋笔下的李白,又是一番孤傲的意态,如《太白醉酒图》(现藏于上海博物馆),李白服饰素朴,儒雅风流,高大的身躯摇摇欲倒,他喝得酩酊大醉,幸得一前一后两人搀扶,方能勉力移步前行。或许是遭遇权贵的冷眼,或许是刚刚受到太监的戏弄,李白醉眼眯缝,一脸不屑,我行我素。

除人物画之外,苏六朋的山水画也取得颇高的成就,如《洗砚图》(现藏于广州艺术博物院),取高山流水的意境,苍松迎风,溪水淙淙,急流冲石而下,溪涧水草丰盈,一童子持砚蹲下,正要清洗,而主人端坐溪涧之上,身体前倾,目视童子洗砚,他远离尘嚣,意态从容,松风与流泉交响,天籁之音沁人心脾,童子在洗砚,他似乎在"洗心",沐浴在天光山色之中,置身于市井人寰之外,这一位高士,未尝不是画家自己的精神写照。

苏六朋终生布衣,虽有出尘之想,却并非不食人间烟火,最终成为一位职业画家,以此谋生。布衣情怀与名士气质奇妙地统一在他的身上,并贯穿着他的画家生涯。与他同时代的人已经对其画作评价甚高,如有人说:"枕琴道人名重吾粤,一种神妙之趣,人多重之。"(寒芗语)著名学者、诗人张维屏也有佳评:"枕琴善画人物,大而盈丈,小而分寸,男女老少,形神各肖,衣冠动作,笔笔生动,天生绝技,一时无两,宜求者接踵而至也。"而以今天的眼光来看,则可以说,苏六朋的画作既具有北方画家的大气,又具有岭南画家的灵动手眼,两相结合,使其画作别具风韵,自成一家。

八、世称"二居"的居巢、居廉

居巢(1811—1865),字梅生,号梅巢;居廉(1828—1904),字士刚,号古泉、隔山老人、罗浮散人等。世称"二居",二人是堂兄弟,年龄相隔十多岁,为番禺隔山(今广州河南隔山)人。

居巢在早年遇到的一位重要人物,是东莞可园的主人张敬修。张氏曾做过广西按察使,其间招延居巢为幕宾,居巢(而居廉有可能随行,待考)得以经常出入于风景如画的桂林,涵养心胸的清气,拓宽画家的视野。

尤为值得注意的是,张氏本人也是一位造诣颇深的书画家,平时的相互切磋,对于居巢的画艺成长具有重大意义。此外,可以肯定的是,居巢在桂林期间有机缘看到了流寓桂林的江苏籍著名画家宋光宝、孟觐乙的画作,宋、孟二家的笔法令他大开眼界;至于居廉,他有一方印章,上刻"宋孟之间"四字,也从中可见其艺术上的师承与追求。至于"二居"跟宋、孟二人是否有过直接的接触,资料阙如,学术界尚无定论。

宋光宝(生卒年不详),号藕塘,江苏苏州人,善于画花卉、翎毛、草虫等,笔法兼工笔、写意之趣,师承宋元笔意而自有风貌,于一草一木间透出一股天地清气。孟觐乙(1764?—1833),字丽堂,江苏阳湖(今常州)人,年轻时曾入京谋生,得到时在工部任职都水司郎中的李秉绶赏识,李氏本人也是画家,颇工兰竹;孟氏后随辞官归里的李氏到桂林居住,时在嘉庆十九年(1814)。孟氏画风独特,人称"阳湖孟丽堂先生,花卉、山水皆古拙高淡"。又据记载,他"居粤西最久,以其画不入时目,世或不能举其名"。(李瑞清《清道人遗集》)孟氏为人孤傲,不图俗世之名,其朋友姚元之曾说:"孟丽堂善花卉,得恽(南田)家三昧,而独以幽胜。与其人(按,此指求画者)善,落笔则必精心于高古一派。所谓高古,半水半墨,若在烟云缥缈间矣"。(《竹叶亭杂记》)

就广东画坛之渊源而言,近代学者潘飞声的《绿水园读画记》、汪兆镛的《岭南画征略》均认为孟觐乙和宋光宝二人开岭南画派之先河。原来，约在嘉庆末年、道光初期，宋、孟二人得李秉绶礼聘而"来粤教授作花卉"，李秉绶虽然家居桂林，而家族生意却在广州，财力雄厚，喜欢绘事，故而将宋、孟等人视为"画师门客"，李氏及宋、孟一度在广州画坛颇为活跃。于是，宋、孟的画作为粤地画家所熟悉，是自然而然的。"二居"是粤地画家，在没有确凿资料证明他们跟随宋、孟学画的情况下，说"二居"私淑宋、孟，似更为恰切。

自与宋、孟的画作结缘以来，"二居"深受其影响自不待言。张敬修在东莞建有可园，因有密切的宾主关系，"二居"曾一度寄居在张氏可园，还在那里结识了不少文人墨客，学养与胸次得以不断提升和开阔，对其绘事颇有助益。同治三年（1864）张敬修离世，"二居"随即返回故里。居巢也于次年（1865）辞世。"二居"之一的居廉直到1904年才去世，因前后有数十年的绘画生涯，故其存世作品甚多，约有1000余件。

就血缘关系说，居巢是其堂弟居廉的监护人和绘画启蒙师傅。居廉自小父母双亡，主要依托其堂兄生活和成长。"二居"的得名，更多的原因盖在于此。居巢于绘事颇为严谨，不随便作画，且年寿不长，故而存世作品较少，不足200件，大部分画的是花鸟和草虫，另有少量的人物画（仕女、文人、戏剧人物等）和山水画。他最重要的贡献是善于学习和借鉴宋光宝、孟觐乙以及恽南田等的艺术经验，摸索出一种名为"撞水粉法"的画法，并经由传授给居廉而发扬光大，形成独特画风和

居巢《草虫图》

色彩效果。

居廉继承堂兄的画法而有更丰富的实践，其独到的绘画技巧在于：一是"撞粉法"，即以粉撞入色中使粉浮于色面，于是润泽松化而有粉光了。在一花一瓣当中，不须着意染光、阴，惟以浓淡厚薄的粉为光、阴。此与印象派专欲再现以色光的结果暗合。一是"撞水

居廉花卉草虫四帧

法",其技巧如同"撞粉法",实则以水代粉,在设色时,看画面具体需要,用笔蘸水,或从色块的中间,或从颜色的边上适当注水,以达到求其淡则淡、求其浓则浓的效果,呈现出物象的受光面或背光面,线条与色彩自然如天工一般,好似非人力所能为。(高剑父《居古泉先生的画法》)

居廉在广州河南隔山建有十香园(又称"隔山草堂"),内有紫梨花馆,是其设帐授徒的地方,弟子众多,为广东画坛培育了一大批人才。

九、"岭南画派"开山人物高剑父、高奇峰

高剑父(1879—1951),原名崙,字爵廷,号剑父,以号行。高奇峰(1889—1933),原名嵡,字奇峰,以字行。剑父为兄,奇峰是其五弟,番禺人,二人世称"二高",是"岭南画派"的开山人物。

高剑父13岁时拜晚年的居廉为师,在居廉的紫梨花馆学画。高剑父很珍惜自己从学于居廉的经历,曾于1939年将一幅早年临摹老师画作的稿本赠予弟子简又文。他于光绪十八年(1892)入居门,四五十年来一直珍藏着上课时的作业,既是对老师的缅怀,也是对自己的师承关系的铭记。

高奇峰自小跟随其兄长学画,早期画风不免也受到身为居廉入室弟子高剑父的影响。他的画善于运用撞

第七章 岭南书画

高剑父《疏林觅句图》

水、撞粉的画法，其花鸟画富于色彩变化，又讲究墨色的刚柔配合、厚薄交乘，自成一格。可惜他年寿不永，去世时仅44岁。

值得注意的是，美术史上所说的"岭南画派"并非从居廉的画风直接变化而来，而是另有渊源。原来，高剑父曾于1906年前后东渡日本，在东京游学期间，领略了不少当时日本著名画家的画作，并临摹过今尾景年（1845—1924）等人的作品。高奇峰也于1907年12月，与其兄一起参加广东公所在日本神户举办的美术活动，广泛接触日本美术，开阔了视野，触动其艺术灵感。于是，在日后的美术创作中，日本元素成为"二高"画作里不可忽视的重要成分，如他们画面里的茅屋，更为接近日本乡间的建筑风格；高奇峰的《啸虎》、高剑父的《百兽之王》等，其画老虎的技法多有借鉴日本美术家的画法，诸如此类，不一而足。换言之，"二高"成功地将紫梨花馆的画风与东洋技法以及其他外来的美术元素结合起来，融汇贯通，兼备创新精神与包容气概，改变了国画向来重视"笔墨骨法"的固有技巧，继承、化用了"二居"所深有实践的"没骨法"，大胆泼色，同时以岭南特有的风物入画，丰富了绘画题材，又对写生、透视尤为重视，吸纳东洋、西洋的绘画理念，从而奠定了日后被称为"岭南画派"的独有特色，成为"新国画"的一面旗帜。事实上，高剑父志存高远，自觉超越地域界限，追求广东绘画的全国性影响，其本人也从来不用"岭南画派"的说法。由于其受业弟子在他身后到北京开办画展，北方学者因这些画作来自岭南又独具特色，故以"岭南画派"相称，约定俗成，沿用至今。

高剑父1923年在广州创立"春睡画院"，如其老师居廉一样广收门徒，开办十多年来培养了不少杰出画家，如方人定、黎雄才、关山月等。1933年他应聘兼任中山大学美术教授，除选课学生外，还接纳了不少旁听生，是一位影响深远的美术教育家。

顺便提一下，与"二高"同时的陈树人（1884—1948），也是居廉的得意弟子，同样是"岭南画派"的奠基者，但一生未收门徒。以上三人并称"二高一陈"或"岭南三杰"。三人中论其影响力度，当推高剑父为最。

小　结

岭南书画取得了举世瞩目的成就，它们既是岭南的，又是中国的。有一个特点值得重

高奇峰《白鹭图》

视，即岭南的书画家有不少是以书画为余事而获得书画家之名的，如上面提到的陈献章，还有在"岭南诗歌"里介绍过的屈大均、陈恭尹、黎简、宋湘，在"岭南散文"里介绍过的朱次琦、陈澧、康有为、梁启超等，都有很大的画名或书名，堪称第一流的书画家。限于篇幅，这里不作一一介绍，但他们对岭南书画的杰出贡献是不容忽视的。

后记

本书应广东人民出版社之约而写，实在深感荣幸；时间紧，任务重，自知不易胜任，勉力为之而已。

岭南文学艺术，所涉及的方面很多，内容广泛，在启动这项工作时颇感为难。篇幅有限，难以面面俱到；浮光掠影，也意思不大。在构拟大纲时，采取点面结合之法，而以"点"为主，即重点介绍某些非介绍不可的人物或作品，以及某些艺术门类，一些"面"上的事情，在每一章的开头和结尾分别以"导语"和"小结"的形式略作交代，以期简明扼要，将相关的内容串联起来，提供一种"语境"。

书中的"点"，依然为数颇多，考虑到相关的存世文献有多寡之别，年代远的较少，年代近的较多，于是，在取"点"时用"远略而近详"之法，即年代靠近的多选一些，年代较远的则选其最有代表性者。如此策略，固然有无奈的成分，也有实事求是的意思。

在写作时，自己熟悉的多说一点，不熟悉的尽量学习、借鉴和吸收学术界已有的成果，如《岭南戏曲》一章，粤剧部分融合了自己近年来的思考与理解，也参考了不少相关的著作；至于潮剧等剧种，我是门外汉，更多的是借鉴、吸收相关的专著，已在书内注明；《岭南音乐舞蹈》一章，情况亦然。此书之写成，实际上含有很多研究岭南文学艺术的前辈和时贤的劳作和心血，

后 记

故不宜视为严格意义上的个人著述，本人不敢掠美，在此郑重说明，并向各位前辈和时贤致以诚挚的谢意！此外，成书过程中，王俊辉、李永新、杨冰然三位编辑助力甚多，细加斟酌，精心配图，亦在此一并道谢！

时间仓促，学力不足，难免挂一漏万，也不免忙中出错；还会有认知上的谬误，表述上的欠妥。尚望读者批评指正，真心感激！

董上德

2019年2月15日于中山大学